韓國近代歷史小說研究

柳 在 熀 著

국학자료원

책머리에

필자는 오래 전부터 문학과 역사분야에 많은 관심을 가지고 있었다. 인간 문제를 기록함에 있어 문학이 여성적인 요소를 가지고 있다면 역사는 남성적인 요소를 가지고 있다는 의견을 가지고 있었다. 이에 따라 문학과 역사의 거리는 어느 정도일까 하는 생각이 항상 필자를 따라 다녔다.

이 글은 주로 1930년대에 들어 발표된 장편 중심의 역사소설을 연구대상으로 하였다. 1930년대는 시대적인 특수상황으로 말미암아 우리의 소설이 다양한 모습을 지닐 수밖에 없었고, 그 가운데 역사소설이 당시의 시대상황과 맞물려 우리에게 시사하는 바가 적지 않았던 이유가 필자의 관심을 끌었기 때문이다. 처음에는 이광수와 현진건, 홍명희의 역사소설의 고찰에 한정하였던 것을 이번에 책으로 엮으면서 김동인과 박종화의 역사소설에 관한 내용을 추가하였다.

이광수의 역사소설은 그의 대부분의 작품이 그러하듯 교육과 계몽의 수단으로써 집필되었다. 그래서 그의 논문 「민족개조론」과 역사소설의 관계를 살펴, 그의 역사소설이 민족 지도자상을 제시하는 데 목적을 둔 것으로 결론지었다.

다음 김동인의 역사소설은 먼저 「춘원연구」에 나타난 역사소설관을 살피고, 그의 소설이 자신의 제시한 역사소설의 기준에 어떻게 연결되어 있는가를 고구하였다.

현진건은 가장 민족적인 색채가 강한 작가이다. 그의 초기 단편소설들이 그러했기 때문이다. 따라서 그의 역사소설에 대한 고찰은 민족성의 구현에

4

주안을 두었다.

홍명희의 소설은『임거정』단 한 편뿐이다. 그러면서도 가장 뛰어난 역사소설을 남긴 작가로 알려져 있다. 그의 역사소설은 다른 작가의 작품과는 달리 백정이라는 조선의 최하층을 주인공으로 한다. 그러다 보니 자연 백정의 삶과 생각을 작품 속에 담았다. 이런 점에서 천민들의 사상과 그들이 벌이는 투쟁이 어떻게 전개되었으며, 이에 대한 작가의 시각을 중심으로 하여 작품을 파악하였다.

끝으로 박종화의 역사소설이다. 박종화는 우리 최초의 역사소설가이면서 가장 많은 역사소설을 쓴 작가이다. 그는 특히 궁중 비화를 주로 다루었는데, 이런 소설이 독자에게 어떤 영향을 끼쳤는가 하는 점을 주로 살펴보았다.

이상의 다섯 작가에게서 공통적으로 느낀 역사소설의 모습은 그것이 1930년대 우리의 시대 상황과 무관하지 않다는 사실이다. 국권을 빼앗기고 삶의 근본을 빼앗긴 일제 치하에서 우리 작가들은 역사소설이라는 우회적인 창작을 통해 저들에 저항하고 민족의 정체성을 찾고자 노력했던 것이다. 우리의 역사소설이 비록 통속 내지 야담이라는 일부의 평가를 무릅쓰고 그 가치를 인정받고 문학사의 한 부분을 차지한다면 그것은 그 속에 바로 우리의 민족정신이 깃들어 있기 때문일 것이다.

공부하면서 많은 분들의 훈도를 받았다. 대학 시절 만학도였던 필자에게 학문의 길을 열어주신 석전(石田) 이병주(李丙疇) 교수님, 대학원 시절의 은사 윤홍로(尹弘老) 교수님의 은혜가 매우 크다. 더욱 열심히 공부하여 스승의 가르침에 보답을 드릴 수 있다면 그런 다행이 없겠다. 그리고 못난 후배의 논문을 자상하게 보살펴 주신 홍기삼(洪起三) 교수님의 지도에도 언제나 고마움을 잊지 못한다. 특히 늙은 학생을 남편으로 두어 반평생을 고생과 더불어 살아온 아내에게 이 자리를 빌어 위로와 함께 고맙다는 말을 전하고 싶다.

이번 소책자의 출간을 계기로 더 이상 게으름에 젖어 있지만 말고 학문에
더욱 정진하고자 다짐하면서, 졸저를 아름답게 꾸며주신 국학자료원의 정
찬용(鄭贊溶) 사장님과 편집부 직원들의 고마움에도 사의를 표한다.

2002년 가을 경운서(耕芸墅)에서

저 자 지

목 차

제**1**장

서 론

1. 연구의 목적

한국문학에 있어서 본격적인 장편 중심의 역사소설이 등장한 것은 1930
년대이다. 이광수(李光洙)의 『이순신(李舜臣)』, 『이차돈(異次頓)의 사(死)』,
『세조대왕(世祖大王)』 등과 홍명희(洪命熹)의 『임거정(林巨正)』, 김동인(金
東仁)의 『젊은 그들』, 『운현궁(雲峴宮)의 봄』, 박종화(朴鍾和)의 『금삼(錦衫)
의 피』, 『대춘부(待春賦)』, 『다정불심(多情佛心)』, 『전야(前夜)』, 윤백남(尹白
南)의 『흑두건(黑頭巾)』, 『대도전(大盜傳)』, 이태준(李泰俊)의 『황진이(黃眞
伊)』, 현진건(玄鎭健)의 『무영탑(無影塔)』, 『흑치상지(黑齒常之)』, 『선화공주
(善花公主)』 등은 모두 이 시기에 등장한 역사소설들이다. 이러한 역사소설
의 대거 등장은 1930년대가 안고 있는 우리의 시대적, 문화적 상황에 따른
결과라고 볼 수 있다.

역사적 진실을 토대로 하면서 역사적 사실에 대한 상상력과 그 확장 발전
의 과정을 통해 역사를 현재적 가치의 미학적 지평으로 이끌어내는 것, 그것
이 역사소설일 것이다. 이는 역사소설이 사실성과 밀접하게 연관되어 있으
면서도 소설이 되기 위해서는 그 역사적 인물의 경험에 미학적인 형태를
부여해야 한다는 뜻이다. 역사적 진실을 현재의 의미라는 프리즘을 통해
재조명하고, 과거가 아닌 현재의 이데올로기를 통해 현재와 과거를 밀착시
켜 재구성해내는 것을 전제로 한다면, 1930년대의 역사소설이 독자들의
시대적, 문화적 상황과 관련하여 우리들에게 어떤 시사점을 던져주고 있는
가 다시 한번 살펴볼 필요가 있다.

우리의 역사소설은 신문학 운동의 초창기에 등장하여, 우리의 근대소설

의 발전에 한 몫을 담당하게 되었는데, 역사를 통한 시대상의 파악과 역사의
식의 형상화라는 문제를 제기하면서 나름대로의 독특한 장르적 특징을 보
여주었다.

한국의 역사소설은 근대문학의 초창기에 그 선구적인 활동을 담당했던
작가들에 의해 꾸준히 창작되어 그 맥락을 형성하게 되었다. 1930년대에
들어와서 장편의 역사물이 나타나는데, 이러한 현상은 일제 식민지라고 하
는 시대적인 특수한 환경 속에서 소설의 역사물로의 도피 내지 민족의식의
고취에 역점을 둔 작가의 의도와 독자들의 복고적 취향에 영합하려는 심리
적인 것으로 풀이될 수 있다. 그렇지만 그 결과 한국적 역사소설이라는 특수
한 근대문학의 변조를 이룬 것도 사실이다.[1]

비록 한국 근대 역사소설을 대중소설로 통틀어 묶어 버릴 수 있다고 하더
라도 그것이 우리 소설사에서 차지하는 비중을 결코 경시할 수 없는 것이다.
특히 1950년대 이후 현재에 이르기까지 주목할 만한 많은 역사소설들이
발표되었고, 이러한 작품들이 1930년대의 역사소설의 맥락과 결코 무관한
것이 아니라고 판단할 때, 역사소설에 대하여 새롭게 조명할 필요성이 요청
된다. 사실상 지금까지 역사소설이 본격문학의 권외로 방치되어 왔음은 의
심할 여지가 없다. 그것은 당시 비평가들이 역사물에 대한 평가에서 보여준
부정적인 시각에서 비롯된다.

이러한 역사소설에 대한 일부 비평가들의 부정적인 시각은 역사소설이
집필되던 당시의 특수한 시대적, 문화적 환경과 무관하지 않다. 즉, 당시의
역사소설은 대부분 신문 연재소설의 형태를 취하면서 대중적인 독자층을
의식해야 하는 문학사회학적 한계를 지니고 있었을 뿐 아니라, 일부 작가들
중에는 정면으로 취급할 수 없는 사회 현실을 역사물로 도피하여 독자들의
복고적인 취향에 영합하려는 안이한 태도를 견지함으로써, 역사소설이 본

---

1) 송백헌,『진실과 허구』(서울 : 민음사, 1989), p. 270 참조.

격문학의 영역에서 제외되는 경향을 자초하기도 했던 것이다.

서구의 경우 역사소설의 중요성은 일찍부터 논의되어 왔는데, 그것은 20세기 리얼리즘 소설의 정착이 그 전대의 역사소설의 발전을 토대로 하여 가능했다는 사실에서 기인하는 것이다. 우리의 경우는 근대 리얼리즘 소설이 유입된 후에 근대적인 역사소설이 발생하였으므로, 서구의 경우와는 차이를 보여주고 있다. 그러나, 역사소설의 본질이 사실을 재현함에 있어 대상을 객관적으로 파악하려는 객관정신의 고양에 있고, 역사적 시대와 삶에 대해서 총체적인 접근을 지향하려는 속성을 고려해 보면, 우리의 역사소설도 근대 리얼리즘 소설의 산실로서 그 위치를 확보하고 있음을 이해하게 된다.

이러한 관점에서, 필자는 1930년대 한국 역사소설의 양상을 전반적으로 검토하기 위해서 먼저 역사소설의 개념을 살피고, 그러한 바탕에서 역사소설 형성에 따른 전개 양상과 그 이론을 검토한 다음, 작품에 나타난 작가의 역사 의식 파악에 주력하였다. 이는 지금까지의 역사소설에 대한 연구가 주로 사적인 고찰에 치우쳐 있는 점에 비해 본고에서는 작품 분석을 위주로 고찰함으로써 우리 나라 역사소설의 본질을 파악하고자 하는 것이다. 우리 역사소설의 본질과 특성을 제대로 파악하기 위해서는 애국 계몽기와 일제 식민지 시대에서 현대에 이르기까지의 사적인 고찰과 더불어, 당시의 시대 인식이 역사소설에 어떻게 반영되고 있는가 하는 작품 분석에도 힘을 기울여야 되리라 믿는다.

본고에서는 1930년대 역사소설 작품 중에서 이광수의『이순신』,『원효대사』와 김동인의『젊은 그들』,『대수양』, 현진건의『무영탑』,『흑치상지』, 홍명희의『임거정』, 박종화의『금삼의 피』,『대춘부』,『다정불심』등을 대상으로 하여 작품 분석과 함께 작가의 역사의식이 작품 속에 어떻게 수용되고 있는가를 살펴보기로 한다.

2. 연구사 검토

지금까지 우리의 역사소설에 대한 논의는 두 가지로 나누어 볼 수 있다. 그 하나는 역사소설 작품에 대한 논의이며, 다른 하나는 역사소설 이론에 대한 논의이다. 그런데, 역사소설 이론에 대한 논의는 대체로 역사소설 작품을 논의하는 과정에서 자연스럽게 표출되는 경우가 많았다.

역사소설에 대한 연구사를 살펴보면 대체로 다음과 같이 간단하게 요약해 볼 수 있다. 초기의 역사소설에 대한 논의는 역사소설에 대한 관심의 표명이나 작가의 창작 동기 등의 제시로서, 신문과 잡지 등에 게재된 것이 대부분이다.

먼저 김동인은 이광수의 『단종애사(端宗哀史)』를 평가하는 글에서 역사소설에 대한 견해를 제시하고 있는데, 여기에서 고증의 한계와 선악을 양분하는 도식적 자세, 표현의 무리 등을 들어 이광수의 역사소설이 다만 궁중 비화적인 속성에서 크게 벗어나지 못하고 있음을 지적하고 있다.[2] 그러나 김동인이 여기에서 수양의 왕위 찬탈이 단순히 그의 야심 때문에 발생한 것이라고 단정할 것이 아니라 시대적 필연적 상황임을 재고해 보아야 한다고 한 점과 정치 이데올로기의 투쟁도 살펴보아야 한다고 한 견해 등은 매우 타당한 지적이다.

이밖에 염상섭(廉想涉)은 역사소설의 발생을 민족문화운동이란 측면으로 보고자 했고,[3] 한 식(韓植)은 작가의 역사적 안목과 역사적 자료에 대한

---

2) 김동인, 『춘원연구』(서울 : 춘조사,1959), p. 126.
3) 염상섭, 「역사소설시대」, <매일신보>, 1934. 12. 20- 22, 1934. 12. 24-28.

판단력에 관해 말하였다.[4] 그 밖에도 서인식(徐寅植)[5], 임 화(林和)[6] 등의
비평과 현진건,[7] 박종화[8] 등 직접 역사소설을 창작한 작가들이 역사소설에
대한 자신의 견해를 피력한 글들을 찾아볼 수 있다. 당시 비평가 중에서
활동이 가장 활발하였던 김남천(金南天)은 소설의 창작 방법론을 여러 방향
에서 제시하였으며, 특히 역사소설에 관해 크게 관심을 보였다.[9]

　1930년대에 활발히 언급된 이런 종류의 논의는 주로 신문이나 잡지를
통하여 단편적으로 발표된 것이어서, 본격적인 비평이나 연구 작업이라고
보기는 어렵다.

　다음으로 역사소설에 대해서 근본적인 문제를 제기하고 새로운 시각으로
역사소설의 본질에 접근하려는 태도가 나타난 것은 1960년대 중반에서부터
비롯된다. 일찍이 1939년에 서인식은 「명저 소개란」이란 글을 통하여 루카
치(G. Lukács)의 『역사소설론』(Der historische Roman) 중에서 제1장을 발췌
하여 소개한 일이 있었고,[10] 그 이후 백락청(白樂晴), 김윤식(金允植) 등도
이를 우리의 역사소설에 적용하였다. 백락청은 서구적인 역사소설의 개념
을 방법론으로 도입하여 우리의 역사소설의 문제점을 조명하고자 하였다.[11]
그는 루카치의 『역사소설론』을 소개하고 이광수의 『단종애사』와 『원효대

---

　4) 한　식, 「역사문학의 재인식의 필요」, <동아일보>, 1937. 10. 6-7.

　5) 서인식, 「역사와 문학」, ≪문장≫, 1939. 9.

　6) 임　화, 「세태소설론」, 『문학의 논리』(경성 : 학예사, 1940).

　7) 현진건, 「역사소설문제」, ≪문장≫, 1939. 12.

　8) 박종화, 「역사소설과 고증」, ≪문장≫, 1940 .10.

　9) 김남천은 「고발의 정신과 작가」(조선일보,1937. 6. 1-5),「유다적인 것과 문학」(조
　　　선일보, 1937. 12. 14-18),「현대조선소설의 이념」(조선일보, 1938. 9. 10-18), 「관찰
　　　문학소설론」(인문평론, 1940.4) 등의 글을 통해서 역사소설에 대한 지속적인 관심
　　　을 표명하고 있다.

　10) 서인식,「께오리 루가츠역사문학론 해설」, ≪인문평론≫제2호, 1939. 11.

　11) 백락청,「역사소설과 역사의식」, ≪창작과 비평≫, 1967년 봄.

사』, 그리고 김동인의 『대수양』과 『운현궁의 봄』을 중점적으로 분석하였는데, 이를 통해 이광수와 김동인의 초기 역사소설의 한계성을 지적하고 있다. 최근에 이르러서는 반성완(潘星完)이 루카치의 『역사소설론』을 체계적으로 소개하였으며12), 이 이론을 적용하여 황석영(黃晳暎)의 『장길산(張吉山)』의 분석을 시도한 바 있다.

1980년대에 들어와서부터 역사소설의 이론 및 작품 연구에 대해 학문적인 방향에서 분석하고 종합하며 또한 체계화하는 연구가 활발해지기 시작하였는데, 이에 관한 다수의 연구 성과가 각 대학의 박사학위 논문으로 제출되어 그 동안 비교적 소외되어 있던 역사소설의 연구가 활성화되는 계기를 마련하였다.13)

송백헌(宋百憲)은 근대 역사소설의 출발을 개화기의 역사·전기류의 작품으로 보아 개화 애국계몽기에 발표된 신채호(申采浩)의 작품들을 집중적으로 분석하고, 이러한 역사·전기류의 작품에서 근대 역사소설의 면모를 추출하려고 하였다. 일제 식민치하의 작품으로서 이광수의 『마의태자(麻衣太子)』, 『단종애사』, 『이순신』, 김동인의 『운현궁의 봄』, 『대수양』과 현진건의 『무영탑』, 『흑치상지』를 대상으로 하여 그 주제적 특징 등을 기존의 연구 결과를 종합하면서 고찰하였다. 그는 민족의식의 고양이란 면에서 이들 역사소설을 긍정적으로 수용하는 입장을 보였다.

강영주(姜玲珠)는 역사소설의 사적 연구에 치중하여 이광수의 작품 6편,

---

12) 반성완, 「루카치의 역사소설 이론과 우리의 역사소설」, 《외국문학》제3집, 1984, 겨울.

13) 1980년대 각 대학의 대학원 박사 학위 논문으로 제출된 주요한 연구 실적은 다음과 같다. ① 송백헌, 「한국근대역사소설연구」(서울:단국대학교 대학원, 1982). ② 강영주, 「한국근대역사소설연구」(서울:서울대학교 대학원, 1986). ③ 김치홍, 「한국근대역사소설의 사적 연구」(서울:명지대학교 대학원, 1986). ④ 홍정운, 「한국근대역사소설연구」(서울:동국대학교 대학원, 1987). ⑤ 홍성암, 「한국근대역사소설연구」(서울:한양대학교 대학원, 1988).

김동인의 작품 3편, 현진건의 작품 2편, 박종화의 작품 5편과 홍명희의『임
거정』을 연구 대상으로 하였다. 이 논문은 역사소설의 특질을 파악하는 데
있어서 전적으로 루카치의 이론을 적용하였다. 따라서 민족주의적 역사소
설에 대해서 민중의식의 결핍이란 관점에서 대체로 부정적인 입장을 보인
반면, 계급적 갈등의 측면이 강조된『임거정』에 비교적 호의적인 평가를
보여주었다.

김치홍(金治弘)은 1910년대의 역사·전기물에서부터 1920년대를 거쳐
1930년대까지의 역사소설을 세밀히 검토하여 그 사적 전개를 중점적으로
보여 주고 있다. 이 논문은 개화기의 역사·전기물에 대한 특별한 관심을
보여 근대역사소설의 형성 시기를 개화기로 끌어올리고 있다.

홍정운(洪禎云)은 이광수, 김동인, 현진건, 홍명희의 작품을 대상으로 작
품을 분석하였는데, 1930년대 역사소설이 리얼리즘의 본질을 충분히 구현
하지 못하였음을 지적하고 있다.

홍성암(洪成岩)은 일제 식민지 시대에 발표된 이광수, 홍명희, 김동인,
현진건, 박종화의 작품 이외에 해방 후 작품인 박경리(朴景利)의『토지(土
地)』, 황석영의『장길산』까지 그 대상을 확대하여 광범하게 고찰하였다. 그
는 우리의 역사소설이 근대소설의 발전과 정착에 기여했으며, 민족 수난기
의 시대 상황을 극복하려는 민족의식과 역사의식을 보여 줌에 의의가 있다
고 피력하였다.

이상의 박사학위 논문에서 논의된 작가 가운데 이광수와 김동인, 현진건
에 관해서는 연구자 5명 전원이 언급하고 있는데, 이는 이 세 작가가 우리의
역사소설 작가로서 가장 많은 독자를 확보하고 있다는 의미와 함께 문학사
라는 측면에서 보아 비중이 큰 작가라는 점이 작용했을 것이다. 다음으로
홍명희에 대한 연구는 3명, 박종화에 대한 연구는 1명이 있었다. 그밖에
송백헌과 김치홍은 개화기의 소설을 다루어 특이점을 보이고 있다.

그러나 송백헌과 강영주, 김치홍, 홍정운, 홍성암의 연구는 주로 역사소설

의 사적인 연구로서의 성격을 띤 것이다. 이밖에 특정 작가나 작품에 대한
연구는 다른 연구자들에 의해 꾸준히 진행되어 왔다.

이와 더불어 역사소설의 유형에 대한 논의도 있었다. 김윤식은 역사소설
의 형식을 이념형, 의식형, 중간형, 야담형으로 구분하여 식민지 시대의 역
사소설을 분류하였는데 이광수, 현진건, 박종화의 역사소설을 이념형 역사
소설로 분류하고 홍명희의『임거정』은 의식형 역사소설, 김동인의『젊은
그들』,『운현궁의 봄』은 중간형 역사소설, 그리고 윤백남의『대도전』같은
작품을 야담형 역사소설로 분류하였다.14) 이밖에 홍성암은 해방 이후의 역
사소설을 영웅 전기적, 민중의식 구현, 가족사 연대기적 성격으로 분류하기
도 하였다.15)

그러나 일제 식민지 시대에서 발표된 역사소설에 대해서는 연구 업적이
비교적 적지 않은 편이지만, 광복 이후의 역사소설에 대한 체계적인 연구는
극히 드문 실정이다. 이는 광복 이후의 문학 작품에 대해서는 문학사의 기술
에서 제외시켜 왔던 지금까지의 관행에도 문제가 있었던 것으로 보인다.

그러나, 1970년대 이후 최근에 이르기까지 소설문학의 문학적 업적의
많은 부분을 역사소설이 제공하고 있다고 평가되는 점을 고려할 때, 이는
역사소설에 대한 새로운 인식의 증대에서 나오는 것이라고 해석된다.

---

14) 김윤식,「우리 역사소설의 4가지 유형」,《소설문학》,1985년 6월호.
15) 홍성암,「역사소설의 양식 고찰」,『한국학논문』제11집 (서울: 한양대학교 한국학연
    구소, 1986), pp. 321-322 참조.

3. 연구의 방법

최근에 이르러서 역사소설과 역사소설론에 대해서 여러 방향에서 검토되었고, 또한 활발한 논의가 지속되고 있지만, 아직까지도 역사소설에 대한 본격적인 연구는 미흡한 면이 적지 않다고 할 수 있다. 그리고, 대부분의 연구가 사적 고찰에 치우쳐 있어서 역사소설의 본질과 특성을 이해하기에는 부족한 점이 많다.

역사소설은 역사적 사실로 이미 고정되어 버린 내용을 소설적으로 재구성한다는 점으로 보아 엄격한 의미에서 허구적인 창작소설과 구별된다. 그러나 다른 어떤 소설과 마찬가지로 역사소설 역시 문학적 진실만을 말하고자 하는 성격을 유지한다. 역사소설이 역사와의 특유한 연관성을 지니고 있으면서도, 역사적 사실을 직설적으로 설명하지 않기 때문에, 그 형태적 성격은 여타의 소설과 다를 바가 없다.

그런데 역사소설에서 취급하고 있는 역사적 소재가 단순히 지나가 버린 옛 시대에 대한 개인적 향수를 말하기 위해서 쓰여진 것이라면, 그 의의를 인정받기 어렵다. 역사소설의 소재는 언제나 현재의 시간에서 그 작품의 내용을 읽고 있는 독자들에게 절실한 관심사가 되어야 하며, 오늘의 삶에 귀결될 수 있는 것이어야 한다. 작가의 역사의식이 역사소설에서 특히 문제가 되는 것은 바로 이러한 요건에서 기인하는 것이다.

사실 '역사소설이란 무엇인가'라는 질문에 대한 접근은 매우 조심스럽다. 왜냐 하면 역사소설이란 '역사'의 문제와 '문학'의 문제를 동시에 안고 있기 때문이다. 역사소설의 일반적 정의는 "역사문학의 한 형태로서 지난날

의 역사적인 시대를 배경으로 특별한 역사적인 인물이나 사건을 재현 또는
재창조하는 소설"16)이라 할 수 있다.

  이것은 역사가와 소설가에 있어서 역사적 진실을 추구하는 정신, 즉 역사
의식이 함께 요청되고 있다는 점에서는 공통된 사항으로 파악한 것이지만,
역사의 기술과 소설의 창조는 발생론적 변별성을 확실하게 드러내고 있다.
역사의 기술을 "역사가와 사실 사이의 부단한 과정이며 현재와 과거와의
끊임없는 대화"17)로 파악한 카(E.H.Carr)는 "역사가란 자기의 해석에 맞추
어서 사실을 형성하고 자기의 사실에 맞추어서는 해석을 형성하는 끊임없
는 과정에 종사하는 사람"18)이라고 말하였다.

  역사가의 일이 자기의 해석에 맞추어서 역사적 사실을 형성하는 것이라
면, 작가의 일 역시 이와 다를 바 없다. 다만 역사가는 실제로 일어난 일을
말하고, 작가는 일어날 수 있는 일, 또는 일어날지도 모르는 일을 말하고
있다는 점에서 서로 구분될 수 있을 따름이다. 즉 문학이 모방의 개념에서
비롯된다는 점에서 역사는 문학과 구분되고 보편적 가치를 추구하는 철학
과도 그 의미가 사뭇 다르다. 그것은 다음과 같은 언급에서 확연하게 드러난
다.

  시인은 모방하기 때문에 시인이요, 또 그 모방은 행동을 모방하는
  이상, 시인은 운문을 창작하는 사람이라느니보다 스토리 및 플롯을
  창작하는 사람이다. 그리고 그가 시작(詩作)의 제재로서 실제로 일어
  난 사건을 취택하는 일이 있다 하더라도, 그는 시인임엔 다름이 없
  다. 왜냐하면 실제로 일어난 사건 중에도 개연성과 가능성의 법칙에
  합치하는 것이 있을 수 있고, 그가 이러한 사건의 창작가라고 불려
  지는 것은 그 사건의 이러한 성질 때문인 것이다.19)

---

16) 김동욱 · 이재선 편, 『한국소설사』 (서울:현대문학, 1990), p. 474.
17) E. H. Carr, *What is History?*, 길현모 역 ,『역사란 무엇인가』(서울:탐구당, 1966), p. 38.
18) *Ibid.*, pp. 37-38.

그러나, 다음과 같은 플래시맨(A. Fleishman)의 언급은 작가와 역사가 모두가 상상력을 동원하여야 한다는 점에서, 그리고 사실을 유기적으로 재구성하고 있다는 점에서 작가와 역사가는 서로 닮아 있다는 논리다.

> 예술이 단지 유기적인 데 비하여, 역사는 유기적일 뿐만 아니라 실제에 일치한다는 콜링우드의 생각은 그 자신의 관점 속에서도 유지될 수 없다. 역사가는, 사건들 그 자체에 대한 복제가 아니라 과거의 어떠한 사건을 만들어내는 데 있어서 상상력을 사용한다. 과거의 사건들은 직접적으로 알 수 있는 것이 아니기 때문에 그것들은 기록들과 존재하는 인공적인 사물들, 그리고 여타 상징적인 수단들에 의하여 재현될 수 있다. 그러한 재구가 오로지 "의미를 만드는 것"에 의해서만 타당성을 가진다고 한다면, 유기적이라는 것을 예를 든다면, 역사가 가지는 사실들의 정확성은 소설가의 "유기적인 구성"과 거의 구별되지 않는 것이다.20)

플래시맨은 문학가나 역사가 모두의 작업이 과거의 소재를 상상력에 의존하지 않고서는 불가능하다는 점에서 작가의 그것과 다르지 않다고 보았다.

작가는 상상력이라는 문학적 방법을 이용하여 역사적 인물의 행위 과정을 해석하는 것이다. 또한 작가는 역사적 인물의 행위 속에 담겨져 있는 내면성이나 창조된 인물이 속해 있는 역사적 상황으로부터 받는 영향을 그려내기 위해서 흔히 전형화라고 하는 인물 형상의 개성적 일반화 과정을 거친다. 이러한 인물에 대한 해석은 역사학의 의미에서가 아니라 문학 고유의 그것을 뜻한다.21) 사실에 대한 역사 의식의 요구에서 비롯된 이 상상력에

---

19) Aristoteles, *Poetic*, 손명현 역, 『시학』(서울:박영사,1972), p. 64.

20) A. Fleishman, *The English Historical Novel* (Baltimore : The Johns Hopkins Press, 1972), p. 5.

의한 사실의 재구성이라는 개념은 역사소설의 중요한 한 가지 속성으로
볼 수 있다. 그러나 이러한 접근 방식은 역사소설에 있어 소재주의가 강조될
가능성이 높아진다. 역사소설이 역사적 사실을 취급하고 있다는 외적인 요
소의 인식에 머물 경우 그것이 갖는 본질적인 내적 의미는 자칫 간과되기
쉽다. 그런 이유로 역사소설이 단순히 소재만의 문제가 아니라는 견해는
일찍부터 제기되었다.

역사소설에 대한 논리 전거는 대부분 플래시맨과 루카치의 이론이다.

플래시맨은 역사소설에 대한 개념을 보다 잘 이해하기 위해서 구체적인
접근을 시도했다. 우선, 그는 역사소설은 두 세대 이전의 과거사를 취급하되
그 과거는 역사적 사건으로 정치, 경제, 전쟁 등 개인적인 운명에 영향을
주는 공적인 것이어야 한다고 말한다.[22] 또 이는 역사소설이 특별한 역사적
사건을 통하여 역사적 진실을 나타내는 하나의 장르로 인식되어야 함을
주장한 것이다.

또 플래시맨은 역사소설가는 낭만이나 풍자, 비극이나 희극 같은 미학적
경험의 범주 안에서 문학의 보편성을 사용하여 역사적 인물의 경력을 해석
해야 한다. 즉, 역사적 인물의 내면을 묘사하거나 창조된 개성에 역사적
상황을 투영시키는 데 있어서 소설가는 보편적인 유형으로 인물을 창조하
는데, 이때의 인물은 역사철학에서의 반복적 유형이 아니라 문학적인 유형
이어야 한다. 따라서, 허구적인 상황 속에서 인간 경험의 묘사는 그것이
비극적이거나 희극적이거나 낭만적이거나 풍자적인 경우에도 역사적 상황
을 적용시켰을 때에는 똑같은 보편성을 지니게 하고, 또한 역사적 소재를
미학적 형태로 확장시켜야 한다.[23]

플래시맨은 앞에서 보인 것처럼 역사소설의 창작에 있어서 역사적 상상력

---

21) *Ibid.*, pp. 6-8.

22) *Ibid.*, p. 3.

23) *Ibid.*, p. 8.

을 특히 강조하였다. 즉, 과거는 현재의 전단계로서 현재의 실마리가 되며 과거에 대한 미학적 응시 속에서 현재의 교훈을 얻게 되는데, 과거에 대한 이런 응시는 역사적 상상력에 의하여 가능해지기 때문에 역사소설가는 그런 상상력과 응시 속에서 역사의 힘을 발견하여야 한다. 여기에서 발견되는 역사의 힘이 오늘의 시대를 사는 개인의 삶에 미학적인 깨달음을 주게 된다.24)

한편 루카치는 역사소설의 형성이 역사인식의 형성과 밀접하게 연결된 것으로 파악하였는데, 이때의 역사인식은 과거의 역사를 현재의 구체적 전사(前史, pre-history)로서 인식한 것이다. 이는 현재와의 생생한 관계 없이는 과거의 형상화란 불가능하다고 보는 역사인식의 태도이다. 따라서, 그는 역사적 사실을 소설로 형상화하는 데는 현실에 대한 인식이 선행되어야 한다고 주장한다.25) 그리고, 작가의 현실에 대한 인식은 객관정신에 의하여 뒷받침되어야 하는데, 역사에 대한 작가의 주관적인 인식과 현실에 대한 객관적인 반영의 조화는 현실적으로 존재하는 다양한 모습에서 전형성을 창출하도록 하여야 한다. 여기서, 전형성이라 함은 어떤 집단 구성원의 성격을 가장 발전된 상태에서 드러내는 개인을 뜻하는 것이다. 이는 그 사회의 본질적인 성격의 형상화이기도 하다.

루카치는 보편성과 개별성을 매개하는 특수성이란 개념을 설정하고 있는데, 전형성은 이 특수성의 개념에 속하는 것으로서, 소설은 이런 전형을 창조함으로써 현실의 정체성과 역사의 발전 방향을 제시할 수 있게 되는 것이므로, 당대의 지리와 풍속 같은 삶의 물질적 토대와 사소해 보이는 삶의 일상성까지도 문학 작품에 수용하도록 하고, 삶과 역사의 경험적이고 표면적인 사실 이외에도 역사적 삶의 심층에 내재하고 있는 흐름과 경향을 제시해야 하며, 궁극적으로는 역사의 진보 내지 역사의 필연성을 보여 주어야

---

24) *Ibid.*, p. 6.

25) G. Lukács, *Der historische Roman*, 이영욱 역, 『역사소설론』 (서울:거름, 1987), pp. 14-15 참조.

한다고 주장한다.26)

그는 특히 작품 주인공은 중도적 인물이어야 하며, 중도적 주인공을 통해서 한 사회의 '총체성(totalität)', 즉 상층과 하층의 모두를 함께 보여줌으로써 한 사회의 본질적 모순을 드러내야 한다고 했다. 여기에서 중도적 인물은 비역사적 인물이거나 역사적으로 사소한 인물이어야 한다. 이는 중도적 인물이 역사적으로 유명한 인물과는 달라서 그의 행적이 역사에 의해 비교적 제한을 덜 받기 때문이다. 한 마디로 말해 루카치의 견해는 역사소설을 리얼리즘 소설의 전 단계로서 이해한 것이며 역사를 진보의 측면에서 파악한 것이다.

이상에서 살핀 플래시맨과 루카치 두 사람의 역사소설에 대한 공통적인 관점을 요약하면, 역사소설을 단순히 소재적 개념으로 파악하려는 관념에서 벗어나 장르적 특징을 구비한 양식적 특성으로 인식하려는 것이다.

윤홍로(尹弘老)의 다음 견해는 이를 뒷받침해 주고 있다.

> 역사소설의 기본적인 정의는 이상적인 계몽성을 극복하는 반면에 단순한 역사적 사실성에만 얽매였다기보다는 사실성에 내재하고 있는 역사적인 진실을 허구를 통하여 미학적으로 재구성함에 있다. 그런 의미에서 역사소설은 단순히 과거의 사실을 충실히 기술하는 역사의 봉사자라기보다는 작가의 인생관과 세계관에 의하여 조명된 인간의 진실을 상상의 자유를 통하여 창조된 세계를 지향한다. 따라서 역사소설은 과거의 사건을 통하여 현재의 의미를 재해석하고 역사의 방향을 탐색하면서 삶의 구체성을 제시하는 데 그 의의를 찾을 수 있다. 역사소설의 매력은 사실에 근거한 상상력의 미학을 융합하는 곳에 있다. 미시적(微視的)인 상상의 세계를 역사로 기록할 수도 없다.
> 그런 의미에서 역사소설은 사실의 감옥에서 탈출할 수 있는 자유가 있고 허황된 환상의 나래를 붙잡는 사실의 끈을 외면할 수 없다.27)

---

26) 반성완, 전게서, p. 55.

여기에서 윤홍로는 역사소설은 역사적인 사건을 현재의 의미로 재해석하여 삶의 구체성을 제시하는 데 그 의의가 있음을 강조하였음을 알 수 있다.

그러나 이와 같은 역사소설에 대한 인식이 우리 나라의 역사소설에 그대로 적용되었다고는 보기 힘들다. 안회남(安懷南)이 이광수와 김동인의 역사소설에 가한 비판은 나름대로의 역사소설의 양식적 특성에 대해 말하고 있는 것이다.

> 최근 갑작이 성행하는 우리 문단의 소위 「역사소설」이라는 것 역시, 진정한 문학활동의 연장이 아니라, 사이비문학의 통속소설의 아류인 것은 저윽이 섭섭하다. 역사적 사실의 수량만 나열하여 놓았지 하나도 논리적 필연이 없이 몰상식하기는 통속소설의 따위다. 아니 과거의 역사적 취재로써 제작되었다는 이유로 「역사소설」이라는 항목을 지어 소설의 부류에 넣는 것이지 옳게 말하면 소설의 외형만 빌어 기술된 야사에 불과하는 것이 많다.[28]

이것은 결국 우리 문학사에 있어서 역사소설의 본질이 어떻게 인식되었는가 하는 의문으로 귀결된다. 그러나, 1930년대 우리의 비평가들은 역사소설을 '통속소설'이나 '세태소설'의 한 형태로 분류하였다.

지금까지 역사소설의 개념에는 역사적 사건이나 인물을 다룬 소설이라는 인식이 그 밑바탕에 깔려 있다. 그러나 문학의 장르 이론은 단순한 문학의 분류학에 그치는 것이 아니라 문학의 본질에 관한 물음일 수밖에 없다. 문학이 규범적이기보다는 기술적이고, 고정적이기보다는 유동적이고, 독단적이기보다는 시도적이며, 역사적이기보다는 철학적이라고 할 때, 역사소설도 단순한 소재에 따른 분류가 아닌 독특한 내적 양식을 가진 하나의 문학양식으로 이해되어야 한다.[29] 즉 역사소설을 근대문학의 한 독특한 장르로 인식

---

27) 윤홍로, 『이광수 문학과 삶』(서울:한국연구원, 1992), pp. 194-195.
28) 안회남, 「통속소설의 이론적 검토」,≪문장≫제2권 9호, 1940. 11, pp. 153-154.

해야 한다는 뜻이다. 역사소설은 역사적인 사실과 문학적인 허구를 함께 표현한다. 작가는 사실을 바탕으로 하되, 주관과 상상력에 의하여 새로운 세계를 창조하게 된다. 주관은 역사에 대한 깊은 관심과 이해에서 가능하며, 그것은 현재의 시점에서 과거를 새롭게 해석하는 것을 의미한다. 즉 역사적 사실은 완료된 과거가 아니라 현재의 구체적인 바탕인 동시에 미래의 일부를 담당하는 것이다. 이러한 인식이 곧 역사의식이다. 그러므로 역사소설 속에서 전개되는 과거의 사건은 현재와 전혀 무관한 것이 아니라, 우리에게 절실한 관심거리가 되게 마련이다. 역사소설은 과거의 현상을 통해서 역사가 지닌 특질적인 진상을 후대에 보여 주며, 그것으로써 곧 보편적인 진리를 획득하게 된다. 특정한 역사적 사건이라도 작품에서는 전형적인 것으로 파악되기 때문이다. 역사적 사실을 역사적 기술에 의하여 보여준다는 것은 단순한 사실성을 넘어서 문학의 표현성(reality)이 보증되어 있는 것이다. 역사소설은 어떤 특정한 시대의 특정한 사회 현실을 그 시대의 모든 독특하고 구체적인 분위기를 지닌 그대로 나타내야 하는 것이므로 그 시대와 함께 살아가는 인물의 창조가 중요하다. 소설은 대상의 총체를 묘사하는 만큼 일상생활의 조그마한 디테일과 사건의 구체적 모습에까지 천착하여 시대의 상세한 모습을 밝혀내야 한다.

소설의 주요 인물은 역사상 유명인물보다는 무명이거나 또는 허구의 인물이면서 역사와 밀접하게 개입되어 있는 인물이 가장 적합하다. 그것은 역사소설이 문학인만큼 작가의 상상력에 의한 재구성이 중요한 몫을 차지하는데, 역사상 유명인물의 경우 그 인물이 움직일 수 있는 행동 반경이 그만큼 좁아지기 때문이다. 따라서 소설 속에 역사상 실재인물들이 등장하는 것은 역사적 사실감을 높여주기 위한 장치에 지나지 않는다. 역사소설에서 무엇보다 중요한 것은 특정한 역사적 위인이 역사를 이끌고 간 것이

---

29) 조동일,『한국 소설의 이론』(서울:지식산업사, 1977), p. 92.

아니라 무명의 인물들이 그 시대를 어떻게 살았는가 하는 점이다. 결국 역사
소설이 궁극적으로 지향하는 것은 어느 한 시대의 민중의 삶이 어떠하였는
가 하는 사실과 함께 그 시대를 현실에 조명시켜서 문학적 진실을 획득하는
것이다. 그런 의미에서 역사소설은 단순히 역사 해설이나 역사적인 인물과
사건이 묘사되어 있는 소설과는 엄격히 구별되어야 한다.

　루카치의 '총체성' 개념은 루카치 자신이 명확히 규정하고 있는 것은
아니지만 그가 스코트의 역사소설들을 분석하였을 때 그 면모의 대강이
드러난다. 이를 정리하여 요약하면, 첫째, 모든 예술은 총체적·역사적 상황
을 역동적으로 보여줌으로써 결정적인 역사적 힘과 이데올로기적 형식이
갈등을 통하여 해결될 수 있도록 한다. 둘째, 총체성은 특수한 환경에서
자신의 운명을 완수하는 인물을 통하여 구체적이고 개인적인 형식으로 드
러난다. 셋째, 총체성의 제시는 소설 양식에 적당하다. 넷째, 총체성은 우리
가 상상적으로 경험하는 어떤 것이다.[30]

　이것은 우리의 역사소설이 일제 식민지 치하에서도 가장 어려웠던 정치적,
사회적 상황 아래 놓였던 1930년대에 와서 집중적으로 발표되었음을 전제로
할 때, 역사소설이 갖는 특성을 극명하게 드러낼 수 있는 이론적 근거가 되기
도 한다. 일제라는 배경 속에서 민족의 정체성(identity)을 드러내기 위한 하나
의 방편으로 창작된 것이 우리 역사소설이라고 한다면, 당대의 지식인으로서
어느 한 면으로는 민족의 지도자 역할을 담당했던 이광수, 김동인, 현진건,
홍명희, 박종화 등 다섯 작가의 역사소설이 우리에게 어떤 모습으로 인식되었
는가를 파악할 필요가 있다. 따라서 본고에서는 루카치가 말하고 있는 '총체
성'이 이들 작가의 작품 속에 어떻게 투영되어 있는가 살펴보고자 한다. 그
방법으로 다섯 작가의 작품에 나타난 작가의 역사의식을 살펴보고, 작품 속에
민중의 삶의 총체적 모습이 어떻게 드러나 있는가를 파악하기로 한다.

---

30) G. H. R. Parkinson, ed., *Georg Lukács : the man, his work and his ideas*, 김대웅 역,『루카치
　　미학사상』(서울:문예출판사,1986), pp. 211-245 참조.

제**2**장
___

이광수의 역사소설

1. 이광수의 역사소설관

우리 근대문학의 개척자요, 사상가로서 일대를 풍미했던 이광수 (1882-1950)[31]가 역사적인 소재로써 작품을 쓰기 시작한 것은 단편 「가실 (嘉實)」과 장편 『허생전』(許生傳)』을 발표한 1923년부터였다. 최남선(崔南善)이 주재한 ≪소년(少年)≫과 ≪청춘(靑春)≫에 「소년(少年)의 비애(悲哀)」, 「어린 벗에게」, 「무정(無情)」 등 초기의 단편을 게재한 그는 1917년 1월부터 <매일신보>에 장편 「무정(無情)」을 연재하여 우리 근대소설의 장을 열었 다. 그 후 계속하여 『개척자(開拓者)』, 『혁명가(革命家)의 아내』, 『흙』, 『유 정(有情)』, 『그 여자(女子)의 일생(一生)』, 『사랑』 등의 대표작을 비롯하여 『마의태자』, 『단종애사』, 『이순신』, 『이차돈의 사』, 『세조대왕(世祖大王)』, 『원효대사』 등 일련의 역사소설을 잇따라 발표하였다.

이광수는 역사소설에 대하여 뚜렷한 견해를 갖고 있지 못하다. 다만 몇 편 작품의 창작 동기를 피력한 짧은 글에서 논설의 편린을 엿볼 수 있을 뿐이다.

그는 먼저 「여(余)의 작가적(作家的) 태도(態度)」에서 다음과 같이 말하고 있다.

---

31) 이광수의 사망 시기는 지금까지 알려지지 않고, 여러 가지 설이 구구했었으나 <중 앙일보> 에 의하면 1950년 납북 도중에 강계군 만포면 고개동에서 동상과 굶주림 으로 말미암아 타계한 것으로 보도되었지만, 확실하다고는 할 수 없다. 그의 무덤 은 현재 평양 교외 삼석구역 원신리의 공동묘지에 있는 것으로 전해지고 있다(중앙 일보, 1991. 8. 2).

> 내가 소설을 쓰는 근본 동기도 여기 있다. 민족의식·민족애의 고
> 조, 민족운동의 기록, 검열관이 허하는 한도의 민족운동의 찬미, 만일
> 할 수만 있다면 선동, 이것은 과거에만 나의 주의가 되었을 뿐이 아니
> 라 아마도 나의 일생을 통할 것이라 믿는다.[32]

이광수는 작가로서 자신의 임무를 민족의식과 민족애의 고양, 민족 운동
의 기록과 찬미를 손꼽고 있는데, 이는 그의 역사소설에서도 그대로 적용되
는 것이다. 그는 ≪삼천리(三千里)≫의 김동환(金東煥)에게 보낸 편지 '이순
신(李舜臣)과 안도산(安島山)'에서 자신이 기리고 숭배하는 인물을 이순신
과 안창호(安昌浩)임을 밝힌 바 있다.

> 나는 조선 사람 중에 두 사람을 숭배합니다. 하나는 옛 사람으로
> 이순신이요, 하나는 이제 사람으로 안도산입니다. 나는 7, 8년 전에
> 〈선도자〉라는 소설을 쓰다가 말았거니와, 그 주인공이 안도산인
> 것은 말할 것 없읍니다. 이제 〈이순신〉을 쓰니, 결국 내 애인을 그리
> 는 것입니다.[33]

그러면서 그는 두 사람을 주인공으로 한 작품을 남기고 있는데, 이로써
이광수가 민족의 지도자를 역사소설에서 그리고자 의도하였음을 알 수 있
다. 또 이광수는『단종애사』의 '작자의 말'에서 "인정과 의리를 소중히 생
각하고 거기서 우리 민족의 삶의 모습을 비춰주는 거울로 삼고자"[34] 이
소설을 집필하였다고 말한다. 여기에서 이광수의 역사소설 집필 동기가 드
러난다.

이와 같이 민족주의적 계몽문학의 연장선에서 역사소설을 집필하고자

32)『이광수전집』⑩, (서울:우신사, 1979), <이하 전집이라 함>, p. 462.
33)『전집』⑩, p. 510.
34) <동아일보>, 1928. 11. 24.

한 그의 의도는 『단종애사』와 『허생전』에서도 잘 나타나고 있으며, 1922년에 발표된 그의 「민족개조론(民族改造論)」의 내용과도 그 사상적 맥락을 같이 하고 있다. 그는 이 논문에서 조선민족의 쇠퇴 원인을 민족성의 결함에 있음을 전제하고 민족개조는 도덕 개조에서 출발해야 한다고 하였다.[35]

이어서 이광수는 우리 민족의 역사가 결코 부정적이지 않았음을 누누이 강조하고 있으나, 고대사의 긍정적 해석과는 달리 그는 조선왕조사에 대하여는 부정적인 견해를 피력하고 있다. 조선 왕조의 역사와 같이 현실에 대한 인식도 부정적인 견해를 보임으로써 매우 비관적인 패배 의식을 드러내고 있다. 이러한 그의 의식은 아무리 당대적 상황을 고려한다 하더라도 그것은 결국 일제가 주장하던 식민지사관과 매우 근접한 지점에 서게 됨으로써 많은 오해와 기회주의라는 비난의 소지를 남기고 있다.

이광수의 『단종애사』에서 『원효대사』에 이르기까지 그 작품 속에 반영된 사상이 억압된 식민지사회에서 이 민족에게 심어 주려는 자구적인 민족주의 정신의 계몽으로 일관되었다 하더라도, 그것은 결국 민족 주권의 회복을 위한 투쟁 의지가 결여된 역사소설로서 스스로의 한계성을 지니고 있다.

그러나, 이러한 비난이 어느 정도 정당한 것이라 할지라도, 투쟁 의지의 표명이 당시의 상황 아래 현실적으로 불가능했다면 이러한 윤리 도덕적 개선이나 풍속 개량 등을 바탕으로 한 그의 민족 계몽의식은 나름대로 절실한 이유와 타당성을 지니고 있다고 하겠다.[36]

그의 역사소설의 이해를 위해서는 「민족개조론」과의 관련 아래 파악해야 한다. 이 논설은 진화론에 의거, 민족정신의 개조를 주장한 글이다. 안창호의 「민족론(民族論)」에 영향 받은 그의 「민족개조론」은 발표 당시 그를 추앙하던 많은 청년들에게 하나의 충격적인 내용이 아닐 수 없었다. 그것은 우리 민족의 성격이 당시 일제가 주장하고 있는 식민지사관의 그것과 닮아 있었

---

35) 송백헌,『진실과 허구』(서울 : 민음사, 1989), pp. 271-272.
36) 이광수,「민족개조론」,≪개벽≫, 1922년 5월호 p. 63.

기 때문이었다.

그의 역사소설이 「민족개조론」과 밀접한 관련에 대해 송백헌은 다음과 같이 말하고 있다.

> 그의 역사소설관에서도 사실에 충실하려고 하면서도 무실역행적 (務實力行的)인 도덕관이나 풍속개량주의 혹은 더 나아가서 민족성 탐구와 개조를 통하여 문화민족으로의 길을 계몽하기 위한 의도를 지나치게 드러내는 한계를 보이기도 한다. 그러나 그의 역사소설인 「마의태자」(1926), 「단종애사」(1928), 「이순신」(1931), 「원효대사」 (1942) 등은 국란을 당하였을 때의 위기의 주인공들로서 개인사보다 는 시대적 상황 인식을 일깨우는 소설이라는 점에서 역사소설의 조건 에 접근하고 있다. 이러한 그의 역사소설은 당대의 시대적 상황에 대한 간접적이고 우회적인 고발의 기능을 시사한다. 여기에 잃어버린 민족의 정체성의 회복과 이를 실천하기 위한 민족성의 탐구와 개조를 곁들인 것이기도 하다.[37]

한편으로, 이광수는 「민족개조론」에서 주장한 민족성의 개조를 위해 수양동우회를 결성하여 활동하였고, 역사소설에서도 이의 실현을 주창하고 있다. 그는 「민족개조론」에서 이미 안창호가 말한 바 있는 무실과 역행의 지도자로 하여금 서서히 민족성을 개조해 나가게 되기를 바랐던 것이다. 그리고 바로 그 모델로서 이순신과 원효대사를 제시했다. 따라서 여기에서 이광수의 역사소설의 특성을 파악하기 위하여, 그의 「민족개조론」에서 피력한 그의 주장이 가장 잘 반영된 『이순신』과 『원효대사』를 살펴보고자 한다.

---

37) 송백헌,『근대역사소설연구』(서울:삼지원, 1985), p. 76.

2. 작품론

(1) 『이순신』

이광수는 자신이 「민족개조론」에서 주장한 우리 민족성의 개조를 위해
사회운동의 일환으로 수양동우회를 결성하였다. 도산 안창호에게서 많은
영향을 받고, 또 도산사상(島山思想)의 실현을 위해 결성된 수양동우회는
이광수에게 있어 일생일대의 사업이었다. 그는 안창호를 선구자라고 불렀
다.

> 나도 선구자 한 분을 압니다. 그는 내가 가장 존경하는 어른이십니
> 다. 그가 교육, 실업, 민족운동 할 것 없이 우리 땅의 여명운동 거의
> 전야에 긍하여 다 선구자여니와, 또 그런 줄을 내가 말하지 아니 하여
> 도 세상이 대개 아는 바여니와, 그 중에 가장 중요한 것, 다른 모든
> 것을 합한 것보다도 중요한 그의 선구가 있습니다. 그것은 무엇인고
> 하니 실(實)과 애(愛)의 운동이외다.
> 절대로 참되자. 결코 거짓말과 거짓 행위를 말자.
> 외식(外飾), 허장성세(虛張聲勢), 벌제위명(伐齊爲名), 빙공영사(憑
> 公營私) 등의 모든 허위를 버리자 - 이것이 실의 운동입니다.[38]

이광수는 도산의 영향을 받아 사회적으로는 수양동우회를 결성, 민족 개
조의 사업에 뜻을 두었으며, 작품으로는 『이순신』, 『원효대사』를 집필함으

---

38) 이광수,「선구자를 바라는 조선」,『전집』⑩, pp. 204-205.

로써 이의 실현을 독자들에게 기대했던 것이다.

　그가 숭배하는 역사적 인물로는 단군(檀君)과 세종대왕(世宗大王), 이순
신이 있었다. 그것은 소설 『이순신』의 '작자의 말'을 보면 알 수 있다.

　　　나의 외우 고하(古下)는 과거 조선에 우리가 숭앙할 사람이 3인이
　　있다 합니다. 한 분은 단군, 한 분은 이조 세종대왕, 그리고 또 한
　　분은 「이순신」이라고 합니다. <중략> 단군은 조선민중의 최초의 지
　　도자로, 세종대왕은 조선문화의 집대성자로, 이순신은 충의의 권화
　　(權化)인 무인으로 우리 조선민중의 전형이요, 숭앙의 표적이 된다는
　　뜻입니다.39)

　또 이광수는 ≪삼천리≫지 1937년 1월호에 게재된 독자와의 대담에서
이순신에 대한 존경의 마음을 다음과 같이 피력하고 있다.

　　　이해를 초월하여 영훼를 초월하여서 일단 옳다고 생각한 일을 위하
　　여는 제 목숨을 내바친다는 「의」의 정신-이것이 <이순신>에 있었지
　　요. 그러나　야심과 시기에 찬 조정간신의 성격이 보담 더 다수한
　　조선인의 성격적인 전형이었다고 나는 보아요.40)

　이런 이유에서 이광수는 『이순신』41)을 집필하였다. 그것은 "진실로 일생
에 이순신을 숭앙하는 것은 그의 자기 희생적·초훼거적 그리고 끝없는
충의(애국심)"42)를 그리고자 한 이유 때문이었다. 『이순신』에 나오는 부정
적 인물(antagonist)에는 「민족개조론」에서 지적한 대로 여러 가지 민족성의
결점이 가장 잘 묘사되어 있다.

---

39) 『전집』⑩, pp. 509-510.

40) 「『무정』등 전작품을 어하다」, 『전집』⑩, p. 522.

41) <동아일보> 1931. 6. 25부터 1932. 4. 3까지 178회에 걸쳐 연재.

42) 「<이순신> 작자의 말」, 『전집』⑩, p. 510.

이순신이 활동하던 시기는 선조(宣祖) 시대이다. 선조는 원래 성격이 나약했고, 이 시대에 와서 동인과 서인의 붕당으로 인한 정쟁, 또 동인은 남·북으로 갈려 소위 당쟁이 시작되었다. 서인에 속했던 율곡(栗谷) 이 이(李珥)의 십만양병설이 동인에 의해 묵살 당하고, 또 황윤길(黃允吉)과 김성일(金誠一) 등에 의한 토요토미 히데요시(豊臣秀吉)의 인물평이 각각 상반되게 나타나는 등 파당의 폐해가 극심하였다. 그 결과 임진왜란이라는 민족의 불행이 초래되었다.

소위 조선 제일의 장수라는 이 일(李鎰)은 적군을 만나기만 하면 두려워 도주하기에 바빴고, 신 립(申砬) 역시 달래강[達川]에다 배수진을 침으로써 죽음을 자초한다. 한편, 조정의 대신들은 왕을 모시고 평양을 거쳐 의주로 파천하기에 급급했고, 심지어 몇몇 사람은 명나라에 의부하자고 주장하는 지경에 이르게 된다.

이런 저간의 사정에 대해 이광수는 우리 민족의 결점이 임진왜란과 병자호란의 피해를 입은 원인이라고 지적하고 있다. 그것은 당리당략과 공리공론에서 비롯된 조선사회가 안고 있는 허위와 나타(懶惰) 때문이었다고 말한다.

> 심지에 임진, 병자지역가튼 홍망의 유관한 대사건에도 당시의 당국자들은 군비나 산업에 노력하기보다 의리가 어떤 둥, 어는(느?) 대장의 문벌이 어떤둥하야 혹은 의주의 행재(行在), 혹은 남한(南漢)의 몽진에 공상과 공론만 일삼았습니다. 진실 근대조선사는 허위와 나타의 기록이외다.[43]

임진왜란이라는 민족의 위기에 직면하여 등장한 이순신은 이광수가 기대하는 구국의 영웅이며 민족의 지도자였다. 온갖 열악한 조건과 환경에서도

---

43) 이광수,「민족개조론」,『개벽』, 1922년 5월호, p. 61.

병선을 수리하고 거북선을 건조하였으며, 왜적과의 싸움에서도 언제나 뛰어난 전략을 수립하여 승리를 쟁취했던 것이다. 또한 반대파의 참소로 죽음 직전에 이르렀던 이순신은 백의종군을 하면서도 충혼을 발휘, 왜란이라는 위기로부터 조선을 구원한다. 이순신은 이광수가 말하는 무실역행의 본보기로서 충분한 자격을 갖춘 인물이었다.

임진왜란 당시의 우리 사회는 이광수의 「민족개조론」에는 우리 민족의 단점으로 지적한 그런 요소를 지닌 인물이 적지 않게 등장하고 있다. 따라서 소설 『이순신』에서 철저하게 부정적 인물로 설정된 그들은 허위의 인물이면서, 이기심의 인물, 나타의 인물, 무언의 인물, 사회성 결핍의 인물로 묘사된다. 반면에 긍정적 인물은 이순신을 비롯하여 류성룡(柳成龍) 등 단지 몇 사람만이 등장하는데, 그러나 진정한 민족의 지도자로 부각될 수 있는 인물은 이순신뿐이다.

이광수는 평소 생각하고 있던 민족의 지도자상을 「민족개조론」이 라 는 글 을 통해 민족 앞에 제시하였고, 이들을 몇 편의 소설 속에 형상화시키기도 하였다. 여기에서 먼저 이광수가 그리고 있는 민족 지도자의 한 사람인 이순신 장군이 소설 『이순신』에서 어떻게 형상화되었는가를 살펴보고자 한다.

가. 무실역행의 인물

이순신은 무엇에 앞서 무실역행의 본보기라고 할 수 있다. 그는 전라좌수사에 부임하자마자 수군의 정비와 거북선의 건조에 힘을 기울인다. 그 이유는 그가 왜적의 내침을 확실하게 예측하고 있었기 때문이다.

> 그러나 이 수사는 남들이야 무엇이라고 비웃든지 공사만 끝내고는
> 아침부터 저녁까지 배 짓는 감독을 몸소 하였다. 다행히 도편수 한대

선은 수사가 정읍에 있을 때부터 사귀어서 여러 번 거북선 모형을
만들게 한 사람이기 때문에 수사의 뜻을 잘 알아들어서 이를테면 수사
의 유일한 동지라 할 것이요, 그밖에 수사의 병선 신조, 수군 대혁신의
정신을 알아주는 사람으로 바로 이 수사의 부하 되는 전라 좌수영
군관 송희립(宋希立)과 녹도 만호(鹿島萬戶) 정운(鄭運)이 있을 뿐이었
다.44)

이순신은 많은 이들의 비웃음을 사면서도 거북선을 건조하는 한편, 병선
의 수리, 수군의 훈련에 열중하였다. 그 결과 임진왜란을 발발하자 육지에서
는 연전연패를 거듭하여 왕이 의주까지 몽진을 할 수밖에 없었지만 이순신
이 이끄는 수군이 적의 보급로를 끊고, 더 이상 적의 상륙을 저지함으로써
국토를 지킬 수 있었다.

이러한 이순신의 철저한 대비에 대해 나라의 장수 자리에 있는 이들이
심한 반대의 뜻을 보였다. 그 중에서도 당시 국내 제일의 명장이라고 불리던
신 립이 대표적 인물이었다. 신 립은 거북선 건조의 금지를 왕께 진언하였
다.

> 왕은 신입의 「청컨대 주사를 파하고 육군에만 힘을 쓰게 하소서(請
> 罷舟師專意陸戰)」라는 계사를 받고 놀라지 않을 수 없었다. 왜 그런고
> 하니 그때에 마침 왕은 이순신의 장계를 받아 거북선의 그림과 아울러
> 그 시험 성적을 보고 혼자 기뻐하던 때인 까닭이다. 이렇게 좋은 거북
> 선을 왜 없이 하라는가, 적이 우리 바다로 오거든 어찌 하여 주사를
> 폐하라고 하는가, 이에 대하여 왕은 의심하지 아니할 수 없었다.45)

그런데 신 립의 파당들은 수군을 폐하자는 강경한 논의를 폈다. 류성룡에
게서 조정의 공론을 전해들은 이순신은 왕에게 장계를 올려 오히려 수군을

---

44) 「이순신」, 『전집』⑤, p. 160.
45) 상계서, p. 164.

강화해야 된다고 의견을 개진하여, 마침내 왕의 윤허를 얻고 계속 거북선의 건조에 힘을 쏟는다. 따라서 육전에서는 신립·이일 등이 계속 왜병에게 패했지만, 이순신만은 해전에서 승승장구할 수 있었다.

이광수는 이러한 이순신의 무실역행의 태도에 대해 소설 속에서 "이것은 조선 민족의 성격은 아니다. 조선 민족 중에는 이순신 같은 사람도 있지 아니 하냐."라고 하여 감정을 앞세워 주관 섞인 극찬을 아끼지 않고 있다.46) 이러한 점은 이광수의 다른 작품에도 많이 보이는 현상이다.

이광수는『무정』의 초반부에서 이형식과 박영채, 김선형 사이의 갈등을 골자로 하는 사건을 진행시키다가 후반부에 들어가면서 갑자기 민족 계몽을 역설하여 작품의 초점을 흐리게 하였고, 이런 그의 작가적 태도가『흙』에 까지 이어지는 것을 보면, 소설의 대 사회적 기능을 중요하게 여긴 듯하다.

나. 충의의 인물

또한 이순신은 충의의 인물이다. 이순신은 한 나라의 운명을 두 어깨에 짊어지고 충성과 책임감, 용기로써 나라 일을 추진해 나갔다.

> 실로 일국의 운명을 두 어깨에 지기에는 순신은 너무도 하잘 것이 없는 지위를 가진 사람이었다. 오직 하늘에 너무 나라를 위하는 충성, 목숨보다 자기의 맡은 사명을 더 중히 여기는 책임감, 하늘이 무너져 덮더라도 까딱 없는 용기—이것이 순신으로 하여금 이 길을 떠나게 한 것이었다.47)

이순신은 벼슬이 높고 낮음이 국가에의 충성과는 아무런 관련이 없다고 생각하고 있었다. 오직 나라를 생각하는 마음 한 가지만이 중요한 것이다.

---

46) 상게서, p. 221.
47) 상게서, p. 241.

　유성룡은 이순신이 그만한 작위로 하여 충성이 더하고 덜할 사람이
아니라고 생각하고 전쟁이 끝난 다음에 징비록(懲毖錄)에 한산도 싸
움에 관하여 이렇게 적었다. <중략>
　이것은 한산도 싸움이 아니라면 전라·충청·황해·평안, 각도의
연해를 보전하여 군량을 대고 연락을 취하여 나라가 다시 일어날 수가
없었다는 것이었다.[48]

　이순신의 이러한 충성심은 한산도(韓山島)와 부산(釜山) 싸움에서 승리할
수 있었고, 이 승리는 전쟁에 지치고 불안에 떨던 백성들에게 새로운 힘을
주었다. 그래서 각 지방에서도 의병이 궐기하였고 다른 관리에게도 큰 자극
을 주었다.

　한산도와 부산 싸움이 있은 후로 각지에는 의병이 일어났다. 이것
은 이순신의 용기가 패잔한 조선 백성에게 새로운 힘을 넣어 줌이었
다.
　의병뿐 아니라 관리 중에도 새로운 용기를 얻어 싸우는 이가 생겼
다. 예를 들면, 김제 군수(金堤郡守) 정담해(鄭湛海) 해남 현감(海南縣
監) 변응정(邊應井) 같은 사람이다.[49]

　이 공로로 이순신은 삼도수군통제사가 된다. 그러나 이순신은 코니시 유
키나가(小西行長)와 요시라(要時羅)의 계략과 원 균(元均)의 모함을 받아 금
부에 압송된다. 죄명은 '왕을 속였다.'는 것이었다. 류성룡과 이원익(李元
翼)은 이순신을 변호할 수 없는 입장에 놓이게 된다. 그를 위한 변호가 오히
려 불리하게 작용할 것 같았기 때문이다.　백성들의 소요와 정 탁(鄭琢)의
적극적인 구명 운동으로 목숨을 건진 이순신은 도원수 권 율(權慄)의 막하에
서 백의종군을 명 받는다. 도중에 이순신은 모친의 부음을 접하지만, 집에

들르지도 않고 진영으로 향한다.

이순신의 후임으로 삼도수군통제사에 부임한 원 균이 칠천도(漆川島) 싸움에서 대패 전사하자 이순신은 다시 통제사에 복직하게 된다. 그러나 병선은 거의가 부서지고 겨우 열두 척만 남아 있었다. 이순신은 이것을 이끌고 적선 오십여 척과 대치한다.

> "병법에 말하기를 必死則生, 必生則死(죽으려고 하면 살고, 살려고 하면 죽는다.)라 하였고, 또 一夫當逕, 足懼千夫(한 사람이 길을 막으면, 천 사람을두렵게 할 수가 있다.)라 하였으니, 이것이 지금 우리를 이름이다. 너희 제장은 살 생각을 말고 조금도 영을 어기지 말라. 우리는 나라를 위하여 사생을 같이 하기를 맹세하였으니 나라 일이 이같거늘 어찌 한번 죽기를 아끼랴. 나라와 의리를 위하여 죽으면 죽어도 영광이 아니냐. 조금이라도 군령을 어기는 자면 군률로 시행하리라."[50]

병선 열두 척을 이끌고 출진하는 이순신에게는 오로지 진충보국하겠다는 마음뿐이었다. 이 충의정신이 바로 구국의 원동력이 되었다. 한편 명에서 원군을 보내오고, 왜군은 육지에서도 패배를 거듭하게 된다.

남부지방까지 퇴각한 왜군은 경상도 일대에 성을 쌓고 노략질을 일삼다가, 마침내 토요토미 히데요시가 죽자 철수를 시작하였다. 이순신은 마지막으로 조선에서 철수하는 왜군을 그대로 두지 않았다.

> 순신은 심서를 정할 길이 없어 하다가 삼경이 되어 세숫물을 들이라 하여 머리를 빗고 세수하고 통제사의 군복을 입고 배 위에 올라가 꿇어앉아 하늘에 빌었다—"이 원수만 없이 하면 죽어도 한이 없사오니 도와주옵소서." 이때에 큰 별 하나가 횃불 같은 꼬리를 끌고 날아

---

50) 상계서, p. 313.

와 관음포 바다 속에 떨어졌다.[51)]

이순신은 노량해전에서 적군을 맞아 싸우다가 적의 유탄을 맞아 전사한
다. 임진왜란이 시작되기 전부터 왜적의 침입을 예측하고 수군을 정비하는
한편 거북선을 건조하였으며, 7년의 전란 기간 중 홀로 국가의 운명을 짊어
졌던 이순신은 전란이 끝남과 동시에 그 생애를 마쳤다. 그것은 그를 믿고
따르던 백성들에게 커다란 슬픔이었다.

> 순신의 유해는 고금도 본영으로 돌아갔다가 아산 선영에 안장하였
> 다. 순신의 상여가 지날 때에 백성들은 길을 막고 통곡하였다.<중략>
> 그가 돌아간 지 삼백 삼십 사 년 사월 이일에 조선 오백 년에 처음이요,
> 나중인 큰 사람 이순신(충무공이란 말을 나는 싫어 한다. 그것은 왕과
> 그 밑에 썩은 무리들이 준 것이기 때문에)의 슬픈 일생을 그리는 붓을
> 놓는다.[52)]

작가는 『이순신』에서 이순신 장군을 우리 역사상 가장 위대한 인물로
그렸다. 이순신은 바로 그가 말한 무실역행의 인물이요, 충의의 인물이었던
것이다. 남의 비방을 들어도 묵묵히 옳다고 생각하는 바를 실천해나가면서,
한편으로는 아무런 벼슬도 없이 백의종군하면서도 나라만을 생각하고, 기
꺼이 자신의 생명을 나라에 바친 이순신은 작가에게 아주 매력적인 인물이
었다.

이광수는 자신이 「민족개조론」에서 말한 바 있는 민족의 지도자로 가장
적합한 인물로 이순신을 역사적 사실에서 찾아낸 것이다. 이처럼 소설 『이
순신』에 나타난 이순신의 인격과 충절의식은 우리 역사상 가장 으뜸인 것으
로 그려져 있다.

---

51) 상게서, p. 333.
52) 상게서, p. 336.

또한 이순신은 백성을 사랑하고 그들과 일체감을 가지며 나라를 수호한 훌륭한 인물로 묘사되어, 작가가 꿈꾸던 민주적 정치의식과 애국심이 한데 어울린 훌륭한 인물로 형상화되어 있다.

이상으로 이광수의 소설『이순신』의 내용을 살핀 결과 작가가「민족개조론」에서 말하고 있는 민족의 지도자로 가장 대표될 수 있는 인물이 바로 이순신이며, 그것이 소설 속에서 무실역행의 인물로, 또 충의의 인물로서 구체적으로 형상화되어 있음을 알 수 있었다.

이광수는『이순신』에서 우리 역사상에서 가장 존경하는 훌륭한 인물을 작품화한다고 말하였다. 그러한 인물을 창작의 대상으로 삼은 이유는 물론 애국자로서의 높은 정신과 희생적 봉사를 묘사, 제시하여 일제 식민지하의 민족적 의지를 회복하고 애국심을 유발시키려는 이광수의 계몽적 의도와 직결된다고 볼 수 있다. 작가는 이 작품에서 이순신은 군병을 다스릴 때에도 일방적인 명령만 내리기만 하는 입장이 아니라 오히려 군병들의 지혜와 전략을 모두 결집시킴으로써 민주적 절차를 실행하는 인물로 그리고 있다.

또 이름 없는 피난민, 농민, 어민들과도 밀착된 유대감을 형성하여 전란을 승리로 이끄는 주도적 인물로 묘사하였다. 그는 백성들을 자식처럼 사랑하였다. 전쟁으로 고통받는 백성들을 위하여 전란을 승리로 이끌어야만 한다는 생각에 밤잠을 이루지 못하였다. 이는 소설의 주인공 이순신의 애민사상으로서, 바로 작가 이광수의 인도주의 사상이기도 한 것이다.[53]

이와 같이 이광수는 자신이 앞서「민족개조론」에서 주창한 바 있는 민족개조를 이끌어 갈만한 지도자를 그의 역사소설에서 구체화시킨다. 소설『이순신』은 바로 이광수의 사상을 대표하는 작품이다.

---

53) 신동욱,「이광수 소설에 설정된 지도자상의 형상적 고찰」,『춘원 이광수 문학연구』
    (서울:국학자료원, 1994), p. 51.

(2) 『원효대사』

『원효대사』[54]는 수양동우회 사건 이후에 발표된 작품이다. 이때는 이미 이광수가 친일로 훼절한 다음이었는데, 이광수는 이 작품을 통해 역사에 나타난 인물에서 채택한 사상적 지도자상[55]을 형상화시킴으로써 그의 역사소설의 특징을 가장 잘 드러내고 있다고 평가받는 작품이다. 이 무렵의 이광수는 훼절로 말미암아 자기 변명에 급급한 지도자였는데, 문학을 통해 종교적 자기 탐구와 더불어 민족생활 탐구에 힘을 쏟고 있었다.

가. 신라정신의 고양

이광수는 『원효대사』의 서문 「내가 왜 이 소설을 썼나」에서 원효라는 과거의 인물을 통하여 민족적 특징을 내세우고자 하는 의도에서 작품을 집필하였다고 말하였다. 이는 자신의 모습을 원효에게서 발견했기 때문이었다. 즉 원효는 작품 속에 투영된 작가 자신이었다.

> 내가 원효대사를 내 소설의 주인공으로 택한 까닭은 그가 내 마음을 끄는 사람이기 때문이다. 그의 장처 속에서도 나를 발견하고 그의 단처 속에서도 나를 발견한다. 이것으로 보아서 그는 가장 우리 민족적 특징을 구비한 것 같다.[56]

이 작품을 통해 이광수는 신라를 배경으로 한 민족적 전형의 형상화에 관심을 보인다. 즉 희생적이고 충효사상으로 가득 찬 전형적 인물로써 형상

---

54) <매일신보> 1942. 3. 1부터 10. 31까지 연재.
55) 신동욱, 전게서, pp. 7-54 참조. 신동욱은 이광수 소설에 나타난 지도자상을 ① 구국의 지도자상(이순신) ② 사상적 지도자상(원효대사) ③ 교육적 지도자상(무정) ④ 농촌계몽지도자상(흙) ⑤ 사회교화의 지도자상(안창호) 등 다섯 가지로 나누었다.
56) 『이광수전집』⑩, p. 530.

화된 존재가 곧 원효였고 원효는 신라인으로서의 전형성을 가장 잘 보여준
인물이라고 생각했다. 그래서 작가는 신라의 사상과 풍속, 문화 등 신라를
보여줄 수 있는 모든 것을 작품 속에 그리려고 노력했던 것이다.

> 나는 이 소설에서 원효를 그릴 때에 그의 환경인 신라를 그렸다.
> 왜 그런고 하면, 신라라는 나라가 곧 원효이기 때문이다. 크게 말하면,
> 한 개인이 곧 인류 전체이지마는, 적어도 그 나라를 떠나서는 한 개인
> 을 생각할 수 없기 때문이다. 원효는 사람이어니와, 신라 나라 사람이
> 었고, 중이어니와, 신라 나라 중이었다. 신라의 역사에서 완전히 떼어
> 내인 원효란 한 공상에 불과하다. 원효뿐이 아니라, 이 이야기에 나오
> 는 요석 공주도 대안법사도 다 신라 사람이다. 그들은 신라의 신앙과
> 신라의 문화 속에서 나고 자란 것이다. 여기 민족의 공동 운명성이
> 있는 것이다.
> 나도 원효와 불가분의 것으로 당시의 신라문화를 그려보려 하였다.
> 그 고신도(古神道)와 거기서 나온 화랑과 역사에 남아 있는 기록으로,
> 또는 우리말에 품겨 있는 뜻으로 당시의 사상과 풍속을 상상하려 하였
> 다.<중략> 나는 독자가 이것을 웃어 버리지 말고 연구의 대상을 삼
> 아서 우리의 역사와 성격을 천명하기를 바란다.57)

이것으로 이광수가 원효라는 인물을 형상화시키면서 신라의 신앙과 신라
문화와의 관계 아래 파악하려 한 작가의 의도를 알게 한다. 이광수는 개인의
운명도 민족 공동체의 민족성에 좌우되며, 좋은 민족성을 계승시키고 발전
시켜야 한다고 보았다.

그러한 시각에서 소설 『원효대사』는 인간 원효를 만든 사회적 배경에
역점을 두었다는 데서 평가받을 만하다. 사상적으로, 또 인격적으로 탁월한
신라의 고승 원효는 그냥 생겨난 것이 아니라 신라의 고신도 화랑을 무리로
한 김춘추, 김유신, 자장, 원광, 안홍이라는 신라의 거대한 인물의 산맥에서

---

57) 상게서, p. 531.

탄생된 것이라는 견해다.[58]

김윤식의 지적대로 이광수는 자신이 바로 파계승 원효라고 생각하고 작품을 쓴 것이다. 이광수와 원효대사는 닮은 점이 많았다. 이광수는 친일행위에 뛰어든 자신을 검은 누더기를 걸친 채 호리병을 들고 춤추며 다니는 거랑방이이요 파계승인 원효에 비유했다. 그러나 원효의 누더기 속에는 신라를 구할 만한 은밀하고도 큰 웅지를 지니고 있었다. 이광수는 이러한 원효의 『화엄경(華嚴經)』이 품고 있는 웅장한 보살행을 그리워하며 자신의 입장을 옹호하는 태도를 견지했다.[59]

원효는 승복을 벗고 속인의 복장을 한 채 광대짓도 서슴치 않았다. 그리고는 "아무 것도 거리낄 것이 없는 사람은 한 도로써 생사를 벗어났다."는 뜻에서 '무애'라고 이름 지은 노래와 춤을 하층민에게 들려주고 보여주면서 그들과 어울려 생활했다. 승려이며 귀족인 원효는 무엇보다도 먼저 특권의식을 깨뜨리고자 했다. 원효는 육두품 출신이다. 육두품은 진골 다음 위치에 있는 계급으로서, 사회적 진출에 약간의 제한은 있었지만 귀족에 속했다. 원효는 귀족 의식을 버리고 스스로 거랑방이가 되어 기괴하게 생긴 뒤웅박을 회롱하면서 춤을 추고 노래를 부르며 민중 속을 돌아다녔다. 원효는 귀족적 편견의 굴레에서 벗어나 민중적 인간, 사소한 주장에 사로잡히지 않는 보편적 인간, 분열을 극복한 통일적인 인간의 본보기를 보여주려고 했다.

신라가 원효이고 원효가 신라라고 파악한 이광수는 신라의 언어를 추적하고 민중 공동운명체로서의 화랑의 풍류도와 희생정신, 충효사상을 추적하여 이를 작품 속에 형상화하였다. 그러므로 불자로서의 원효라기보다는 신라의 문화를 배경으로 한 인격체로서의 원효를 묘사하고 있다. 그런 의미에서도 『원효대사』는 리얼리티를 획득하여 이광수가 친일행위를 시작한 이후에도 조선인의 뿌리를 파헤쳐 정체성을 회복하는 결과를 가져오게 되

---

58) 윤홍로, 『이광수 문학과 삶』(서울 : 한국연구원, 1992), pp. 211-212.

59) 김윤식, 『이광수와 그의 시대』③ (서울 : 한길사, 1986), p. 960 참조.

었다. 이는 작품 창작의 심층적인 잠재심리(민족심리)와 창작의 기술이 소설
의 리얼리티로 발전한 결과이다.[60]

소설의 시대적 배경은 신라이다. 따라서 『원효대사』에는 신라의 정치제
도, 언어, 음악, 풍습, 외교 관계 등이 소상히 나타난다. 특히 우리 고어와
민간신앙을 잘 그리고 있다.

> 이러한 신들은 곧 우리 민족의 족보요, 역사요, 종교요, 철학이요,
> 문화요, 언어였다. 다만 나라에서만 이 신들을 받들고 제사할 뿐 아니
> 라, 고을에나 마을에나 개인의 집에나 또 개인이나 모두 직신이 있었
> 다. 직신, 직성이라 하는 것은 신이라는 뜻이다.[61]

『원효대사』에는 왕을 비롯해서 귀족, 승려, 평민, 거지, 도적떼 등 당시의
사회를 구성하는 모든 계층의 인물이 등장한다. 그러나 이들 다른 계층의
인물들은 서로 갈등 관계에 놓이거나, 사회적 구성원으로서 조직되어 있지
못하고 다만 중심 인물 원효의 보조 역할로서 그 의미를 가질 뿐이다. 다시
말하자면 원효라는 한 개인의 영웅화를 위한 수단이 된다. 원효는 말도 잘하
고 글도 잘하며 설법도 잘하는 사람이다. 그래서 원효의 주변에는 그를 사모
하는 여인이 많다. 승만여왕, 요석공주와 같은 귀인에서부터, 삼모와 아가사
같은 천한 신분의 여인들도 원효를 사모하고 따랐다. 그 여인들에게 있어
원효는 바로 이상적인 남성상이었다.

> 이때에 왕은 지금까지도 합장하고 있던 손을 내리시며,
> "대사, 이 몸의 청을 들어주시겠소."
> 하는 소리는 떨렸다.
> "소승에게 무슨 청이오니까."

---

60) 윤홍로, 전게서, p. 210.
61) 「원효대사」,『이광수전집』⑤, p. 416.

"앞으로 어느 세상에 가서 나시든지 이 몸도 따라가서 나게 하시겠
소? 이 몸이 등조왕(燈照王) 궁의 청의녀(靑衣女)가 되게 하시겠소.
이 자리에서 무슨 말씀은 못하리. 이 몸은 칠년 전 대사께 승만경을
들은 이래로 대사를 사모하였소. 대사를 곁에 모시고 싶었소. 그러나
이 몸은 여자요, 또 이 나라의 임금이매 참고 있었거니와, 대사는 보살
의 화신이시라, 다시는 중생의 몸을 쓰실까 싶지도 아니하여 차생
내생에 내 원은 못 달할 것으로 알고 있었소. 그러나 만일 대사가
다시 인간에 생을 받으시면 선혜선인(善惠仙人)이 청의녀를 이끌어
세세생생에 부부가 되듯이 이 몸도 세세생생에 대사를 따르게 하여
주시오."

　　왕의 눈에서는 불이 이는 듯하였다.[62]

　원효에게 향한 승만여왕의 애절한 사랑은 당초부터 이루어질 수 있는
성격이 되지 못한다. 여왕에게 결코 뒤지지 않는 아유다(요석공주)의 사랑도
원효에게 거절당한다. 아가사는 원효를 아버지처럼, 스승처럼, 남편처럼 그
리며 따르는 여인이다. 이처럼 여러 여인들로부터 사랑의 대상이 되는 원효
는 바로 이광수가 꿈꾸는 이상적인 남성상과 다름없었다.

　원효를 사랑하는 또 하나의 여인 삼모는 창기였다. 대안과 함께 삼모의
집에서 대취하도록 술을 마신 원효는 자신을 붙잡는 삼모를 뿌리치고 밖으
로 나온다. 대안과 헤어진 원효는 혼자 길을 걷다가 요석궁의 병사들과 만나
병사들에게 강제로 끌려간다. 원효는 할 수 없이 요석공주와 사흘을 같이
지내면서 부부의 인연을 맺어 파계를 한다.

　그 다음 원효는 스스로 거랑방이 생활을 하며 방랑의 길에 오른다. 그는
민중 속에서 고락을 같이 하며 이들을 위해 봉사한다. 지팡이를 던져 우물을
마르게 하는 이적을 보이기도 하고, 끓는 기름가마 안에서도 태연히 견디는
등 신통력을 발휘한다. 마지막으로 그는 바람을 만나 이들 도적의 무리를

---

62) 상계서, p. 348.

감화시킨 다음 서울로 데리고 들어와 선민으로 살 수 있도록 만들어 주는데, 이들은 뒷날 신라가 삼국통일을 이루는 데 일익을 담당하게 되어 선업에 대한 보상을 한다.

원효는 모든 여인으로부터 흠모의 대상이고, 문무를 겸비한 종교가이며 또한 애국자이다. 하나의 영웅으로만 형상화된 것이 아니라 이상적인 남성상으로 비쳐진다.

그러나 소설 『원효대사』에 나오는 인물들은 그 묘사에 있어 현실감이 결여되었다는 약점을 가지고 있다. 신비화되고, 우상화된 원효의 모습으로 인하여 소설 속의 원효는 국가의 지도자, 종교가의 모습보다는 차라리 신통력 있는 도사처럼 보인다. 가상아당에서의 고통 어린 수련 과정, 직접 몸을 이끌고 민중을 계도하기 위해 희생하는 원효의 인간적인 고뇌와 번민을 보여주기보다는 원효의 비범한 능력을 과장되게 부각시켜 인물의 신비화, 영웅화에만 주력했다는 느낌을 주고 있다.

이런 이유에서 아무리 원효가 민중 속으로 들어가서 그들과 어울렸다고는 하나 진정한 의미에서 민중과 동화되지 못 한다. 원효는 단지 자신은 우월한 존재라는 생각을 가진 채 민중을 구제한다는 하향적 시혜의식만을 드러내고 있을 뿐이다.

나. 대승보살행의 실현

인간의 마음(衆生心)은 공간적으로는 전 우주를 인식 내용으로 하고, 시간적으로는 과거로부터의 역사를 포함하면서 무한한 미래를 개척하고자 한다. 마음은 망상(妄想)과 깨달음 두 가지로 나누어지는데, 인간은 수행을 통해 망상에서 벗어나 깨달음의 경지에 도달할 수 있다. 이 마음의 위대성을 대승(大乘)이라고 한다. 깨달음을 위한 실천 방법으로는 진법(眞法), 불(佛), 법(法), 승(僧)을 믿는 사신(四信)과 보시(布施), 지계(持戒), 인욕(忍辱), 정진(精

進), 지관(止觀)의 오행(五行)이 있다.

『원효대사』는 이광수 자신이 "한 중생이 불도를 받아 대승보살행으로 들어가는 경로를 그린 작품"이라 말했듯이 대승불교사상을 바탕으로 한 작품이다. 대승불교는 자신의 해탈만이 아니라 모든 중생 곧 생명 있는 모든 것을 다 구제하고자 하는 불교사상이다. 대승보살행이란 지로써 상을 구하고 육도(六道)를 행하여 중생을 제도한다.

그래서 보살은 열반을 하여도 그것에 머무르지 않고 그 대비와 대지력으로써 생사의 고해인 중생계에 다시 돌아와 중생을 구한다. 그것은 단지 정토만을 바라는 일부 승려의 구도와는 다른 길이었다.

> 원효가 아미타불경을 설한다는 것은 의외였다. 여기 모인 중들은 말할 것도 없거니와 알천, 춘추, 유신 등도 의외로 여겼다. 왜 그런고 하면 그때에 신라에서는 자장이나, 혜통(惠通)이나, 명랑(明朗)이나, 고승이란 고승은 대개가 밀교(密教)파였고 그렇지 아니한 자는 원효와 같은 지식승으로서 화엄, 법화, 반야경을 존숭하였다. 정토(淨土)를 바라는 것은 무지무식한 하급 사람들의 일이라고 생각하였다. 그러므로 염불보다도 진언(眞言)이 숭상되었고 오직 유식한 일부에서 경론을 좋아하였다.
> 그러나 원효는 이날에 왕을 위하여 아미타경을 설하기로 결심하였다. 왕이 원을 품고 승하하시니 극락정토에 왕생할 것밖에 들려 드리고 빌어 드릴 것은 없는 것 같았다.63)

그리하여 원효는 대승불교사상을 실천하기 위해서 보시를 통해 민중들을 제도하고자 한다. 대승불교는 지금까지 석가에 한정하였던 보살이라는 개념을 넓혀 일체 중생에게도 성불(成佛)의 가능성을 인정하는 것이다. 이것은 진정한 불교의 정신이 '자리행(自利行)'에 있지 않고 '이타행(利他行)'에

---

63) 상게서, p. 355.

있음을 의미하는 동시에 출가자(승려)만의 종교가 재가자(일반민중)에게까지 확대되었음을 의미하고 있다. 원효는 『대승기신논소(大乘起信論疏)』에서 "일심이 곧 만물의 주추"라고 말했다. 그러나 이 작품에 나타나는 종교관은 불교만으로는 설명할 수 없는 아주 독특한 것이어서 불교가 샤머니즘, 도교 등과 함께 작품 속에서는 무리 없이 융합되어 있다. 더욱이 종교 그 자체에서 우리말이 파생되었음을 밝히고 있다. 이것은 이광수의 이상적 종교관에서 나온 것이라 볼 수 있다.

이광수에게는 종교란 모두 자기를 부정하고 남을 위하는 인도적 박애주의에 그 공통점이 있기 때문에 서로 조화될 수 있는 것이고 그것은 사랑으로 표출된다. 따라서 그의 사랑 속에는 천도교와 기독교, 불교, 그리고 톨스토이의 인도주의 사상이 한데 융화되어 있는 것이다. 그러나 이는 이광수의 사상에 그칠 뿐이고, 실제로 각 종교들은 내세관이나 종교 양식에 있어서 상당한 차이를 갖고 있다. 중요한 것은 이러한 종교관이 현실 인식에 있어서 어떠한 작용을 하는가 하는 점이다. 작품에 나타나는 원효의 현실 개입은 종교적인 인간애를 내걸고는 있지만, 실제 묘사된 그의 행동은 앞서 지적했듯이 윗사람이 아랫사람에게 베풀어주는 시혜와 동정으로 일관되어 있다. 그것은 오로지 자비심에서 비롯된다.

> 원효는 청정보전에서 나와서 중생 속에 들어가 중생과 같이 고생하고 슬퍼하고 기뻐할 충동을 느낀다. 모든 중생을 위로하고 그들과 동무가 되고 그들의 의지가 되고 그들의 빛이 되고 길이 되어야 할 것을 느낀다. 모든 중생을 다 건져서 하나도 남김이 없이 되기 전에는 성불 아니하리라던 법장비구(法藏比丘)의 맹세의 심경을 맛본다.
> 원효는 붓을 들었다.
> "菩薩變化. 示現世間. 非愛爲本. 但以慈悲. 令彼捨愛. 假諸貪慾. 而入生死."(보살이 사람의 몸을 가지고 세상에 나타나는 것은 애욕으로 그리하는 것이 아니라, 오직 자비심으로 중생으로 하여금 애욕을

버리게 하려고 모든 탐욕의 모양을 빌어 나고 죽는 중생이 됨이니라.)
이렇게 쓰고 원효가 붓을 던질 때 향합에 남은 향이 저절로 타서
향기가 법계에 차고 원효의 몸에서는 환하게 빛을 발하였다.[64]

이처럼 원효는 이광수가 우리 역사상에서 만난 최고의 사상가이며 실천
가이다. 이런 원효는 일찍 어머니를 여의고 할아버지 밑에서 자라며 국선도
를 배운다. 장성한 후 그는 출가한 승려로서 생활하지만, 그의 심중에 자리
잡은 가치 인식은 민족통일과 사회 안정을 목표로 한 것이었다. 그 목표에
도달하기 위하여 원효는 대인격의 완성에 전 생애를 바친 것으로 서술되어
있다. 원효는 일찍부터 백제 · 신라의 상호 침략 관계와 고구려 · 신라의 대
립 관계에서 오는 극심한 사회적 불안을 보았고, 삼국이 통일된 후에도 밖으
로는 당나라의 심한 정치적 간섭과 안으로는 지역 감정의 문제로 말미암아
여전히 사회적 불안이 존재함을 체험하였다. 여기서 국가의 안정 문제에
부심하며 불도를 닦을 때, 중심 과제는 화쟁(和諍)의 사상이었다. 이는 바로
구체적으로 불교의 여러 종파를 총화시키는 사상이기도 했지만, 근원적으
로 통일을 전후한 신라의 국론 통일과 사회 안정의 길도 같은 사상의 뿌리에
있음을 자각한 것이었다. 따라서 원효는 화쟁의 논리로써 민족의 분열과
단절을 불식시키고자 하였다.

원효 시대에는 어떤 문학이 있었던가? 설화도 있었고, 향가도 있었
고, 한시문도 있었다. 그러나 이러한 문학은 어느 것이나, 원효의 생각
대로 말한다면 유가 아니면 무에 집착하고, 속이 아니면 진에 집착했
다. 자기 나라만 위대하다고 하는 건국신화 같은 것은 편협한 유에
집착한 것이고, 내세를 희구하는 향가는 무에 집착한 것이다. 일반
백성들의 노래는 생활의 실상은 갖추었지만 속에 머무르고, 숭고한
이상을 내세우는 노래는 공허한진에 구속되었던 것이다. 이리하여

---

64) 상게서, p. 541.

문화는 분열되고, 문학은 서로 단절되어 있었다. 이러한 때에 원효는
화쟁의 논리로써 분열과 단절을 격파했을 뿐만 아니라, 스스로 노래부
르고 춤을 추면서 돌아다니기도 했다.[65]

이광수는 이 작품에서 국선도의 풍류 사상이 고신도와 연결되고 무속신
앙과 연결됨을 말하고 있다. 또한 원광(圓光)의 화랑오계나 대안, 방울 스님
들의 무애의 경지도 충과 효의 근본 개념으로서 봉사하는 가운데 성취할
수 있었다. 그것은 우리 고유의 해 신앙이나 홍익인간의 정신이 불교의 대승
적 견지와 상통하고 있음을 말하는 것이다.

물론 이광수는 원효 자신이 개인적 수도와 봉사를 통하여 마침내 보편인
으로서의 인격을 완성해 낸 것으로 파악했다. 이광수는 원효가 끊임없이
시련을 겪으며 수행했고, 불행하고 어리석고 못난 사람들 속에 들어가 봉사
의 정신으로 헌신하는 이야기를 펼쳐 실천의 주인공임을 보여 주었다.[66]

『원효대사』의 작가 정신에 대해서는 민족의 정체성 찾기 등 여러 가지
언급이 많은 것도 사실이다. 그러나 우리 근대문학의 가치를 평가하는 중요
한 요소 중의 하나가 민족의 정체성을 찾는 일이라고 할 수 있지만, 민족의
정체성 모색이라는 자로써 모든 작품들을 평가, 재단하는 시각을 견지할
때 문학의 총체적인 평가는 이루어지기 어렵다.

　그때가 어느 때이라고 민족의 근본정신, 생활이상을 그릴 수 있었
단 말인가. 본래에 일제가 선생에게 〈원효대사〉의 집필을 허하고,
더구나 총독부의 기관지인 〈매일신보〉에 연재케 한 속셈은 기실
원효가 승병을 일으켜 나라에 충성한 불요불굴의 정신을 비상체재하
의 한인에게 알려, 이른바 「국가총동원」의 선전성을 노린 것이었으나,
선생은 이를 역이용하여 한민족의 정기를 부어 일으키는 천재일우의

---

65) 조동일, 『한국문학사상사시론』(서울:지식산업사, 1978), p. 45.
66) 신동욱, 전게서, p. 51.

기회로 삼았다 해야 마땅하다.[67]

　이병주(李丙疇)는『원효대사』가 일제 식민지 지배 아래에서 민족의 근본 정신과 생활 이상을 그림으로써 조선 민족의 정기를 불어넣기 위한 수단으로 제작되었음을 말하고 있는데, 이광수의 역사소설의 특성을 한 마디로 잘 나타내주고 있다고 볼 수 있다. 이밖에 이광수는『원효대사』에서 신라시대의 여러 가지 신앙의 모습을 보여 주는 한편, 우리말의 어원까지 고찰하여 민족의 순수한 정서를 대변하고 있는데, 그것은 작품의 여러 군데서 쉽게 발견된다.

　　바람은 앙아당 문을 열었다. 문에는 푸른 칠을 하고 기둥은 붉고 서까래에는 물결 무늬로 단청하고 벽과 천정에는 모두 그림이 그려 있었다. 동편 벽에는 푸른 용(미리), 서편 벽에는 흰 범, 천정 북쪽에는 검은 거북, 남쪽에는 붉은 방아(새)를 그리고 북벽에는 물동이를 앞에 놓은 아름다운 여신의 턱이 걸렸다. 이 이가 아신, 즉 허공신이다. 신의 곁에 맑은 샘이 솟는 우물이 있었다. 여신은 천지만물을 낳는다는 뜻이요, 샘은 여신의 덕을 상징한 것으로 역시 끊임없이 물이 나와서 만물을 먹여 살린다는 뜻이요, 동이는 그 둥글한 것이 만물이 나기 전의 허공을 가리키고 그 속에 그득 담은 물은 신의 작용을 표한 것이다.[68]

　여기에서는 우리 고유의 건축물과 사신 중의 하나인 허공신에 대한 설명이 나타난다. 작가는 여신인 허공신의 설명을 통해 우리 민족의 전통적 사상을 자세하게 보여주고 있는데 이것은 민족의 자부심을 높이는 장치로 이해된다. 이뿐만 아니라 이광수는 작품에서 삼국통일의 터전을 일군 화랑도의

---

67) 이병주, 「원효대사」, 『이광수전집』 ⑤, p. 600.
68) 「원효대사」, p. 534.

생활에 대해서도 자세하게 묘사하여 당 시대 젊은이들에게 민족 자존의
회복과 긍지를 심어주고 있다. 신라의 화랑들은 좋은 스승과 벗을 찾아 인격
수양에 힘썼으며, 담력과 무예를 길러 삼국통일의 기틀을 닦았던 것이다.

> 화랑들이 공부를 마치면 거랑방이가 되어서 명산 대천으로 돌아다
> 닌다. 이것은 좋은 스승과 벗을 찾는 뜻도 있고, 인정 풍속을 살피는
> 뜻도 있고 또 흉악한 사람이나 짐승을 만나서 담력과 무예를 닦는
> 뜻도 있고 웅대하거나 아름다운 자연 풍경을 보아서 느낌을 기르는
> 뜻도 있고 또 이름 있는 당에 가서 기도를 하는 뜻도 있다. 이것 저것
> 합하여서 남아의 금도를 늘이고 또 파겁을 하자는 것이 목적이지마는,
> 그 밖에도 청년남아가 정처 없이 유랑하는 것은 모험욕과 호기심을
> 만족시키는 유쾌한 일이었다.[69)]

우리의 역사소설에 나타난 우리의 풍습과 생활상, 우리의 말과 글, 고유의
신앙과 찬란한 문화의 창조를 통해, 우리는 우리 민족의 정체성을 찾을 수
있을 것이다. 그것은 단순히 배타적인 것이라기보다는 우리 고유의 문화와
정서가 지니고 있는 것에 대한 긍지이며, 이 긍지야말로 민족 발전과 민족해
방의 염원과 통하는 길임을 강조하고 있는 것이다.

---

69) 상게서, p. 436.

3. 소 결

이와 같이 이광수의 역사소설 제작 논리는 근본적으로 「민족개조론」의 사상에 연결되어 있는 것으로, 쇠퇴한 조선민족의 발전을 꾀하기 위해서는 역사의 교훈을 통해 민족 도덕성의 점진적인 개량을 완수해야 한다고 본 것이다. 그러면서 이광수는 민족의 도덕성이 지향해야 할 유교적 이념을 앞세움으로써 역사적 이념의 대응물이라는 인식 아래 역사소설이라는 독특한 문학 형식을 활용하게 되었다.

일찍이 이광수는 「민족개조론」에서 "조선민족 쇠퇴의 근본 원인은 타락한 민족성에 있다."라고 지적한 바 있지만 그는 『이순신』을 통하여 민족성 개조를 시도하고 있다. 역사소설을 통하여 민족성의 타락 즉 치자계급의 무능, 부패, 모략, 중상, 그리고 치자계급의 이런 면을 방관하는 백성 등을 비판하고 폭로하였다. 그러면서도 이순신 한 개인의 인격적 수양이 수많은 백성들의 인격을 얼마나 많이 변화 개조하였는가를 소설이라는 허구 속에서 상상하고 있다. 작가의 의도는 어디가지나 진화론적 관점에서 파악한 영웅—천재의 힘이 결국 열등한 민족을 우수한 민족으로 개조시킬 수 있다는 논리로써 이순신을 모델로 한 소설을 집필하였다고 볼 수 있다.

『원효대사』가 이광수의 친일행위 이후에 집필되었다는 사실을 토대로 하여 이 작품 내용 중에 원효가 요석공주 때문에 파계하고 고민한 일들이 작가가 수양동우회 사건으로 어쩔 수 없이 국가를 부정하고 민족을 보존하려는 심리를 시사한 것이라는 견해가 있는데, 이는 좀더 검토해야 할 문제다. 물론 작가 연구에서 이러한 결론이 있음에도 불구하고 작가의 친일행위를 위장된 친일 행위로 왜곡·속단하고 견강부회하여 이광수 개인의 결점을 감쌀 수 없음은 분명한 사실이다. 그럼에도 불구하고 이광수가 작품『원효대사』를 통하여 우리 민족의 뿌리를 찾고 한국 민족의 정체를 재현하여 민족 보존의 길을 암시하고 있는 것은 평가받아야 될 부분이다.『원효대사』에서 신라인의 기질과 당시의 인명, 지명, 관명을 비롯하여 궁중용어에 이르기까지 신라 말을 재현시켰다는 것은 당시 독자들에게 깊은 상징적 암시가 되기에 충분한 것이다.『이순신』과『원효대사』가 모두 민족성 탐구라는 작업의 일환으로 창작되었다는 것은 누구도 부인할 수 없는 사실이다.

　그러나 춘원의 역사인식과 현실인식은 결국 소설적인 허구에 의하여 재현되었지만, 반대로 소설의 허구가 이광수의 의도를 다른 곳으로 이끈 경우도 있을 것이라는 가정도 가능하다. 이광수가 민족의 자존심 회복을 위한 수단으로 역사소설을 집필한 경우를 생각해 볼 수도 있겠지만, 그의 친일행위가 노골화된 후에 발표한『원효대사』처럼 자신의 친일행위를 호도하기 위한 수단에서 작품을 썼다는 경우도 배제할 수 없는 집필 이유가 되기도 한다. 그러나 어찌 되었든 우리 민족성의 뿌리를 신라시대에서 찾으려는 역사소설이 나오게 된 것은 결국 소설이 안고 있는 허구성, 혹은 리얼리즘의 성격 때문에 가능한 일이라고 할 수 있으며, 이 작품이 우리 민족의 자부심을 고양시키는 데 적지 않게 기여했다는 것은 무엇보다 중요한 사실이다.

제3장

김동인의 역사소설

1. 김동인의 역사소설관

소설가는 일생을 통하여 여러 차례 작품의 모습을 바꾸게 된다. 그러나 우리 근대작가 중 금동(琴童) 김동인(1900-1951)만큼 작품의 경향이 자주 변한 작가도 드물 것이다.

≪창조(創造)≫ 동인으로 문학활동을 시작한 김동인은 초기에는 사실주의에 입각한 작품을 주로 발표하였다. 「약한 자(者)의 슬픔」, 「마음이 옅은 자여」 이외에 「배따라기」, 「태형(笞刑)」, 「감자」 등은 모두 여기에 속하는 작품이다. 후에 김동인은 탐미주의 경향에 흘러 「광염(狂炎) 소나타」, 「발가락이 닮았다」, 「광화사(狂畵師)」와 같은 작품을 발표하지만 30년대 후반에 접어들면서 대중의 인기에 영합한 장편소설을 주로 발표하는데, 그의 역사소설도 이 시기에 집중되어 발표된다.

『젊은 그들』(1929-21), 『운현궁의 봄』(1933-4), 『대수양』(원제 「거인은 움직이다」, 1935), 『제성대(帝城臺)』(1938-9, 후에 「견훤(甄萱)」으로 개제), 『백마강(白馬江)』(1941-2)이 여기에 드는 작품인데, 대부분의 작품은 정사에서 취재한 것이지만 그의 첫 장편인 『젊은 그들』은 홍선군, 민겸호 등 역사적인 인물 약간명을 제외하고는 모두 가공인물이 사건의 중심에서 행동하고 있는 작품으로서, 당시 작가의 작품과는 다른 양상을 보여준다. 김동인은 해방 이후에도 『논개(論介)의 환생(還生)』, 『을지문덕(乙支文德)』(원제 「분토(糞土)」), 『서라벌』 등 적지 않은 역사소설을 발표, 이에 대한 지속적인 관심을 드러낸다.

한편으로 역사소설의 이론적 확립에도 관심을 보여 「춘원연구」를 비롯하여 여러 논설 등에서 역사소설의 소견을 내보인 바 있다. 먼저 「춘원연구」에서 이광수의 『단종애사』를 분석, 비판한 내용 중 결론 부분을 인용한다.

이조 27대 군주 중에 양반 계급 이하인 서민에게까지 그 업적이
미친 분은 세종대왕 한 분뿐이다. 이 세종의 직후에 생긴 단종 사변을
물어화함에 있어서는 당시의 사회상이며 왕실과 서민 계급의 관계도
좀 더 밝히어서 세종 성주의 어장손으로서의 단종께 서민들은 애모의
염을 바쳤기 때문에 그의 선위를 통곡하도록 이야기를 구성할 필요도
있을 것이며, 그런 대사건이 일개 왕족의 야심의 산물이라고 간단히
처리하기 전에 '그런 사변이 생길 필연적 원인'이 있을 것을 재고하여
보아서 사실에 대한 소설가로서의 진실성을 더 굳게 고정시킬 필요도
있고 정치 세력에 대한 투쟁보다도 정치 이데올로기의 투쟁도 살펴볼
필요도 있다 본다. 〈중략〉 사회의 기록자라는 서기역에서 '사실의
재생'이라는 소설가역으로 약상(躍上)할 노력을 포기한 데 이 「단종애
사」의 치명상이 있는 것이다.[70]

여기에서 김동인의 역사소설에 대한 인식은 분명하게 드러난다. 그 내용을 요약하면, 역사소설은 첫째, 한 시대에 대한 총체적인 인식이 필요하고, 둘째, 사실에 대한 주관적인 해석이 있어야 하며, 셋째, 소설로서의 진실성 확보가 선행되어야 함을 말하고 있는 것이다. 이는 김동인의 역사소설관이 매우 뛰어나다는 사실을 보여주는 것이 된다.

또 다음 내용을 보더라도 김동인은 문헌에 기록된 역사적 사실은 모두 진실일 수는 없으며, 이러한 오류는 작가 자신이 판단하여 주관적으로 모순 점을 제거시킨 다음 소설의 사건을 진행시킬 필요가 있음을 강조하고 있다.

춘원의 「단종애사」는 옛날의 사서에 나타난 '사실'과 '판단'을 보
고 그냥 답습하여 현대어로 고쳐 놓은 데 불과하다. 거기는 춘원의

---

70) 김동인, 「춘원연구」, 『김동인전집』제16권(서울:조선일보사,1988), p.123.

'판단'이 없고 춘원의 '주관'이 없다.
    여기서 '사실'과 '판단'의 문제가 벌려지는 것이다. 옛날의 기록을
보아서 '모순성'을 발견할 때에는 우리는 우리의 '판단력'으로써 이
모순성을 제거하지 않을 수가 없다.[71]

이것은 역사적 사실에 대한 작가의 주관적 해석의 필요성을 강조 부연한
것으로서, 역사소설가는 상상력이라는 문학적 방법을 이용하여 역사적 인
물의 행위 과정을 해석하며, 이야말로 문학 고유의 것이라고 언급한 플레시
맨의 견해와 정확하게 일치하는 것이다.[72]

역사소설이란 과거의 재료를 현대소설의 미학조건에서 재인식하여 현대
적인 생명을 부여하고 재생 부활시킨 것임을 상기할 때 김동인의 언급은
역사의 사실성이 중요한 것이 아니라 그 위에 허구를 통한 미학적인 재구성
에 비중을 두고 있음을 의미한다. 이런 이유에서 김동인은 이광수의 『단종
애사』를 혹평하였고, 반대로 자신의 『대수양』에 강한 자신감과 자부심을
드러냈다.

그러나 이러한 김동인의 역사소설관은 뒤에 변질된다. 그것은 『젊은 그
들』을 회고하는 글[73]에도 나와 있지만 김동인에 의해 여러 차례 언급된
"역사소설은 역사에서 취재하여 창작한 소설"이라는 소재주의에 빠진 사실
을 알 수 있다.[74]

---

71) 김동인, 「역사와 사실과 판단과 사료에 대한 작자의 입장을 논함」, 『김동인전집』 제
    16권, p. 226.
72) A. Fleishman, *op. cit.*, pp. 6-8.
73) 김동인, 「처녀장편을 쓰던 시절」, 『김동인전집』 제16권, pp. 425-428.
74) 김동인이 역사소설에 관해 소재주의적 입장에서 언급한 글은 여러 군데 보인다.
    ① "여는 그때 대중에 초연하여 집필할 수가 없는 시대라 불가불 대중에게 아첨하
    는 의미로서 역사소설로 사담으로 전향하였던 것이다." (김동인, 「작품의 이형」,
    〈매일신보〉, 1938. 1. 18).② "일왈, 역사소설-즉 역사에서 취재하여 창작한 소설.
    이왈, 역담- 즉 역사에서 한 토막의 이야기가 될 만한거리를 만들어서 양념을 좀 가

「춘원연구」를 놓고 보면 김동인은 한국 근대 작가 중에서 가장 탁월한 역사소설관을 가지고 있는 작가임에 틀림없다.[75] 그러나 그의 작품은 이론을 뒷받침하지 못한다.

김동인은 자신의 역사소설관을 가지고 이광수의 역사소설을 신랄하게 비판하면서도, 실제 작품의 경우에 있어서는 이광수의 경우보다 한 걸음도 앞으로 나아가지 못했다. 그것은 김동인의 역사소설이 이광수의 그것에 대한 반격의 의도에서 집필되었기 때문이라는 반증을 사기에 충분하다.[76]

이상과 같은 김동인의 역사소설에 대한 소견을 바탕으로 그의 작품『젊은 그들』과『대수양』에 나타난 역사의식은 어떠한 것인지 살펴보고 한다. 어느 한 작가가 표현양식을 바꾼다는 것은 그 작가의 의식 내지 사고의 변화는 필연적[77]이기 때문에 김동인의 역사소설을 연구하는 일은 그의 문학세계를 밝히는 데 중요한 단서를 얻는 일이 될 것이다.

하여서 이야기로 화한 것. 삼왈, 고담- 즉 역사라는 것은 정치적인 움직임이 가미되어야 하는 것인데, 단지 옛날부터 전해 내려오는 재미있는 사실담을 한 토막 만들어서 재미있게 듣기우거나 읽히우는 것."(김동인,「야담이란 것」, 〈매일신보〉, 1938. 1. 22).

75) 송백헌,「대수양론」, 김열규 · 신동욱 편,『김동인연구』(서울:새문사, 1982), p. I-71.
76) 상계서, p. II-72.
77) 전문수,「〈젊은 그들〉론」,『김동인연구』, p. I-31.

2. 작품론

(1) 『젊은 그들』

가. 통속적인 역사물

『젊은 그들』[78]은 김동인의 첫 번째 장편소설로서 대원군이 집권 10년만에 실각한 후 불우한 시절에 처해 있던 고종 18년 무렵부터 1년 동안을 배경으로 하는 역사소설이다. 전술한 바대로 김동인은 일생을 통하여 여러 차례 작품의 경향을 바꾸는데, 이 작품은 그의 소설이 역사물로의 전환점에 서 있는 작품이라는 점에서 우리의 관심을 끈다.

김동인이 이 작품을 집필할 당시 그는 경제적으로 곤경에 처해 있었다. 평양 보통강에다 벌인 수리사업도 일제의 인허 불가로 많은 손실을 입게 되었지만, 그보다도 모든 재산을 팔아 출분한 아내 때문에 심각한 경제난에 허덕였던 것이다. 이러한 사정으로 동인은 통속소설에 손을 댔고, 손쉬운 소재로 역사적 사건을 취했던 것으로 보인다.

> 나의 처녀장편은 통속소설이었다. 동아일보 지상에 연재된 신문 소설이었다. 연재한 회수 3백여 회라는—조선에 있어서는 벽초의 「임거정」이라는 초특장편을 제하고는 가장 기다란 소설이었다. <중략> 「신문소설이라는 것을 독자에게 신문을 팔기 위하여 연재하는 것이니까 작자의 양심 자존심은 죄 쓰레기통에 집어넣고 전혀 독자 본위로

---

78) 〈동아일보〉 지상에 1929년 9월 2일부터 1931년 11월 10일 사이에 연재.

써 달라」는 것이었다.

이 조건이 불쾌하여 처음에는 거절하려 하였으나 춘원의 강권도
있고 역시 생활문제가 중대하여 드디어 승낙하기로 하였다. 도로 평양
으로 나려와서 용강 온천으로 가서 기고(起稿)를 하였는데 동아일보
지상에 예고가 몇 회 났을 때 동아일보가 정간 처분을 당하여 소설
첫머리도 나 보지 못하고 약 반 년 낮잠을 잤다. 이것이 「젊은 그들」이
었다.79)

김동인은 『젊은 그들』을 가리켜 스스로 역사소설이 아니라고 했다. 그
이유는 소설상에 전개되는 중요한 줄거리가 역사적인 사실이 아니요, 등장
인물이 실존인물이 아닌 가공의 인물이기 때문에 역사소설의 범주에 비껴
나 있다고 본 것이다. 소설의 배경만 역사에 두었다고 해서 역사소설이 될
수 없다는 것이 김동인의 생각이었기 때문이다.

그러나 역사소설은 아니요 거기 나오는 인물은 대원군 그 밖 1,2인
을 제외하고는 죄 가공의 인물이었다. 이 가공의 인물에 전부 개별적
으로 성격을 주어 활동케 하고 가고의 인물과 사상의 인물을 동일한
장소에서 대담을 시키고 교제를 시키는데 모순이 없고 충돌이 없게
하기에 퍽으나 애를 썼다.80)

그러나 다음 대목에선 『젊은 그들』이 얼마나 근대적 문학 양식으로서
역사소설의 본령을 지키고 있는가를 알 수 있다. 실존인물인 대원군은 작중
에서 가공의 인물들과 접촉하면서 그들의 행동에 커다란 영향력을 행사한
다. 또 많은 가공의 인물을 비롯 대원군, 민겸호 등 실존인물의 성격과 특징
을 부여하고 이들의 행동이 역사적 사실과 상이하지 않도록 배려했다는
사실과 함께 가공인물을 설정, 이들로 하여금 자유롭게 행동하도록 여유를

79) 김동인,「처녀 장편을 쓰던 시절」,『김동인전집』제16권, pp. 425-426.
80) 상게서, p. 427.

부여했다는 점에 비추어 이 작품이 훌륭한 역사소설의 조건을 구비하였다
는 점에 이의가 있을 수 없다.

가령 역사로서는 대원군이 갑지방에 있을 때에 소설상에서 딴 지방
에 가 있으면 안 된다. 홍마목을 세워서 엄중히 감금되다 싶이 되어
있는 대원군이 작중 주요인물과 시시로 회견하는데도 어떻게든 합리
화시키지 않으면 안된다. 더욱이 고심한 것은 사상 인물에 성격과
특징을 주는 점이었다. 만연히 역사의 「이야기 줄거리」에만 붙들리어
써내려 가면 그것은 꿈결에 듣는 옛말 같아서 진실성을 잃어버릴 것이
다. 인물로서의 산(生)사람으로서의 그림자를 확실히 부어 넣으려면
그 인물의 성격과 특징이 완연히 나타나 있지 않으면 안 된다.[81]

『젊은 그들』은 이인화─안재영─연연이의 삼각관계를 중심으로 하고, 활
민숙의 숙생들이 벌이는 활약상을 소재로 한 작품이다. 소설은 대원군 대신
정권을 장악한 민씨 일파의 실정을 고발하는 데서 시작된다.

때는 광무주 십팔년 신사였다. 얌전하고 정숙하다는 평판이 높던
민비(閔妃)가 갑자기 세력을 펴며, 조선역사 이래의 가장 큰 권세를
잡았던 대원군 이하응(大院君 李昰應)을 궁중에서 내어쫓고 스스로
외교와 내정의 온갖 권세를 잡은 지도 이미 8년, 일찍이 태공이 세웠
던 온갖 제도와 시설은 민비의 정책으로 모두 없어져 나가고 궁중과
정부는 한낱 당파싸움으로 온 힘을 다하였으며, 무당, 판수, 점장이,
술객들이 궁중에 출입하고 가무와 유연(遊宴)이 궁중의 유일의 행사
였으며 그 때문에 태공이 저축하였던 창고는 모두 비고 그 많은 사치
와 연회의 비용을 구하기 위하여 관리는 학정을 하여 백성의피를 빨아
들이는 그때였다.[82]

---

81) 동게서.
82) 「젊은 그들」, 『김동인전집』 제5권, p. 14.

그러나 여기에서 보듯 대원군의 치적을 치켜올리고 민씨 일파를 매도하기 위한 방편이라 해도 이 장면은 너무 작위적이란 느낌을 떨칠 수 없다. 대원군과 민씨 일파에 대한 평가가 너무나 대조되기 때문이다. 대원군은 무조건 옳고, 민씨 일파는 잘못되었다는 이와 같은 철저한 선악의 대립구조는 지양되어야 하리라고 생각한다. 물론 대원군을 영웅으로 미화하고 그를 옹호하는 입장에서 작품의 사건을 진행시키기 위한 장치라고는 하지만 역사적 인물에 대한 이런 식의 자의적 표현은 작품의 평가에 전혀 도움이 되지 못한다.

대원군을 지지하는 이활민이 세운 활민숙의 숙생 이인화는 민겸호의 집에 하인을 가장하고 들어가 민겸호가 대원군을 암살하려는 계획을 알아낸다. 활민숙은 이활민이 민씨 일파에게 화를 입은 집의 자녀를 모아 학문과 무예를 가르치는 비밀결사였다. 대원군과 이활민은 낙백시절부터 가까운 사이였다. 이활민은 안재영을 운현궁으로 보낸다. 안재영은 활민숙의 숙생을 대표하는 사찰의 직에 있는 영웅의 풍모를 지닌 인물이다. 안재영은 운현궁에 잠입한 자객을 붙잡아 활민숙의 광에 가둔다. 자객을 문초하던 중 자객이 명(明) 씨 성을 가진 것으로 알려지고, 이인화는 밤중에 몰래 자객을 놓아준다. 그것은 명인호라는 사내가 자신의 약혼자일지도 모른다는 생각에서 저지른 행동이었다. 이인화의 본래 이름은 이인숙으로 부친이 민씨 일파의 손에 죽고, 부친의 친구인 명 참판의 손에 길러졌다. 이때 명 참판의 아들 명진섭과 정혼한 사이였다. 명 참판마저 민씨 일파에게 변을 당하자 이활민은 이인숙을 거두어 이름을 이인화라고 바꾸게 한 다음 남장을 하게 하여 활민숙에 두게 된다. 그러나 명 참판의 아들은 안재영이었다. 원래 이름은 명진섭으로 바로 이인숙의 약혼자였다. 그것을 아는 사람은 대원군과 이활민, 안재영뿐이었고, 이인화는 그런 사실을 모른 채 자객의 성이 명 씨라는 것을 듣고는 자신의 약혼자일지도 모른다는 생각에서 자객을 풀어준 것이다. 이 사실을 알게 된 안재영은 명인호를 뒤쫓아 그를 붙잡지만 놓아준다. 안재영은 명인호와 이인화의 사이를 의심하게 되지만 활민숙 사람들에게는 자객을 죽여버렸다고 말한다. 고뇌에 쌓인 안재영은 대원군을 찾아간다. 대원군은 안재영에게 명년(임오)에는 국가에 재앙이 있을 것 같다는 예언을 전해준다. 이인화의 배신으로 인해 마음이 흔들린 안재영은 기생 연연이에게 마음이 기운다.

어느 날 활민숙의 숙생들이 민겸호의 집을 습격한다. 안재영과 이인화를 비롯하여 모두 다섯 명이었다. 그러나 이인화의 안위에만 신경을 쓰던 안재영은 붙잡혀 민겸호 집의 광에 갇히게 되나 연회에 불려와 있던 연연이가 이것을 보고 몰래 구해준다. 그 후 김보현의 집에도 '일월산인(日月山人)'이란 이가 나타나 재물을 빼앗아 가는 사건이 발생한다. 일월산인은 안재영이었다. 안재영은 연연이의 주선으로 명인호와 자리를 같이 하게 되고 여기에서 그는 명인호와 이인화 사이의 오해를 풀고 명인호와 가깝게 된다. 명인호의 아버지는 본래 대원군의 측근이었다. 그러나 기생 때문에 대원군의 노여움을 사게 되고 죽임을 당한다. 그래서 명인호는 민씨 일파에 가담하고 대원군을 죽이려고 했었던 것이다. 안재영의 권유로 대원군을 만난 명인호는 아버지가 대원군의 밀명으로 독일(德國)에 건너가 작년까지 서신 연락이 있었다는 사실을 확인하고 대원군에게 충성을 맹세한다. 그리고 안재영과 의형제를 맺는다.

한편 이인화는 안재영이 명인호를 죽인 줄 알고 그를 미워하면서도 안재영에게 의지하는 등 심적으로 방황한다. 항간에는 천도도인이 나타나 6월에 난리가 날 것이라는 소문을 퍼뜨리고, 이 때문에 천도도인은 금부에 끌려가 극형을 받는다. 어느 봄날 안재영은 연연이와 인연을 맺고 이후로 연연이의 집을 자주 찾는다. 그러나 안재영의 마음속에는 이인화가 자리잡고 있으며, 안재영은 이 사실을 연연이에게 고백한다. 명인호로부터 민겸호의 집 후원 원앙각에서 민씨 일파의 비밀 모임이 있다는 말을 듣고, 안재영은 민겸호의 집에 잠입한다. 거기에서 안재영은 그들이 활민숙을 의심하고 있다는 사실을 엿듣고는 집을 빠져 나오다가 개에 물려 체포된다. 안재영은 모진 고문을 받지만 일월산인 이외에는 이름을 대지 않고 활민숙 숙생이라는 사실도 부인한다. 민겸호의 아들로 자신과 가까운 민영환더러 활민숙으로 가서 자신이 잡힌 것을 알리게 한 뒤에 안재영은 총살을 당한다. 이활민은 안재영이 돌아오지 않자 이인화를 불러 그가 그녀의 정혼자임을 밝힌다. 이인화는 안재영이 살아 있다면 그를 구하고, 죽었다면 복수하리라 다짐한다. 그리고 민겸호의 집을 찾아가 옛날에 알았던 하인으로부터 어떤 사람이 총살당했다는 이야기를 듣고 시구문 밖을 찾지만 핏자국만 남아 있을 뿐 안재영의 시체는 찾을 수 없었다. 민씨 일파에 의한 활민숙의 습격에 대비하여 이활민은 예산으로 내려가고 숙생들도 모두 떠나 활민숙은 빈집으로 남았다. 이인화는 복수를 위해 무장을 하고 민겸호의 집에 들어가 하인 몇 명에게 총질을 하지만 붙잡히게 된다. 위기에 빠진 이인화를 구해준 것은 명인호였다. 명인호의 주선으로 연연이를 만난 이인화는 같은 처지라는 생각에 서로 가까워지고 연연이의 권유에 따라 그녀의 집에 몸을 숨기게 된다. 그러던 어느날 대원군의 집에 '일월상존(日月尙存)'이라는 편지가 날아든다. 그리고 안재영이 살아 있다는 증거는 곳곳에서 발견되었다. 총살을 당해 죽음 직전까지 갔던 안재영은 그곳을 지나던 명의의 치료를 받아 극적으로 회생할 수 있었던 것이다. 안재영은 먼저 대원군을 찾고 이인화의 소식을 듣는다. 예산으로 떠났던 이활민이 돌아오고, 명인호가 가담하면서 활민숙 숙생들은 다시 활기를 되찾는다. 임오년 6월 초아흐렛날 별기군에 대한 특별 대우와 자신들에게 지급된 모래 섞인 녹봉에 분노한 군사들에 의해 임오군란이 발발한다. 난군은 대궐에 난입하여 김보현과 민겸호를 죽이고 왕비마저 해치려 하지만 왕비의 행방은 묘연했다. 이 임오군란에는 활민숙 숙생들이 선봉에 서는 등 활약이 컸다. 대원군은 다시 섭정의 자리에 오른다. 활민숙의 숙생들은 개인적인 복수와 함께 대원군 집권의 꿈을 이루었다. 안재영은 민응식의 시골집에 숨어 있는 왕비의 거처를 알아내고 왕비를 죽이려 하지만 대원군

은 이를 만류한다. 7월 14일 청의 마건충이 각종 개혁에 몰두하던 대원군을
찾아 운현궁에 온다. 그는 대원군을 속인 후 인천을 거쳐 청으로 대원군을
납치한다. 이제 개혁의 꿈은 사라지고 이에 충격을 받은 이활민 이하 20여
명의 활민숙 숙생들은 독주를 마시고 자결한다. 명진섭과 이인숙 두 약혼자
역시 부모의 무덤에 인사를 마친 뒤 신랑 신부의 복장을 한 다음 어선 한
척을 세내어 바다로 나가 독주를 마신다. 같이 죽기를 원하는 연연이는 명진
섭의 아이를 임신하고 있어 죽음의 대열에서 제외된다. 두 사람의 시체는
발견되지 않았다.

다소 장황하지만 작품의 이해를 위해 줄거리를 요약하였다. 그것은 이
소설은 안재영을 중심으로 한 활극적인 요소를 가지고 있기 때문이다. 여기
에서 안재영은 분명 영웅의 모습을 지닌 인물이다. 그는 명문가의 후예로서
지도력과 함께 무예에도 탁월할 뿐더러 사지에서도 살아 돌아오는 강인한
체력을 지녔으며, 대원군을 위해 절대적인 충성을 바치는 의리의 인물이다.
또한 용모도 뛰어나 이인숙과 연연이라는 두 여인의 사랑을 받는 존재이기
도 하다.

안재영이란 인물은 바로 작가 김동인이 평소 그리고 있던 이상적 남성상
의 형상이라고 보여진다.

이 활민숙 안에서 활민 선생에게 가장 신임과 사랑을 받고 활민이
바쁜 때는 선생의 일을 대리로 보는 사찰이라 하는 직함을 가지고
있는 안재영(安在泳)이라는 젊은이가 있었다. 60보 밖에서 칼을 던져
서 한 치의 어그러짐이 없이 목적물을 맞추느니만치 무술에 능하고
쾌활하고도 침착하며 또한 가무(歌舞)에도 능하며 태공에게 극진한
사랑을 받아서 그의 직전(直傳)인 난초도 또한 볼만한, 말하자면 온갖
방면에 당시의 공자로서 가져야 할 자격을 필요 이상으로 가지고 있는
젊은이었다[83].

83) 상게서, p. 19.

또한 김동인은 소설 곳곳에서 대원군의 묘사를 통해 자신의 이상적 영웅
주의를 드러낸다.

　　그러나 그 대공(大工)의 첫걸음을 겨우 떼어 놓았을 때에 그는 정권
을 민씨 일당에게 앗긴 것이었다. 그 태공의 뒤를 이은 민씨 일당은
오로지 태공의 정치를 깨뜨리기 위하여 아무 자각도 없이 나라의 문을
외국에게 열어 놓았다. 어린애의 연한 피부는 아무 보호도 없이 혹독
한 바람을 쐬게 되었다. 외국의 무서운 세력은 차차 흘러들어 왔다.
태공의 사랑하는 국민, 어린양과 같이 온화하며 순직하고, 남을 믿기
잘하는 만치 정직하며 넙뜰성이 없는 이 어린애를 아무런 보호도 없이
이리와 같고 사자와도 같은 무서운 외국의 세력 앞에 내어놓은 이
어리석고 무모스런 행동에 대하여 태공의 노여움은 가장 컸다.[84]

　작가의 대원군에 대한 사모의 마음은 『운현궁의 봄』에서 한층 두드러지
게 나타난다.

　　천연히 구비된 위풍—일조일석에 배우거나 스스로 짓지 못할, 그것
은 왕자의 위엄이었다.
　　눈을 고요히 감고, 고요한 말로 하는 말 한 마디의 명령이라도 눈앞
에 있는 사람은 마음이 송구하여져서 저절로 시행하지 않을 수 없게
하는 위풍—이것은 결코 배우거나 연습하여서 될 종류의 것이 아니었
다. 본시 그런 천품을 타고 나서야 비로소 가질 수 있는 위엄이었다.
　　대사가 결정된 이후에는 한 번 흥선을 찾은 사람은 누구를 막론하
고, 진심으로 흥선에게 복종하기를 맹세하였다.
　　이 패기, 이 위력, 이 압력, 이 지배력, 이 통찰력 아래 반항을 하거나
대항을 할 만한 용기를 가져 본 사람이 없었다.[85]

---

84) 상게서, p. 29.
85) 「운현궁의 봄」, 『김동인전집』 제9권, p. 316.

이것은 작가에 의해 창조된 영웅 대원군의 모습이다. 지금껏 자신의 욕망을 숨긴 채 파락호 생활을 해온 홍선 대원군이 아니라 준비된 절대권력자의 형상이다. 작가는 이러한 영웅의 기상을 지닌 대원군을 사랑했다. 그것은 작가 스스로 자신과 대원군의 모습에서 유사점이 있다고 보았기 때문이다.

이 작품은 당초 역사소설로 성공할 수 있는 좋은 요건을 구비하고 있었다. 소설의 시대적 배경은 조선 말기로서 외국의 열강 세력이 물 밀 듯이 밀려들어오고, 대원군과 민씨 일파가 서로 첨예하게 대립되어 백성들의 삶은 피폐해진 시기이다. 한말의 권력 투쟁과 외세의 침입은 우리 근대사에 커다란 굴절을 가져온다. 따라서 이 시기는 우리 삶에 영향을 끼친 '전사'로서의 충분한 조건을 지녔다고 할 수 있다.

거기에다 대원군과 민겸호라는 실제 역사적 인물이 등장하고, 이들 외에 이활민, 안재영, 이인화, 연연이, 명인호와 더불어 활민숙의 숙생들이 가공의 인물이 나온다. 그리고 이 가공의 인물들 중 활민숙의 숙생들은 모두 민씨 일파에게 목숨을 잃은 이들의 자제로서 중도적 인물(middle of .the road heroes)이라고 할 수 있다.

그러나 김동인은 이런 좋은 소재를 가지고 한 편의 통속소설을 창작하는 데 머무르고 말았다. 그 이유로는 먼저 인물의 형상화에 실패했다는 것을 지적할 수 있다. 대원군은 호시탐탐 재집권을 노리지만 정치적 대안을 갖지 못한 인물로 보여지고, 민겸호 역시 세도가로서의 그 성격이 명확하게 드러나 있지 않다. 안재영은 대원군의 분신이라 할만큼 영웅적인 기상과 면모를 가지고 있지만 역시 대원군의 재집권만 바라보는 입장에 처해 있으며, 이인숙과 연연이의 사이에서 번민할 따름이다. 따라서 대원군이 청에 끌려가자 안재영은 꿈을 잃고 음독 자살한다. 이인화는 단지 정혼자의 사랑만을 갈구하는 여인이다. 처음에는 명인호가 자신의 정혼자인 줄 알고 놓아주지만, 나중에는 안재영이 정혼자임을 알게 되는 등, 철저히 작가에 의해 조종당하는 인물이다. 연연이 역시 자신의 의사보다는 안재영의 아기를 가졌다 하여 죽음의 대열에서 벗어나도록 설정한 것은 작가의 남성 우월 논리의 결과이다.

다음으로는 시대의 사회상을 제대로 그리지 못하였다는 점을 들 수 있다. 숙생들은 비록 양반계층의 자제라고는 하지만 어려서 부모를 잃은 채 사회의 각층의 어두운 구석에서 자라났기 때문에 당시의 시대상을 가장 잘 드러낼 수 있는 인물인 셈이다. 그럼에도 불구하고 이들의 역할은 작품 속에 미미하게 나타나 사회성을 반영할 기회조차 부여되어 있지 않다.

끝으로 안이한 결말 처리 부분이다. 임오군란 이후 대원군이 청으로 압송되자 활민숙의 숙생들은 모두 자결한다. 이들이 대원군을 의지하고, 대원군의 재집권과 자신들의 부모에 대한 복수가 존재의 이유일지라도, 대원군의 실각과 함께 결행된 집단자살은 이들이 가진 이념의 수준이란 과연 어느 정도인가라는 의문을 갖게 된다. 이것은 결국 작가인 김동인의 역사의식과 귀결되고, 『젊은 그들』의 역사소설로서의 성공 여부와도 직결된다.

김동인이 「춘원연구」에서 춘원의 역사소설을 분석하며 보여주었던 역사소설에 대한 치열한 비판의식이 자신의 작품에서는 슬그머니 사라지고 만 셈이다. 춘원을 딛고 일어서기 위해 이광수를 비판하였던 김동인도 어느새 그를 닮아가고 있었던 것이다.

김윤식은 현진건의 역사소설을 현대소설에서 갖고자 하는 이데올로기를 역사적 소재를 빌어 형상화한 이념형 역사소설로 보았으며, 춘원의 『원효대사』도 이 범주에 넣었다. 한편 홍명희의 『임거정』은 계층의식을 작중에서 구하기 위한 의식형 역사소설이라고 보았으며, 여기에 비해 대원군의 이야기를 다룬 두 작품을 중간형 역사소설이라고 규정하였다.[86] 그 이유는 첫째, 이 들 작품이 역사적인 실제 인물과 허구적인 인물로 구성되어 있으며, 둘째, 불우한 시절의 대원군을 그려 상층과 하층을 함께 다루었다는 사실에서

---

86) 김윤식, 『김동인연구』(서울:민음사,1987), pp. 290-300 참조.

기인한다고 본 것이다.[87] 그렇지만 김동인의 『젊은 그들』은 대원군이 민씨 일파에 밀려 권력의 자리에서 물러났지만, 임금의 생부라는 위치에는 아무런 변화가 있을 수 없다. 더욱이 그는 권토중래를 노리면서 은인자중하고 있는 인물이다. 그리고 임오군란을 통해 잠깐이나마 다시 권력을 잡게 되고, 사실에 있어서도 그후 민비의 시해사건에도 관련을 맺는 등 끝까지 권력의 주변에서 맴돈 사람이다. 따라서 이 소설은 아직 권력의 자리에 오르지 못한 흥선군의 모습을 그린 『운현궁의 봄』과는 대조된다. 낙백시절의 흥선군에게는 둘째 아들로 하여금 현왕의 뒤를 잇게 하겠다는 꿈은 있었지만 그것은 단지 희망사항일 뿐이요, 반드시 그러하리라는 보장은 없었다. 그 희망을 감추기 위해, 또 목숨을 보전하기 위해 흥선군은 상갓집 개라는 욕을 먹으면서도 당시 권력자인 안동 김씨들에게 빌붙고, 시정잡배들과 어울릴 수밖에 없었다. 그러다 보니 자연히 항간 서민의 모습이 작품에 서술될 수 있었고, 이로써 상층과 하층이 소설 속에서 한데 어울리게 되었다. 이 점이 바로 김윤식이 김동인의 역사소설을 중간형 역사소설이라고 규정한 이유가 된다.

그렇지만 『젊은 그들』에는 하층의 모습이 드러나지 않는다. 활민숙의 숙생들이 영락한 집안의 자제인 만큼 일반 하층과 어울려 생활하는 모습을 서술할 수도 있었겠지만, 작가는 대원군의 영웅적인 인물 묘사와 민씨 일파에 대한 복수의 일념에 불타는 안재영을 비롯한 숙생들의 활약상만을 두드러지게 부각시키고 있어, 이는 김윤식이 제기한 중간형 역사소설의 개념에서 다소 거리가 있다. 따라서 『젊은 그들』은 그 성격에 있어 김윤식이 말한 중간형 역사소설이 아니라 영웅 숭배와 남성 우월 논리로 무장한 통속성 짙은 야담형 역사소설의 범주에 넣어야 하지 않을까 생각한다.[88]

---

87) 상게서, p. 301.

88) 야담형 역사소설의 개념에 대해 김윤식은 소설로서의 형식이 없고 역사를 소재로 한 이야기이며, 역사적 인물이나 사건이 불투명한 것이라고 하였다. 그리고 이것의

나. 일본 시대물의 한국적 모습

김동인은『젊은 그들』의 작품 성격을 일본의 시대물에 비유하면서 조선
에서의 첫 시험이라고 말했다. 이 작품은 독자로부터 많은 인기를 얻은 것은
사실이다.

> 백남(白南)은 번역(支那物)전문이요 춘원은 역사적 야담 연애물을
> 닥치는 대로 썼고 독견(獨鵑)은 정화물 전문이요 그때 내가 쓴 젊은
> 그들은 내지에 있어서의 시대물과 같은 것으로서 조선에서의 첫 시험
> 이었다. 배경을 역사에 두고 사상의 인물을 주요한 줄거리에 집어넣었
> 었다.[89]

내지(內地)의 시대물이란 일본의 사무라이(侍) 소설을 의미한다. 이 시대
물은 대체로 17세기 경 에도(江戶)를 배경으로 한다. 그 이유는 아코 사건을
소재로 한 일본의 고전「주신구라(忠臣藏)」에서 영향받은 바 크기 때문이다.
1701년 바쿠후(幕府) 시대 에도성에서 일어났던 아코 사건은 조정의 칙사
를 접대하기 위해 에도성에 온 아코한(赤穗藩)의 영주 아사노(淺野)는 기라
(吉良)와 사소한 시비 끝에 칼로 그의 이마에 상처를 입힌다. 쇼군(將軍)은
아사노에게 할복을 명한다. 칼을 빼서는 안될 장소인 쇼군의 집안에서 일어
난 사건이었기 때문이다. 아사노의 가신이었던 무사들은 주군의 죽음을

대표적인 작품으로 윤백남의『대도전』을 들었다(상게서, p. 307). 그러나 야담형 역
사소설은 일단 소설로서의 형식을 갖추었기 때문에 그런 용어를 사용할 수 있다는
관점에서, 야담형 역사소설과 야담은 그 개념상 서로 구분되어야 한다는 것이 필자
의 생각이다. 야담형 역사소설과 야담은 흥미를 위주로 한 점에서는 동일하지만 야
담형 역사소설은 소설로서의 형식을 갖춘 반면 야담은 그런 형식에 얽매일 필요가
없다는 점에서『젊은 그들』은 중간형 역사소설이 아니라 야담형 역사소설이며,
『해는 지평선에』는 야담이라고 보는 견해가 타당하지 않을까 생각한다.

89) 김동인,「처녀 장편을 쓰던 시절」,『김동인전집』제16권, p. 427.

억울하다고 생각했다. 이 경우에는 두 사람이 함께 벌을 받는 것이 원칙이었기 때문이다. 이듬해 가신들은 기라를 죽여 주군의 원수를 갚은 다음 46명 전원이 할복 자살한다. 사람들은 이들을 충신이라 하여 칭송하였다.

당시 일본 사회를 뒤흔들었던 이 역사적 사실은 그 후 일본을 대표하는 가부키(歌舞伎)와 닌교조루리(人形淨琉璃) 및 소설, 연극, 영화, 드라마 등의 가장 인기 있는 소재로서 일본인들의 사랑을 받아 왔다. 그것은 아코 사건이 보여준 목숨을 버리면서 주군에게 충성하는 사무라이들의 명예와 의리, 반전을 거듭하는 사건의 폭력성이 그들의 구미에 맞았던 것이다.

일본의 사무라이 계급은 메이지유신(明治維新)과 더불어 사라졌지만 중세 봉건시대에 있어서 사농공상 네 계급의 사(士)에 해당하며, 영주 다이묘(大名)에게 절대적인 충성을 바치는 존재들이다. 사무라이들은 다이묘를 대신하여 목숨을 버리는 것을 큰 영광으로 알았고, 만약 다이묘가 억울한 일을 당하면 반드시 복수를 감행하여 주군에 대한 소위 기리(義理)를 지키는 인물이다. 또 사무라이는 잘못한 일이 있을 경우 할복함으로써 속죄한다. 일본의 시대물은 주군의 원수를 갚는 사무라이들의 장렬한 최후를 그린 소설이 그 대부분을 이루고 있다. 한 마디로 이는 사무라이들의 인정담과 의리담이라고 할 수 있다.

19세기말에서 20세기초에 이르기까지 아코 사건을 소재로 한 시대물이 많이 발표되었는데, 대표적인 작가로는 아쿠다카와 류노스케(芥川龍之介, 1892-1927), 가쿠치 칸(菊池寬, 1888-1948) 등이다. 이 시기에 크게 유행한 일본의 시대물은 일본문학의 독특한 형태의 하나로 통속적인 역사소설 또는 역사를 배경으로 한 대중소설을 일컫는다.

김동인의『젊은 그들』은 인물과 사건 전개에 있어 일본의 시대물과 흡사하다. 대원군은 다이묘의 역할을 맡고 있으며, 이활민과 '젊은 그들'은 사무라이에 해당된다. 활민숙의 숙생들을 민씨 일파에게 피해를 입은 집안의 자제로 설정하여 대원군의 재집권을 도모한다든지, 임오군란을 맞아 병사

의 맨 앞에 섰던 명진섭과 이인숙이 민겸호를 일월도로 찔러 대원군과 부모
의 원수를 갚는 것으로 사건을 설정한 점, 대원군이 청으로 압송된 뒤 숙생
19명 모두가 음독하여 자살하고, 명진섭과 이인숙 역시 음독 자살하는 줄거
리가 일본의 시대물과 꼭 닮았다. 아코 사건을 다룬 일본 시대물의 특성을
한 마디로 말하면 복수의 문학, 죽음의 문학이라고 한다면,『젊은 그들』도
그런 면에서 일본의 시대물과 유사점을 보인다.

이러한 복수담과 의리담은 독자의 흥미를 끌기에 충분한 요소들이다. 그
러나 일본의 시대물과는 달리 작품 속에 나오는 숙생들의 자살은 일본과
우리의 정서적 차이에서 온 것이긴 하지만 그 당위성을 보여주지 못한다.

이후에도 일본의 시대물과 유사한 그의 작품으로는『해는 지평선에』90)가
있다. 백월(白月)과 그의 제자 최달수는 동지를 규합, 실정을 거듭하는 현왕
대덕왕을 몰아내고 왕의 동생 지명공을 왕으로 옹립하려 하였으나 실패하
여 서해의 고도로 귀양을 왔지만 지명공이 죽은 후 이들은 사면된다. 이
소식은 최달수의 형 최현수가 가지고 온 것이다. 그러나 지명공은 죽은 것이
아니라 자신의 여자 몸종인 관약을 시켜 조직을 강화하며 군사를 키운다.
관약은 무서운 칼 솜씨를 지닌 여인으로 위기에 빠진 최현수를 구해준다.
최현수 역시 뛰어난 검술을 가지고 있다. 미완으로 끝난 이 소설에서 백월을
위시한 최현수, 관약 등이 한데 힘을 모아 지명공을 위해 헌신하는 것으로
되어 있어,『젊은 그들』과 인물 설정이 흡사하여 순전히 흥미 중심의 일본
시대물을 흉내낸 것이다.

이 작품은 "시대며 땅은 당신들의 상상에 일임"91)한다는 작가의 말에도
나타나 있지만, 작품의 배경도 시대도 확실치 않다. 이것은 역사소설이 필히
지녀야 할 시대상의 반영이라는 사실을 철저히 무시한 말로서 이 작품이

---

90) <매일신보>,1932. 9. 30-33. 5. 14.

91) 이것은 작품『해는 지평선에』의 모두에서 밝힌 「작자로부터 독자에게」의 내용이다
    (『김동인전집』제8권, p. 12).

바로 야담의 범주에 든다는 말과도 같다고 할 수 있다. 김동인에게 무엇보다 중요한 것은 등장인물의 삶이 아니라 작중인물의 행동을 작가가 확실하게 지배할 수 있는가 하는 데 주안을 두었다.

김동인의 이러한 '인형조종술'은 초기 그의 단편들에도 나타나는 현상으로 이는 작가의 기질과도 연결되는 것이다. 이 작품도 일본의 시대물을 본받았다는 작가의 언급이 있었다. 이렇게 본다면 김동인의 역사소설은 일본의 시대물의 한국적 모습이라 할 것이다.92) 이는 결국 용맹스럽고 주군에 충성하며 의리를 중요시하는 영웅의 형상화에 지나지 않는다.

(2) 『대수양』

가. 자의적 역사 해석

『대수양』93)은 세종 말년에서부터 세조 즉위까지 8년간을 시대적 배경으로 한 이 작품은 계유정난의 주역이었던 수양대군을 주인공으로 한 작품이다. 계유정난과 세조의 즉위를 다룬 역사소설은 많다. 그 가운데 대표적인 것이 박종화의 단편「목 매이는 여자」(1923)와 이광수의 장편『단종애사』(1928-29), 그리고 김동인의 장편『대수양』이다. 그 중에서도『단종애사』는 수양대군을 역적으로 보고, 단종이 수양에게 핍박을 받고 강제로 왕위를 선위 당한 채 영월로 귀양을 가게 되고, 마침내 죽임을 당하는 비극을 그려 철저히 선악의 대립구조를 보인 데 반해, 김동인은 작품『대수양』을 통해 유교적 이념을 뒤집어 수양의 왕위 찬탈을 옹호하는 한편, 건국 초기라는

---

92) 김윤식, 전게서, p. 302.

93) 《조광》 1941년 3월호부터 12월호 사이에 연재되어 엄격한 의미에서는 30년대 역사소설이라고는 할 수 없으나, 김동인의 역사소설의 특징이 가장 잘 드러난 관계로 여기에서 논급한다.

조선의 입장에서는 수양과 같은 강력한 지배자가 절대 필요하다는 논리를
전개한다.

소설은 세종과 노재상 황 희가 마주 앉아 장차 보위에 오를 맏아들 동궁
(문종)과 둘째 아들 진평대군(수양대군,세조)을 비교하는데서 시작된다. 동
궁은 몸도 약할 뿐만 아니라 그릇이 작은 데 비해 진평은 활달하고 거침이
없는 성격의 소유자였다. 세종은 그런 점이 염려되면서도 조선 개국 이래
한 번도 지켜지지 못했던 적장자(嫡長子)의 원칙에 따라 왕위를 계승시켜야
한다는 마음을 굳힌다. 단종의 비극은 여기에서 비롯됨을 소설은 서두에서
말한다.

작가에 의하면 수양은 왕재로서 전혀 손색이 없는 인물로서, 무예와 병법
에 뛰어났으며, 또한 문에도 능했다.

> 진평의 인물- 그것은 왕자(王者)만이 가져야 할 것이다. 〈중략〉
> 사람을 위압하는 힘이 있었다. 꼭 같은 행동이나 말을 하여도 어째서
> 그런지 웃사람의 기품이 보였다. 동궁과 진평이 꼭같은 자비스러운
> 일을 한다 치더라도 동궁의 언행은 '인자스럽다'고 평할 종류의 것이
> 고 진평의 언행은 '궁휼히 여긴다'고 평할 종류의 것이었다. 어째서
> 그런지 어디가 다른지 알 수 없지만 그렇게 보이는 것이었다.94)

그러나 이처럼 왕자의 풍모를 지닌 수양에 비해 세자는 성격이 매우 나약
한 인물이었다. 또한 병약하였다. 수양이 활달하고 왕재로서 손색이 없는
인물임에 비해 세자에 대한 이러한 인물평은 다분히 의도적이다. 이것은
세자보다도 수양이 왕위를 계승하여야 된다는 암시와 함께 훗날 수양이
계유정난을 통해 권력을 장악하고, 스스로 왕위에 나간 것을 정당화하기
위한 장치에 지나지 않는다.

---

94) 「대수양」, 『김동인전집』제12권, p. 16.

> 지금의 세자는 나약한 한 개 선비로서, 나약하기 때문에 의심이
> 많고 투기심이 많아서 왕자(王者)의 재률로서 부족한 점이 적지 않
> 다.95)

부왕인 세종의 뒤를 이어 왕위에 오른 세자(문종)는 부왕의 장례를 치를 때부터 무리하여 줄곧 병석에 누워지낸다. 그러면서 언제나 성미가 괄괄한 수양이 걱정스러웠다. 병약한 자신의 뒤를 이어 왕에 오를 세자의 앞날이 걱정되었던 것이다. 문종은 자신이 친구처럼 아끼는 신하인 신숙주와 성삼문을 불러 어린 세자를 부탁한다.

> 왕은 고요히 입을 열었다.
> "내 수가 얼마 남지 않았다."
> 두런거리는 기색이 있었다. 왕의 말을 끊으려는 눈치도 있었다. 좌석은 일시에 조용하여졌다.
> "여러 말 안 하마. 단 한 마디 내게 충성된 것과 일반으로 이 어린 세자에게도 충성되게. 긴 말은 쓸데없고, 단 한 가지의 부탁일세. 세상 떠나도 눈 감지 못할 일, 세자의 장래만 잘 보아 주겠다면 다른 부탁은 아무 것도 없네."
> "전하!?"
> "딴 말은 말고 세자만!"
> "전하!"
> 취기가 일시에 깨었다.96)

왕은 재위 2년여만에 승하하고, 세자는 12살의 나이에 왕위(단종)에 오른다. 그러나 어린 왕을 보필하는 인물들은 모두 무능하거나 악인으로 그려진다. 황보인은 무능한 쪽이었다. 게다가 그는 김종서의 계략에 놀아날 위험이

---

95) 상계서, p. 18.
96) 상계서, pp. 65-66.

있는 인물이었다.

> 영의정 황보인은 무능한 대신에 또한 호인이어서 모든 일에 겁만
> 앞서는지라, 어떤 음모에 가담했다 하면 김종서의 충동인 때문일 것이
> 다.97)

여기에 비해 김종서는 아첨과 이간질에 능하고, 마음속에 야심을 감추고
있는 악인에 속할 뿐더러 무능한 데다가 자신의 권력과 부귀를 위해서는
수양은 물론 왕까지도 해칠 수도 있는 인물로 그려진다.

> 말하자면 김종서는 아첨하기를 좋아하고, 아첨할 필요상 이간질이
> 필요하다 하면 이간질도 사양치 않는 사람이었다. 자기가 부귀하기
> 위하여, 자기가 영화되기 위하여는 어떤 일이라도 감행할 사람이었다.
> 많은 자손을 거느린 그요, 부귀라는 데 애착심이 강한 그요, 또 한
> 부귀를 얻거나 유지하기 위해서는 도덕적으로는 불감증인 그라, 만약
> 그에게 수양의 존재라는 것이 제 부귀의 방해물이라 보면 수양 제거에
> 힘을 쓸 것이며, 수양이 지금 왕의 신임을 입고 있어 수양만을 떼서
> 제거하기 힘들면 더 높은 데까지라도 손을 뻗쳐 보려할 위인이었다.98)

황보인과 김종서의 인물에 대한 이러한 부정적인 묘사와는 달리 수양의
편에 가담한 인물에 대한 소개는 칭찬 일변도이다. 먼저 한명회는 "지혜
덩어리"로서, "종횡의 기지"를 발휘하여 계유정난을 성공으로 이끌어 세조
의 등극에 일등공신이 된다.99) 또한 신숙주에 대한 극찬은 그 도를 넘는다.

> 수양은 이 길에서, 신숙주의 위인에 흠빡 반하였다. 숙주의 총명함,

---

97) 상게서, p. 110.

98) 상게서, pp. 113-114.

99) 상게서, p. 175.

슬기로움, 명민함 내지 그의 강기(强記)에만 반할 뿐 아니라, 숙주의
품고 있는 사상이며 정치적 견해에 반하였다.
　숙주는 그때의 유생이며 학자들이 품고 있는 공통적 사상인 '무조
건 사대주의자'무조건 명(明)나라 숭배자'가 아니었다.100)

　이러한 인물 묘사는 앞으로 발발할 세조의 즉위에 대한 당위성 부여를
위한 장치로 마련된 것으로 보인다. 이는 계유정난이라는 유혈 구데타를
변명하기 위한 작가의 자의적인 역사 해석이며 역사의 사유화(making
private)에 해당된다.101) 수양은 안평대군과 황보인, 김종서 일당의 전횡을
보다 못해 이들을 제거하기로 한다. 먼저 김종서의 집으로 찾아간 수양은
"간물을 보면 저절로 날뛰는 철퇴"102)로 직접 그를 죽인 다음 사부(死簿)에
들어 있던 황보인, 조극관, 정 본 등을 왕명을 빙자하여 궁궐로 불러 척살한
다. 소설에서 이 장면은 과감하게 생략되어 있다. 그 까닭은 아마도 이미
이광수의『단종애사』의 이야기에 익숙해진 독자들에게 처참한 장면이 가져
다 줄 역효과를 의식한 것이 아닐까 생각된다. 또 성삼문, 박팽년 등 젊은
집현전 학사들은 수양의 과감한 정책에 큰 기대를 거는 것으로 그려져 있으
며, 소설은 신왕(세조)의 등극 장면에서 끝나 훗날 참혹한 사육신의 장면은
나오지 않는다. 계유정난이라는 구데타를 통해 권력을 장악한 수양은 스스
로 영의정과 병판을 겸직하여 국가의 쇄신을 꾀하는데, 왕은 마침내 수양에
게 왕위를 전하고 상왕으로 물러난다.

　　수양이 가까이 오매 왕은 호상에서 일어섰다. 그 앞에 수양은 부복
　하였다.
　　"숙부님 돌연히 놀라시겠지만 내 어리고 약한 몸이 도저히 임금의

---

100) 상게서, p. 143.
101) 권성우, 「역사의 사유화와 초인의 구현」,『김동인전집』제12권, p. 282.
102)「대수양」, 상게서, p. 187.

존위를 보존할 수 없습니다. 숙부님께 이 대보를 부탁합니다."

"전하 !"

"……………."

또 다시 울음이 터졌다.

"신께 너무 큰 짐이로소이다. 종신(宗臣)과 도당에 묻고 결정하시옵
소서."

"내 굳게 작정한 바니 받아 주서요."

영문을 모르고 뒤따라 왔던 성삼문은 어보를 받든 채 와들와들 떨
기만 했다.103)

왕은 나이도 어리고 몸도 약하여 도저히 존위를 보존할 수 없기 때문에
수양에게 선위한다. 몇 차례나 대보를 사양하던 수양은 마침내 어명을 받들
어 왕위를 물려받기로 한다. 수양이 어린 조카를 상왕으로 받들고 근정전에
나가 정식으로 즉위의 절차를 밟는 것으로 소설은 끝이 난다. 이 장면을
보면 수양이 어린 조카를 윽박질렀다거나 측근으로 하여금 선위토록 위협
을 가했다는 사실은 어디에도 찾아볼 수 없다. 또 이 소설이 신왕의 등극으
로 끝이 난 점과 계유정난의 참혹한 비극에 대해서는 소략하게 서술한 점은
수양의 인물됨을 손상시키지 않으려는 작가의 의도로 보인다.

나. 초인의 논리

김동인은 이광수의 『단종애사』가 사실(史實)과는 다른 남효온(南孝溫)의
『육신전(六臣傳)』을 토대로 하여 극화하였기 때문에, 소설 역시 많은 오류를
담고 있다고 「춘원연구」를 통해 지적하였다. 남효온의 『육신전』은 항간에
떠돌아다니는 소문을 취재하여 쓴 것이기 때문에 역사와 인물에 대한 오류
가 적지 않다고 보았다.

---

103) 상게서, p. 277.

그런데 이보다 썩 후년 성종조에 남효온이란 문사(금일의 소설가에
해당할 듯)가 당시 상왕께 순한 성, 박 등 육신의 충렬에 감하여 붓한
기록은 원체 전문에 의지하여 쓴 것이니 만치 오기도 많거니와 육신의
충성을 말하자니까 상왕을 폐위, 강봉, 사사한 세조께 곡필도 많았다.
〈중략〉 요컨대 남효온의 「추강집(秋江集)」「육신전(六臣傳)」은, 육신
의 충심을 표양키 위하여 저작한 한 개 소설로서 소설인지라 사실과
는 상위 내지 상반되는 점이 많다. 〈중략〉
　　춘원의 「단종애사」는 남씨의 「육신전」을 골자로 삼아 쓴 이야기다.
남 씨의 「육신전」이 가진 바의 모순이며 부자연까지도 모두, 판단과
수정이라는 도정을 과하지 않고 그대로 계승하였는지라, 전체적 이야
기로서 이 구성에 관하여는 여기 재론할 필요가 없다. 이 이야기는
단종대왕의 탄생에서 비롯하여 단종대왕의 승하로써 끝을 막은—한
개인의 출생에서 사망까지의 전설이지 한 사건의 발단에서부터 종결
까지의 담이 아니다. 담도 아니매 더욱이 소설은 아니다.
　　남효온의 「육신전」이 육신의 충렬을 표창하기 위하여 적지 않게
세조를 무한 형적이 있다. 그것을 골자삼아 쓴 이야기인지라 역시
그 기를 면치 못하리라 본다.104)

　작가는 수양을 영웅으로 형상화시켜 그의 행동을 정당화한다. 그러다 보
니 수양은 비범한 인물로 묘사된다. 또한 수양과 뜻을 같이 하는 인물은
모두 개혁적 인물이요, 그렇지 않은 인물은 모두 음흉하거나 권력욕에만
사로잡힌 인물로 그려지는 등 도식적인 인물 구조를 보여주는 단점을 지니
고 있다. 단종의 왕위 선양마저 단종의 자의에 의한 것으로 묘사된다.
　영의정 황보인, 좌의정 김종서, 우의정 정 본 등은 모두 무능하여, 상재(相
材)가 되지 못할 인물이며, 특히 김종서는 이징옥이 뇌물로 바친 북국 미녀
를 첩으로 삼는 등 향기롭지 못한 이력이 있었다. 그러면서도 이들은 끊임없
는 정권욕을 가진 인물로 묘사된다.

---

104) 김동인, 「춘원연구」, 『김동인전집』 제16권, pp. 107-8.

이러한 국가의 위급 상화을 맞아 수양은 어쩔 수 없이 칼을 뽑는다. 이에
대해 김동인은 다음과 같이 서술한다.

> 세종대왕 6년간의 환후와 그 뒤 문종대왕 2년간의 상중무위의 뒤를
> 이은 이 세태는 눈 있는 자로 하여금 근심치 않을 수가 없게 하였다.
> 게다가 왕숙 안평대군은 무엇 하려는지 더욱 문사·무사를 모으며
> 대신들을 사괴며 하여 일대 숙청을 가하지 않으면 나라의 안위가 의심
> 스러웠다.
> 드디어 수양대군이 일어서지 않을 수가 없게 되었다. 선왕의 고명
> 을 유일의 정강으로 삼는 무능노물들을 다 처치하여 버리고 스스로
> 영상 이·병 양조 판서 겸 병마도통사가 되고 자기가 신임하는 사람
> 들로서 내각을 조직하였다. 안평대군의 행사가 의심스럽다하여 안평
> 부자도 정배를 보냈다.105)

이러한 역사의 해석과 인물에 대한 해석은 춘원의『단종애사』에 정면으
로 배치되는 것이다. 우리의 정서상 수양에 의해 왕위에서 쫓겨나 영월 청령
포로 귀양을 간 다음 사약을 마시고 죽어간 소년왕 단종의 비극적인 사실에
대해 "어린 몸으로 마음에 없이 선위를 하고 마지막에 가련한 최후까지
보았으니"106) 단종을 동정하고 수양과 그 일파에 대해서는 증오의 마음이
보편적이라는 경향이었음은 부인할 수 없다.

이상과 같은 김동인의 역사 해석의 저변에는 평소 다른 작품에서도 자주
보여주었던 초인의 논리가 자리하고 있다. 그는 역사는 약한 자, 패배자의
몫이 아니라 강한 자의 몫이라는 생각을 가지고 있었다. 따라서 작가는 권력
과 승리의 획득 절차는 무시한 채 권력자, 승리자만을 예찬하였다.107)

---

105) 김동인, 「춘원연구」,『김동인전집』제16권, p. 103.
106) 상게서, p. 123.
107) 권성우, 전게서, p. 283.

역사가 개인에 의해 움직인다는 김동인의 생각은 소설 속에서 영웅 예찬으로 나타난다. 이러한 영웅 예찬은 역사소설에 나오는 주인공 대원군이나 수양대군, 신돈, 견훤의 행동을 정당화시키는 것으로 형상화된다. 역사소설에는 상층과 하층의 삶이 함께 반영되어야 하며, 두 집단을 아우를 수 있는 중도적 인물이 필요함에도 불구하고 그의 소설에는 영웅만이 존재할 뿐 중도적 인물이 발붙일 기회를 얻지 못한다.

초인의 논리는 그의 많은 작품에서 보여진다. 단편 「광염소나타」와 「광화사」 등에 보이는 불멸의 예술을 위해서는 범인의 희생은 존재할 수 있다는 정신도 그의 초인의 논리에서 비롯된 것이고, 자신의 역사소설을 통속소설이라고 평가한 것도 이러한 우월 의식 속에서 나타난 것이다.

3. 소 결

　김동인의 처녀장편『젊은 그들』은 대원군이 권좌에서 밀려난 다음 불우한 시절을 보내다가 임오군란으로 재집권한 이후 마건충에 의해 청으로 납치 당하기까지를 시간적 배경으로 한다. 안재영을 비롯한 활민숙의 숙생들은 모두 민씨 일파에게 멸문지화를 당한 가문의 후예로서 민씨 일파에 대한 복수와 대원군의 재집권을 도모한다.

　김동인은 자기 스스로 이 작품을 통속소설이라고 말하였는데, 그 이유는 대원군, 민겸호 등 실존인물과 안재영, 이인화, 이활민 등의 가공인물이 작품 속에 한데 어울려 등장하기 때문이라고 하였다. 역사상 실존인물은 역사적인 사건에 얽매여 그 행동의 제약을 받으며, 오히려 가공인물이야말로 주인공으로 적당하다는 사실을 작가는 간과하고 있다.

　이 작품에는 대원군을 비롯한 상층의 인물과 활민숙 숙생 등 하층의 인물이 섞여 있다. 그러나 이들의 삶의 모습은 전혀 형상화되어 있지 못하고, 상층과 하층을 아우르는 중도적 역할을 담당하는 인물도 등장하지 않는다. 이는 역사소설이 민중의 삶을 총화하는 가장 적합한 문학 양식이라는 사실을 몰각한 데서 연유된 것으로 보인다.

　『젊은 그들』은 일본의 시대물과 유사점을 지니고 있다. 18세기 초 에도성에서 발발한 아코 사건을 소재로 한 일련의 작품들이 바로「주신구라」인데, 일본 사무라이의 무용과 의리를 담고 있는 이 작품은 일본의 고전적 시대물로서, 일본의 가부키와 조루리 외에도 연극, 소설, 영화, 드라마 등으로 각색되어 일본인들의 사랑을 받아 왔다.『젊은 그들』에 나오는 대원군은 저들의 다이묘에 해당되고, 활민숙의 '젊은 그들'은 바로 가신인 사무라이에 해당된다. 따라서 이 작품은 일본 시대물의 한국적 모습이라는 평가를 내릴 수 있다.

한편 『대수양』은 춘원의 『단종애사』와는 역사적 해석에 있어 전혀 궤를 달리하는 작품이다. 이는 김동인이 「춘원연구」에서 언급하였듯이 역사소설은 한 시대에 대한 총체적인 인식이 필요할 뿐만 아니라 사실에 대한 주관적인 해석이 있어야 한다는 인식 아래 집필된 것이다. 이는 김동인의 역사소설에 대한 인식의 탁월함을 말하는 것이기는 하지만, 실제 작품에서는 역사 해석에 대한 자의성이 나타난다. 수양을 비롯한 한명회, 신숙주에 대한 인물 묘사와 문종, 황보인, 김종서 등에 대한 그것의 극명한 대조는 역사의 승자에 대한 보내는 찬사와 같은 것이 아닐 수 없다. 계유정난이 수양의 우국충정에서 나온 필연적인 사건이며, 더욱이 수양에 대한 단종의 선위도 그런 역사의 연장선 위에서 이루어진 것으로 해석한 작가의 시선은 도를 넘어선 주관이요, 자의적인 역사 해석이 아닐 수 없다.

이밖에 그의 역사소설에는 역사는 승리한 자의 것이라는 초인의 논리가 나타난다. 그의 소설 속의 주인공은 언제나 역사의 주인공이요, 영웅이다. 곧 영웅이 역사를 지배한다는 논리가 그의 작품 도처에 숨어 있다. 이는 평양 부호의 아들이라는 작가의 성장 과정이나 오만한 그의 성격과도 무관하지 않을 것으로 생각된다. 절대 남에게 머리를 굽히지 않았던 생활 태도라든지 호구의 방편으로 역사소설을 쓰면서도 자신의 역사소설을 통속적인 야담이라고 스스로 폄하시킨 것 등이 좋은 예가 될 것이다.

김동인의 역사소설은 춘원의 역사소설에 대한 반동에서 시발되었지만 그의 역사소설에서 한 걸음도 더 나아가지 못한 채 소재주의에 머무르고 말았다.

제4장

현진건의 역사소설

1. 현진건의 역사소설관

빙허(憑虛) 현진건(1900-1943)이 역사소설에 관심을 쏟기 시작한 것은 일장기말살사건으로 1937년 동아일보 사회부장에서 물러난 다음의 일이다. 물론 빙허가 자신의 최초의 역사소설인「웃는 포사(褒似)」를 발표한 것은 1930년이지만, 본격적인 창작 활동과 역사소설에 대한 이론을 피력하기 시작한 것은 1930년대 후반부터였다. 빙허는 1930년대 후반에 이르러서 『무영탑』(1938-39), 『흑치상지』(1939-40), 『선화공주』(1941) 등의 역사소설 의 발표와 함께 평론「역사소설문제」(1939)를 발표하여 초기의 사실주의 문학에서 벗어나 본격적인 역사소설가로서 방향을 선회하였던 것이다.

평론「역사소설문제」는 1920년대부터 기회 있을 때마다 피력해왔던 작 가의 문학관들의 연장선 위에 자리하고 있으므로, 현진건의 역사소설관을 알기 위해서는 그 이전에 발표된 자료부터 검토해 볼 필요가 있다.

현진건은「조선혼과 현대정신의 파악」에서 이미 조선문학의 지향할 바를 명백히 한 바 있다.

> 시간과 장소를 써나서는 아모것도 존재하지 못하는 것이다. <중략
> > 조선문학인 다음에야 조선의 쌍을 든든이 듸듸고 서야 될 줄 안다.
> 현대문학인 다음에야 현대의 정신을 힘잇게 호흡해야 될 줄 안다.
> <중략> 오직 조선혼과 현대정신의 파악! 이것이야말로 다른 아모의
> 것도 아닌 우리 문학의 생명이요 특색일 것이다. 달든 기염에서 고지
> 식한 개념에서 수고로운 모방에서 한거름 쒸어나와 차근차근하게 제
> 주위를 관조하고 고요하게 제 심장의 고동하는 소리를 들을 제 이것이

야말로 우리 문학의 운명인 줄 깨달을 수 잇슬 것이다.108)

그의 문학은 일제의 식민지 지배라는 현실인식과 조선이라는 공간에서
출발하였다. 즉 조선혼과 현대정신의 구현이 그의 문학관을 대표하는 것이
다. 역사적 맥락 속에서 조선혼이 담긴 주체의식이 현대정신의 요체라고
인식한 것이다. 시대적 상황과 그에 따른 소설적 공간을 당대의 현실 문제와
관련지어야 한다는 것과 조선혼과 현대정신의 파악이야말로 우리 문학의
생명이요, 특색이라는 언급에서 현진건은 식민지 시대의 삶의 현실을 도외
시한 문학에 대해서 비판적인 입장에 선다.

이러한 그의 생각은 이미 여러 단편들에서도 일관되게 추구해 왔던 문학
정신으로, 이미 「운수 좋은 날」, 「고향(故鄕)」, 「사립정신병원장(私立精神病
院長)」 등에서 구체화된 바 있다.

빙허의 소설 역시 전체적 연대성으로 통합관을 지향하고 있다. 그
는 상상미학으로서의 소설의 기능은 지적인 동시에 정서적이며, 감각
적인 동시에 이성적이라는 것, 즉 진선미의 통합을 강조하고 있다.
빙허의 작품 목록을 시대순으로 배열하면 작품 동기가 일정하게 암시
되어 있고, 점층적으로 강화됨을 볼 수 있다. 말하자면 동공이곡(同工
異曲)의 주제소(主題素)가 시대상과 밀착되어, 극적 구성기법이나 장
면 중심적인 영상수법으로 이동하여 뚜렷한 작가의 인생관이나 세계
관을 암시한다.
「빈처(貧妻)」 계열의 초기 작품들은 자전적 요소가 많다. 인텔리겐
차의 근대화의 과도기적 과정에서 겪어야 하는 개인의 매몰과 사명감
을 실현키 어려웠던 정황을 정직하게 고백하고 있다. 빙허의 세계는
차차 내면적인 고민을 시대의 모순으로 돌리면서 인간의 가면과 본질
의 낙차를 아이러니의 기법으로 성숙시켰다. 가난으로 인해서 민며느
리로 팔려간 인습의 부정을 주제로 한「불」, 시대의 희생으로 만주·

108) 현진건,「조선혼과 현대정신의 파악」,《개벽》제65호, 1926. 1, pp. 134-135.

일본 등지로 전전하다가 귀향하여 목격한 조국의 현실을 주제로 한
「고향」, W군의 아이러니컬한 직업을 통해 침통한 조선혼과 시대정
신을 묘파한 「사립정신병원장」, 극한적인 가난 속에서 새로운 삶의
방법을 구현하고 있는 「정조(貞操)와 약가(藥價)」등은 바로 동근이지
(同根異枝)의 아이러니 작품들이다.109)

초기의 자전적 신변체험소설 이후 줄곧 식민지 현실의 비극적 상황을
소설화해 오던 현진건은 1930년대에 들어 그의 작품세계는 장편 역사소설
로 이행하게 된다. 그리하여 그의 작품세계는 과거라는 시간과 역사라고
하는 무대 공간으로 확대 변모되어 형상화된다.

그의 역사소설로의 변모는 「고도순례・경주」110), 「단군성적순례(檀君聖
蹟巡禮)」111) 등 일련의 순례기와 깊은 관련을 지니고 있다. 전통에 대한
탐구로 특징지어지는 이들 순례기는 그의 문학관이 근거하는 기반의 하나
인 조선혼을 집중적으로 탐구하려는 의식에서 비롯되었으며, 조선혼이 담
긴 성지를 직접 확인하려는 노력에서 출발한 것임을 알 수 있다.

실제로 현진건은 『무영탑』과 『흑치상지』로 대표되는 일련의 역사소설에
서 전통과 역사에 대한 탐구에서 얻은 민족주의적인 정신을 형상화시켰던
것이다. 단군 이래 반만년 동안 지속되어 온 우리 민족의 역사에서, 어떤
외세 침략에 대한 격렬한 항거를 보였던 구국 영웅의 정신과 조상들의 예술
적 집념이 서려 있는 유적 등에서 이미 잊혀져 버렸거나 명맥만 유지되고
있는 조선혼에 대한 탐구는 시작되었다.

이 시기에 나온 「역사소설문제」는 지금까지의 그의 문학관의 연장선 위
에서 역사소설에 대한 그의 견해를 밝히고 있다. 연재 중인 『흑치상지』와
역사소설 일반에 대해 언급해 달라는 ≪문장(文章)≫지 편집장에게 보낸

---

109) 윤홍로, 『한국근대소설연구』(서울:일조각, 1982), p. 155.
110) <동아일보> 1929. 7. 18 - 8. 19.
111) <동아일보> 1932. 7. 29 - 11.

답신 형식의 이 글에서, 현진건은 역사소설 역시 철두철미한 창작이어야 함을 말한다.

> 「역사소설」이라면 오직 사실(史實)에만 입각하는 것인줄 아는 것이 보통의 개념인듯 합니다. 역사소설인 이상 될 수 있는대로 사실에 충실하는 것이 옳을 게이야 다시 거론할 여지가 없지 않습니까. 그러나 사실에 충실하다고 해서 소설로써 주제와 결구를 돌아보지 않는다면 그것은 실기(實記)나 실록이 될른지도 모르지만 도저히 소설이라 할 수는 없는 것 아닙니까. 소설이란 두자가 붙은 이상 철두철미 창작임을 요구합니다.[112]

그러면서 작가는 역사소설에는 먼저 역사적 사실에서 흥미를 느끼고 소설을 집필하는 경우와 더불어 주제를 먼저 발견하고, 그 주제를 살리기 위해서 역사적 사실을 동원하는 경우가 있음을 말한다. 그리고 후자의 경우를 중시하여야 한다고 보았다.[113]

이 말에서 우리는 현진건이 지향하고자 하는 역사소설의 개념을 알 수 있다. 그것은 역사소설이 진실성과 현실감을 함께 지니고 있어야 함을 뜻한다.

> 그 하나는 작자가 허심탄회하고 역사를 탐독완미하다가 우연히 심금을 울리는 사실을 발견하고 작품을 비져내는 경우입니다. 이런 경우는 사실 자체가 주제를 제공하고 작자의 감회를 자아내는 것이니 순수한 역사작품이 대개는 이 경로를 밟지 않는가 생각합니다. 예하면 스코트의 제작품, 아나톨·프랑스의『신들은 주린다』라든가 우리 문단에도 춘원의『단종애사』, 상허의『황진이』같은 작품이 그 좋은 예라고 하겠습니다.

---

112) 현진건,「역사소설문제」,≪문장≫제1권 제11호, 1939. 12, p. 127.
113) 상게서, pp. 128-129.

또 하나는 작자가 주제는 벌써 작정이 되었으나 현대에 취하기도
거북한 점이 있다든지 또는 현대로는 그 주제를 살펴 낼 진실성을
다칠 염려가 있다든지 하는 경우에 그 주제에 적당한 사실을 찾아
대어 얽어 놓은 경우입니다. 쉔키비치의『코바디스』, 아나톨· 프랑
스의『타이스』, 톨스토이의『전쟁과 평화』, 춘원의『이차돈의 사』같
은 작품은 다 이런 경로를 밟은 작품이라고 봅니다.114)

　이와 같은 현진건의 주장은 그의 역사소설에 대한 소망과 더불어 신념의
표현이다. 일장기 말살 사건으로 동아일보사에서 쫓겨난 그가 역사소설 창
작에 대한 신념을 굳게 한 것은 그가 우리 역사에 품은 남다른 애정 때문이
다. 즉 민족주의에 대한 애정이다. 이런 그에게 백제를 다시 일으키고자
한 흑치상지 장군을 그리는 일은 가장 현실적인 소재요, 주제였다.
　그가 내세운 민족주의는 이광수나 박종화의 그것보다 한층 날카롭다. 그
러한 작가 의식의 한쪽을 누르고 있는 것은 1930년대 중반에 유행하던 사회
주의 리얼리즘이었다. 그러나 현진건에게 있어 민족의 정신, 즉 민족의 생존
에 관한 것이 무엇에 우선되는 과제였다.

또 한가지 역사소설 앞에 가루 놓인 난관은 문인자신들의 배격염기
(排擊厭忌)하는 경향입니다. 이것은 외부에서 오는 것이 아니고 내부
에서 일어나는 것임으로 그 영향은 보다 심각합니다. 그 원인을 들어
보라 하시면 첫째는 아까 소설에 몰이해한 지식층과 비슷한 심리로
역사에 대한 암매에서 생기는 것이겠고, 둘째는 한동안 우리 문단을
풍미하던 사회주의적 리얼리즘 관점에서 역사소설이란 비현실적 도
피적 영웅주의적이라 하여 실혀하고 미워하는 것인가 짐작합니다.115)

　현진건이 소설『흑치상지』를 쓰는 일은 합리주의적인 근대성의 원리보다

114) 상게서, p. 129.
115) 상게서, p. 128.

도 앞서는 일이었다. 현진건은 민족 생존권의 회복이 모든 것에 우선한다고 생각하였다. 그에게는 사회주의적 리얼리즘의 관점에 입각한 당시의 진보적 이론가들의 주장이 마음에 들지 않았다. 현진건에겐 자신이 의도하는 주제를 적절히 살려 작품을 쓰는 일이 무엇보다 중요한 만큼, 소설의 소재가 과거의 사실이든 현재의 사건이든 별로 상관이 없었다. 따라서 그가 언급하는 역사소설이란 말은 별 의미가 없는 일이었다. 그에겐 역사소설이라는 개념의 정립에 앞서 다만 민족의식을 다룬 소설이 중요할 따름이었다.

이상의 논의를 통하여 우리는 현진건이 평소 지니고 있는 역사소설에 **대한 몇 가지의 관점을 추출해 볼 수 있다.**

첫째, 역사소설의 예술성을 강조한 점이다. 그는 "역사소설도 철두철미한 창작임을 요구한다."고 하여 역사적 사실보다는 작가적 상상력을 중시하고 있다. 이와 같은 사실은 역사소설을 단순한 사실의 나열이 아닌 역사의 재해석이라는 차원으로 끌어올린 그의 높은 문학적 안목을 의미하는 것이기도 하다.

둘째, 그는 역사소설을 일부 사회주의적 리얼리스트들이 "비현실적 도피적 영웅주의적"인 작품이라 주장하는 데 반하여, 역사소설은 오히려 그 독특한 성격 때문에 현대적인 상황에서 추구하기 힘든 여러 가지의 주제를 보다 효과적으로 나타낼 수 있는 장점이 있다고 반박하였다. 여기서의 주제란 물론 현실사회, 즉 당시의 식민지 상황으로 유추해 볼 때 민족적 항일의식으로 풀이할 수도 있을 것이다. 이처럼 현진건이 추구하고자 했던 역사소설은 단순한 현실 도피나 영웅주의적인 발상이 아니라 민족 주체성을 바탕으로 한 민족의식이 함께 하고 있었던 것이다.

셋째는 그의 역사소설관이 강력한 역사의식에 기반을 두고 있다는 점이다. 그는 역사소설이란 단지 과거의 것으로만 그치는 의미 없는 사건의 전개에 머물러 있는 것이 아니라 그 속에는 현실을 보다 밝게 조명해주고 재구성해 주는 현실적 의미가 담겨져야 함을 인식하였다.116)

그러나 현진건 문학에 대한 연구 결과가 반드시 긍정적인 평가로만 일관
된 것은 아니다. 정한숙(鄭漢淑)은 그의 초기 작품에 나타난 외국문학에의
영향 관계와 자작의 중복 현상, 작가의식의 불일치, 문장 표현 수법에 있어
서의 수식의 남용, 묘사와 주제 표출의 상호 괴리를 지적하였다.117)

김중하(金重河)는 현진건의 소설이 소박한 사실주의의 차원에 머물러 있
으며, 발전적으로 심화된 사실주의에까지는 도달하지 못하고 있다는 점,
현진건의 모든 문학을 민족적 차원의 높이에서 해명하려는 태도에는 상당
한 난점과 위험 부담이 따른다는 점을 들어 기존에 있어 왔던 사실주의의
대가라는 평가에 부정적인 태도를 표명하고 있다.118)

그러나 이것은 현진건의 초기 작품을 너무 의식한 평가라 하지 않을 수
없다. 「빈처」, 「술 권하는 사회」, 「타락자(墮落者)」, 「지새는 안개」를 거쳐
「고향」, 「운수 좋은 날」에 이르면, 그의 작가 정신은 사실주의 기법에 의거
하여 식민지 사회의 실상을 탁월하고도 치밀한 솜씨로 묘사해내고 있으며,
또 후기의 역사소설에 이르러서는 줄기찬 민족정신의 고양에 중점을 두었
음을 생각할 때 그의 문학세계는 한층 분명해진다.

현진건은 조선혼과 현대정신의 파악이라는 기치 아래, 이미 단편소설을
통해 식민지 현실의 비극적 상황을 집요하게 형상화해 왔으며, 또한 점차
노골화되어 가는 일제의 식민지 정책으로 말미암아 소멸되어 가는 민족혼
을 수호하고 민족의 비극을 총체적으로 증언하기 위해서 역사소설이라는
새로운 장르를 모색해낼 수밖에 없었다.

특히 역사소설 창작 과정에서 작가 스스로가 밝혔듯이 과거의 사실이
사실 그 자체를 위해서가 아니라 주제 표현의 현실적 제약으로 말미암아
불가피하게 채택된 것이었음을 유의할 때, 그의 역사소설은 일제의 검열을

---

116) 송백헌, 전게서, pp. 226-227 참조.
117) 정한숙, 「양면의식의 허약성-빙허 현진건론」, 『국문학논문집』(서울:민중서관, 1977).
118) 김중하, 「현진건 문학에의 비판적 접근」, 『현진건연구』(서울 : 새문사, 1981).

피하는 위장문학의 전술이었으며, 작가의 의도가 잠재해 있는 작품의 숨겨
진 의미를 상징적 암호로 해석해 보아야 되리라 생각한다.

이러한 역사소설관을 가지고 있는 현진건의 역사소설의 특성을 살피기
위해 여기에서 작품『무영탑』과『흑치상지』를 분석함으로써 그의 역사소설
의 세계를 고찰하고자 한다.

2. 작품론

(1) 『무영탑』

현진건은 일장기 말살 사건으로 옥고를 치른 후 오랜 침묵 끝에『무영탑』
119)을 발표한다. 이것은『적도(赤道)』에 이은 그의 두 번째 신문 연재소설이
자 첫 장편역사소설이다.『무영탑』은 현진건이 1929년 신라의 수도였던
경주를 순례하면서 접했던 석가탑 축조에 얽힌 전설을 바탕으로 형상화된
소설이다.

그는『무영탑』을 통해서 역사적 사실보다는 역사를 통한 현실의 모순과
질곡을 극복하려는 역사의식을 구현하였다. 따라서『무영탑』에 등장하는
인물들 사이에서 야기되는 갈등은 식민지 상황 아래 암담했던 당시의 민족
적 수난을 극복하고자 하는 의지를 암시하고 있는 것으로 보아야 한다.120)

『무영탑』의 시대적 배경은 8세기 중엽 통일신라 경덕왕(景德王, 742-765)
때이다. 이때에 이르러 신라는 중앙집권적 율령 체제를 완성하였고, 문화는
그 절정기를 맞이하게 된다. 이는 삼국통일 이후의 안정과 번영으로 막대한
부를 소유하게 된 귀족들이 그것을 토대로 하여 일상생활을 즐기고 문화를
창조할 수 있는 여유를 갖게 되었기 때문이었다. 그러면서 대동강 이남에
위치한 옛 고구려의 땅과 백제의 전역을 포함하여 넓어진 영토를 통치하기

---

119) <동아일보> 1938. 7. 20부터 1939. 2. 7까지 총 164회 연재. 여기에서는『한국역사
　　소설전집』제3권(서울: 을유문화사, 1962)에 수록된 것을 텍스트로 하였다.
120) 송백헌, 전게서, p. 228.

위해서는 보다 강력한 왕권 정치 체제를 확대 재정비해야 했다. 실제로 경덕왕은 전국에 9주를 갖추고 신라 원래의 군현(郡縣)과 관직의 명칭을 모두 중국식으로 개편하여 관료정치체제를 확고히 하였다.

이 작품은 신라의 경덕왕 시대의 사회의 형성층으로 생각할 수 있는 여러 계층의 전반적인 삶을 포괄하고 있다. 당대의 귀족들로부터 평민에 이르기까지의 삶과 여러 직종의 인물들의 성격과 삶의 방식을 자세하게 형상화하고 있다.

통일신라 경덕왕 때, 석수 아사달은 수년 전부터 아내 아사녀를 고향 부여에 둔 채 부여를 떠나 서라벌로 와서 불국사의 탑을 건립하는 일에 종사하고 있다. 이손 유종의 딸 주만(구슬아기)은 불국사에 갔다가 부상당한 아사달을 치료해준 다음 아사달의 뛰어난 재능과 용모에 반해 그를 사랑하게 된다. 그래서 주만은 시중 금지의 아들 금성의 구혼도 물리치고 아사달의 작업을 후원할 뿐더러 뒤에 약혼하게 되는 경신에게 아사달을 사랑한다는 사실을 고백하고 혼약을 포기해주도록 부탁하기도 한다. 한편 부여에 남아 있던 아사녀는 부친이 죽자 아사달을 찾아 경주로 오게 된다. 완성된 탑의 그림자가 영지에 비쳐야만 아사달을 만날 수 있다는 불국사 문지기의 말을 믿은 아사녀는 영지 주변을 배회하던 중, 주만이라는 여인이 아사달을 사랑하고 있다는 사실을 알게 되고, 뚜쟁이 노파 콩콩의 속임수에 걸려 정조를 잃게 될 위험에 처하게 되어 이를 견디지 못해 영지에 투신 자살한다. 아사달은 마지막 작업을 마치고 탑을 완성하여 기쁨에 젖지만 아내의 자살 소식과 함께 자신을 사랑한 탓으로 주만이 아버지로부터 화형을 당한다는 소식을 듣는다. 이에 비통해진 아사달은 아사녀와 주만의 환상 속에서 괴로워하다가 마침내 두 여인의 얼굴이 한데 어우러진 불상을 조각한 다음 자신도 영지에 투신하여 죽고 만다. 이상이 작품의 대강 줄거리이다.

현진건은 석가탑의 단편적인 설화와 『삼국사기』와 『삼국유사』에 나오는 역사적 사실을 소설로 형상화해 내는 과정에서 서로 이질적인 내용을 재구

성하였다. 다시 말하면 역사성이 배제된 채 하나의 애정 구조에 불과한 설화
와 더불어 당대의 시대 상황과 역사적 인물들을 결합시킴으로써 작가의
역사의식과 문학의 총체성 구현에 성공할 수 있었던 것이다.

『무영탑』에서 논의의 초점은 소설의 배경이 된 신라 구성원의 시대 인식
의 양면성과 역사 발전의 주체로서의 각 계층의 문제, 그리고 식민지시대를
극복하는 민족 구성원들의 현실 인식이 될 것이다. 이러한 점을 확인하기
위하여 소설의 배경이 되는 역사적 사실에 대한 소설적 인식의 문제와 소재
의 소설적 해석, 인물들의 갈등과 화합의 양식을 분석 검토할 필요가 있다.

가. 대립 구조와 갈등 관계

『무영탑』에 등장하는 인물들은 대부분 사당파와 국선파, 귀족층과 평민
층이라는 이중의 대립구조에 연결되어 있다. 이것은 각 계층의 인물을 수평
적 대립과 수직적 대립이라는 연결고리에 묶으려는 설정으로, 당시의 사회
상을 총체적으로 제시하기 위한 작가의 의도적인 배려로 보여진다.

작가는 당시의 정치적 상황을 사당파와 국선파의 대립 관계에서 파악하
고 있다. 사당파와 국선파는 모두 귀족으로서 이는 수평적 대립관계이다.
사당파는 당의 문물을 맹목적으로 숭상하는 시중 금지의 세력이고, 국선파
는 화랑의 정신을 수호하여 신라의 중흥을 지향하는 이손 유종의 세력이다.
작가는 두 세력 사이의 갈등을 대비적으로 제시하고, 이러한 신라 귀족사회
의 분열상을 사대주의와 민족주의로 파악하고 있다. 그러면서 작가는 민족
주의적인 입장에서 작품을 전개시켜 나가는 입장을 견지한다. 이는 이 작품
이 발표될 당시의 우리 사회 구성원의 자세로 해석해도 좋으리라고 본다.

지배 계층인 사당파와 국선파은 첨예하게 서로 대립한다. 국선파인 유종
과 경신은 국선도를 신봉하는 민족주의자로서 신라인의 긍지를 지니고 있
어 작가가 긍정하는 인물이다. 반면 사당파인 금지와 그 아들 금성은 사대주

의 사상에 깊이 오염되었으며당대의 실권을 쥐고 있는 인물로서 사치와
안일에 젖어 권력 연장만을 도모하려는 퇴폐적 귀족의 전형이다. 즉 작가가
부정하는 인물이다.

그러나 같은 국선파이지만 유종의 다소 폐쇄적인 태도와는 달리 경신은
여러 계층의 횡적인 유대에 신경을 쓴다. 백제인을 멸시하는 신라인의 편협
된 의식을 불식하고, 오히려 그들과 힘을 합하여 꿈을 성취하고자 한다.
이는 뛰어난 개인보다는 민족 전체의 총화가 중요함을 잘 알고 있음을 뜻한
다. 작가는 경신과 같은 인물을 설정하여 민족적 일체감을 통해서만 민족의
건전한 삶이 유지되고 발전되리라는 신념을 식민지 시대의 독자들에게 말
하려고 한다.121)

> 「무영탑」이 배경이 되는 시대는, 정치적으로 당학파의 외세의 침투
> 속에 왕권이 약화되고 민족 정신이 마멸되어 국력이 폐쇄해지는 시기
> 로서, 이러한 시대를 극복하기 위하여 경신과 같은 영웅이 필요하였
> 고, 경신은 바로 이를 위하여 민중이 힘을 집결시키는 민중의 지도자,
> 대리자로서 영웅의 모습을 가졌다. 외세를 물리치고 화합의 정신을
> 계승하여 잃어버린 고도를 되찾으려는 것은 경신 개인뿐만 아니라,
> 용돌과 같은 젊은이들과 유종과 같은 조정 중신들의 공통된 의지였다.
> 이러한 민족주의적 상무정신에 의하여 난세를 극복하려는 의지 속에
> 시대와 역사를 인식하고 있는 것이다.122)

현길언의 이러한 의견은 이미 현진건의 역사소설관에 잘 드러나 있는
내용이다. 현진건은 역사소설에서 역사의식이 어떻게 구현되는가를 피력한
바 있는데, 작가로서 주제는 벌써 결정되었지만 구체적인 사건을 현대에서

---

121) 신동욱, 전게서, p. 67.
122) 현길언,「현진건소설연구」, 박사학위논문 (서울 : 한양대학교 대학원, 1984), p. 136.

취재하기에 거북한 점이 있다든지, 현대물로는 그 주제의 진실성을 다칠 염려가 있다든지 하는 경우, 그 주제에 적합한 역사적 사실을 찾아내어 작품으로 형상화시키는 역사소설의 필요성을 인식하고, 역사소설을 비현실적이라거나 현실 도피적이라는 견해에 대하여 부정하였다.

아사달과 아사녀는 평민이다. 그러나 이들은 유종이나 경신과 더불어 역사 발전의 주체자로 부각되어 있다. 이들에 대립되는 또 다른 평민인 팽개, 콩콩, 불국사 승려 등은 권력층인 귀족에 아첨하는 추악한 인물로 설정되어 있다. 이들은 주체의식을 망각한 채 당대의 권력층에 아첨이나 일삼고 그들의 힘을 업어 같은 민족의 구성원에게 압박과 고통을 가하는 시대에 기생하는 부정적 인물이다.

당시의 권력은 사당파의 수중에 있었다. 무능한 임금은 나라의 정사보다 감기 든 왕자를 걱정하기에 급급하였다. 그렇기 때문에 나라의 기강은 해이해지고 사회의 타락은 필연적이다. 이러한 타락 현상은 성욕과 물욕의 형태로써 나타난다. 상층과 하층 사회의 구성원 모두가 모두 자기 욕망만을 채우기에 급급하였다.

『무영탑』에는 작가에 의해 창조된 가공의 인물이 역사적 인물들과 교묘하게 결합되어 있다. 유종과 금지는 역사에 등장하는 실제의 인물이지만 그들의 자식인 주만과 금성은 모두 가공의 인물이다. 아사달을 향한 주만의 사랑은 작가의 치밀한 구성의 장치이다. 평민인 아사달과 귀족인 주만의 신분으로 볼 때, 두 사람의 결합은 현실적으로 불가능하다. 이것은 당시의 절대적인 신분사회에서는 절대로 있을 수 없는 일이다. 그러나 작가는 당시의 제도적 장애를 뚫고 이의 실현을 의도한다. 이 결과 주만은 비극적 죽음을 맞고, 이는 당시의 엄격한 신분 질서를 일탈한 데서 야기됨을 보여 준다. 또한 금성이 주만을 아내로 맞으려는 의도가 무산된 일은 사당파와 국선파의 이념적 대립을 보여주고, 그것을 구체화시킨 것으로 인식시킨다. 이와 동시에 사당파의 부패 타락상을 비판하는 작가 의식을 보여주고 있다.

『삼국사기』와 『삼국유사』에 등장하는 역사적 인물들은 작가에 의해 창조
된 아사달과 아사녀, 주만이라는 삼각 고리에 연결되어 있다. 그 연결고리는
아사녀―아사달―주만이라는 기본 고리 위에, 주만을 중심으로 한 아사
달―주만―금성, 아사달―주만―경신, 금성―주만―경신이라는 세 개의 연
결고리가 있고, 아사녀를 중심으로 한 아사달―아사녀―팽개라는 하나의
고리가 있어, 모두 다섯 개의 삼각고리가 나온다. 이러한 연결고리는 단순히
애정의 갈등에서 파생된 것이지만 이들과 연결된 인물의 관계는 애정의
문제와는 아무 상관이 없다. 그것은 이념의 차이에서 오는 대립이다. 여기에
서 작가는 이념이 달라 결코 동질성을 확보할 수 없는 사당파와 국선파를
설정, 두 세력의 대립을 제시한다. 그것은 외부 묘사에서 이미 잘 드러난다.
국선파를 대표하는 유종을 "너그러운 뺨에 자가 넘는 흰 수염이 은사실처
럼 늘어진"[123] 인물로 묘사하면서, 금지는 "고자처럼 노리캥캥하고 수염도
없이 맹숭한 데다 득의의 한문 문자를 즐겨 쓰는"[124] 인물로 묘사하여 과연
작가가 긍정하는 인물이 누구인가 하는 것을 선명하게 보여준다. 유종과
금지는 모두 신라를 지탱하고 있는 인물들이지만 이토록 대조적이다. 특히
금지는 당나라에 유학하여 당나라의 벼슬까지 지냈으며, 한문 실력을 뽐내
는 사대주의에 젖은 인물이다.

금지, 금성 부자는 사당파이지만 자기 부자의 세력 확장을 위해 정략적으
로 국선파 유종의 딸 주만과 금성을 혼인시키려 한다. 그러나 금성은 "키가
달라붙은 데다가 얼굴에 병색이 돌고, 장부의 기상이라고는 찾으랴 찾을
수 없는"[125] 인물이다. 그러니 유종이나 주만이 금성을 경멸하는 것은 당연
한 일이다. 반면에 경신은 "신라를 두 어깨에 짊어질 만한 인물, 밀물처럼
밀려들어 오는 고리타분한 당학을 한 손으로 막아내고, 지나치게 흥왕하는

123) 「무영탑」, p. 20.
124) 동게서.
125) 상게서, p. 96.

불교를 한 손으로 꺾으며 기울어져 가는 화랑도를 바로잡을 인물"[126]이다.
경신이야말로 유종이 꿈꾸는 사윗감이었다.

유종은 국선도의 우두머리요, 경신은 청년 낭도를 대표하는 인물이다.
이들의 공통적인 고민은, 나라를 좀먹는 사당파의 척결, 타락한 불교의 정
화, 상무 기풍의 진작에 관한 일이다. 경신은 이의 실천을 위하여 고군분투
한다. 이를 위해 경신은 용돌을 이미 불국사에 잠입시켜 놓고 승군 조직의
교두보 역할을 담당케 했다. 그러나 경신의 세심한 준비와 노력에도 불구하
고, 승군을 조직하는 일은 쉽지 않았다.

> "그 녀석들이 생각이 무슨 생각이오. 삼시로 밥이나 때려 눕히고
> 몇 번 염주나 세고 나면 낮잠이나 자빠져 자고……." 용돌은 평일에
> 품었던 불평과 불만을 쏟아놓을 자리를 만났다는 듯이 늘어놓기 시작
> 하였다. "그 중에서 돈냥이나 있는 놈들은 아랫마을로 살살 다니면서
> 계집질이나 하고 몰래 술들이나 퍼먹고……."<중략> "어디 재 한
> 번 불공 한 번 더 얻어 걸리겠다고, 이건 대가나 부잣집 아낙네만
> 얼찐하면 치마꼬리에 매어 달리듯 졸졸 쫓아다니고 그 비위를 맞추기
> 에 곱이 끼었으니 그것들을 데리고 무슨 일을 할 수가 있겠단 말씀이
> 요."[127]

용돌의 말하는 불교의 타락상은 바로 신라의 타락상을 의미한다. 사당파
의 척결, 타락한 불교계의 정화, 상무 기풍의 진작이 경신의 포부지만 개혁
은 쉽게 달성될 것 같지 않았다. 한 사회의 개혁은 어느 선각자 한 사람만의
각성만으로는 절대 불가능하며 민중의 힘이 결집되고 뒷받침되어 그것이
행동화되었을 때에 비로소 가능한 것이기 때문이다.

『무영탑』은 경신을 중심으로 한 긍정적 인물들의 한계를 보여주고 있다.

---

126) 동게서.
127) 상게서, p. 175.

경신의 이와 같은 포부와 신념은 끝내 포부와 신념으로 그치고 만다. 경신이 민족의 단합을 꿈꾸는 원대한 포부와 신념은 공론에 그치고, 민족의 단합을 꿈꾸는 원대한 포부와 대범한 성격의 소유자이기는 하지만, 그 포부를 실현 시킬 수 있는 현실적인 힘을 지니지 못했다. 경신이 현실적으로 힘을 지니지 못한 것은 근본적으로 신라 정신이 쇠퇴했기 때문이다. 신라 정신의 쇠퇴란 곧 대다수 귀족층의 안일하고 퇴폐적인 사고에서 비롯된다. 사대주의적이 고 타락한 인물 금지 부자를 척결하고자 하는 유종과 경신의 개혁 의지는 실천에 옮겨지지 못한다. 그렇지만 경신의 입을 통해 나타나는 이러한 개혁 의지는 작가 현진건의 민족주의적 이념이기도 하다.

> 경신은 휘 한숨을 길게 내 쉬고는
> "때는 좋은 때건마는……"
> 혼잣말 같이 중얼거렸다.
> "무슨 때가 그렇게 좋다는 말씀이요?"
> "여보게 생각을 해보게. 당명황이 안록산에서 쫓기어 멀리 촉나 라 두메로 달아났으니, 이 때를 타서 대군을 거느리고 지쳐 들어갔으 면 중원을 다 차지는 못할망정 고구려의 옛 땅이야 다시 찾아오지 못하겠나."[128]

작가는 경신의 입을 통하여 고구려 고토의 회복에 대항 희망을 말하고 있는데, 이는 분명히 일제치하의 조선민의 독립의식을 일깨우는 암시라고 할 수 있다. 경신의 입을 통해 나온 이러한 작가의 생각은, 『무영탑』에서 사당주의를 표방하는 세력들을 당시에 일제에 영합하는 친일세력으로 대치 해 본다면, 민족적 긍지를 가지고 신라의 정통문화 수호에 헌신하는 세력들 은 곧 독립국가를 염원하는 민족주의적 세력으로 풀이할 수 있다.

이렇게 볼 때 현진건이 지니는 전통수호의 정신은 민족혼의 재생을 위한

---

128) 동게서.

강한 신념의 발로에서 나온 것이다. 따라서 작가의 복고주의는 감상적인 복고주의의 차원을 넘어서 현실적 의미를 띠게 된다.[129]

『무영탑』은 애정과 사회의식이라는 구조의 이중성을 가지고 있다. 석가탑 축조에 얽힌 비극적인 사랑에다가 신라 당대의 역사적 상황을 원용하여 형상화한 것이다. 이러한 대립적인 구조는 서로 떨어진 것이 아니며, 한 시대를 객관적이고 총체적으로 파악하여 생생한 현장감과 진실성을 획득하려는 작가의 의도에서 나온 것이다.

『무영탑』에서 애정 구조의 중심 인물은 아사달이다. 아사달과 아사녀는 백제의 옛 땅 부여 사람으로, 그들은 혼인한 지 1년이 되었다. 마침 서라벌에 큰절을 짓고 그 절에 탑을 건조하는 데 필요한 천하의 명공을 구한다는 방을 보고 아사달은 서라벌로 온다. 아사달은 서라벌에 와서 불국사의 탑 건조에 몰두하지만, 3년 동안 하루도 아내 아사녀와 장인이면서 스승인 부석을 걱정하지 않은 적이 없다. 싹불이나 팽개 등 승냥이 같은 부석의 제자들이 아사녀를 그대로 둘 리 없기 때문이다.

왕비 만월부인의 청으로 이루어진 불국사 방문에서 주만은 처음 아사달을 만난다. 그녀는 다보탑과 공사중인 석가탑을 보고 석수장이의 뛰어난 솜씨에 감탄한다.

> 네 귀에 웅크리고 앉은 사자 네 마리는 당장 갈기를 털고 일어날 것만 같다. 사자등 너머로 자그마한 예쁜 돌층층대가 있고, 그 층층대를 눈으로 더듬어 올라가면 편편한 바닥이 되는데 그 한복판에는 윗층을 떠받치는 중심기둥이 있고, 네 귀에도 병풍을 접쳐 놓은 듯한 돌기둥이 또한 섰는데 그 기둥들이 둘쨋층 밑바닥을 고인 어름에는 나무를 가지고도 그렇게 곱게 깎음질을 해내기 어려울 듯한 소로가 튼튼하게 아름답게 손바닥을 벌렸다. 첫층의 지붕에 둘쨋층의 네모난 돌 난간이 둘리어 쟁반모양 같은 돌층 지붕을 받들었고, 세쨋층에는 난간이 팔모

---

129) 송백헌, 전게서, p. 245.

가 지고, 기둥이 여덟 개가 되어 세 상에도 진기한 꽃잎을 수놓은
역시 팔모진 지붕을 떠이고 있다.
　주만의 눈길은 그 뛰어난 솜씨의 자국자국을 샅샅이 뒤지는 듯이
치훑고　내리훑었다. 보면 볼수록 새로운 감흥을 자아낸다.130)

　아사달의 예술적 재능에 대한 동경은 마침내 곧 그 예술 작품의 창작자인
아사달에 대한 호기심으로 이어지고, 주만은 아사달의 준수한 용모에 마음
이 끌린다. 이러한 주만의 감정은 귀족과 평민이라는 계층적 차별도 상관
않는다. 당시 사회는 평민과 귀족간의 사랑을 절대 금하고 있었기 때문에
이들의 사랑은 현실적으로 불가능하다. 처음 이들의 사랑은 현실과는 상관
없이 순수한 인간애에서 시작된다. 아사달이 병이 들자 주만은 열심히 간호
한다. 주만은 몸종 털이에게 다음과 같이 말한다.

　　"그는 천리타향의 외로운 나그네가 아니냐. 부모도 처자도 없는
　　낯선 곳에서 병들어 누운 몸이 아니냐. 우리 서라벌, 아니 우리 나라에
　　큰 보배가 될 탑을 하나도 어려운데 둘씩이나 쌓아올리다가 일터에서
　　쓰러진 그가 아니냐. 그의 몸을 돌보아주고 병을 구원해 주는 것이
　　사람으로서 떳떳이 할 일이거늘 부끄러울 것이 무엇이며 겸연쩍을
　　것이 무엇이랴."131)

　그러나 그것은 곧 애정으로 바뀐다. 이미 주만의 마음은 아사달에게 기울
었는데도, 그것을 알지 못하는 금성은 주만을 아내로 맞고자 한다. 금지는
유종을 찾아와 금성과 주만의 혼사를 결정짓자고 조른다. 그러나 유종은
사윗감으로 자신과 같은 국선도이자 내물왕 직계 후손인 김양상의 아우
경신을 택한다. 주만과 경신 사이의 혼약이 이루어지는데, 이는 주만의 의사

---

130)「무영탑」, p. 20.
131) 상게서, p. 79.

와는 전혀 상관없는 일이었다. 주만은 불국사로 아사달을 찾아가 탑의 공사
가 끝나거든 자기를 부여로 데려가 달라고 애원한다.

> "아무리 아사달님이 안된다고 하셔도 이제는 틀렸읍니다. 아무리
> 나를 떼치시려 하여도 인제는 때가 늦었읍니다. 이 몸은 아사달님의
> 그림자, 아사달님이 서나 앉으나 따를 그림자. 아사달님이 오나 가나
> 붙어다닐 그림자. 이 몸이 죽기 전에는 이 몸이 재가 되기 전에는
> 아사달님을 놓치지 않을 터예요."132)

아사달은 백제에 아내가 있기 때문에 그럴 수 없다고 거절하지만 주만은
아사달의 곁에 두어만 달라고 부탁한다. 주만에 있어 계층간의 문제는 별
문제가 되지 않았다. 평민인 아사녀를 형님으로 모셔도 좋다고 말한다. 이와
같은 아사달에게 향한 주만의 지극한 사랑의 마음은 상층민과 하층민의
융합을 기도하는 것으로, 이 작품의 중요한 핵심이 된다.

> "남편이 되고 아내가 되는 것보다 더 높은 정이 없을까. 더 깨끗한
> 사랑 이 없을까요. 아무리 부인이 계시다 한들 사랑이야 어떡 하실까.
> 나는 그 어른의 형님이 되어도 좋고 동생이 되어도 좋아요. 나는 다만
> 아사달님 곁에만 있으면 고만예요. 하루 한 번, 열흘에 한 번이라도
> 아사달님을 뵈올 수만 있으면 고만이예요."133)

주만이 아사달을 향한 사랑을 고백하는 순간 천둥과 비바람이 몰아친다.
한편 주만의 별당 담을 넘다가 그녀에게 망신당한 금성은 분풀이를 하기
위해 주만이 아사달과 함께 있으리라는 생각에 그 현장을 잡고자 불국사로
뛰어든다. 그러나 그곳에 주만이 보이지 않자 대신 아사달에게 온갖 행패를

---

132) 상게서, p. 116.
133) 상게서, p. 118.

부리는데 마침 경신이 나타나 아사달을 구해준다. 이 사건 이후로 절의 단속이 엄해지고, 아사달을 찾아온 모든 사람의 출입은 금지된다. 다음날 궁중조회가 파한 후, 금지는 유종에게 불국사 사건을 얘기하고 주만을 잘 단속하라고 핀잔을 주면서 행실 잃은 계집애는 화형에 처해야 한다는 사실을 주지시킨다.

혼자 부여에 남아 있던 아사녀는 팽개 무리의 행패를 견딜 수 없어 한밤중에 부여를 도망쳐 나온다. 아사녀는 거지처럼 변복하고 서라벌로 오게 된다. 그리고 불국사에 찾아 와서 문지기에게 아사달을 만나게 해 달라고 간청한다. 그러나 문지기로부터 거절당한다. 그것은 금성이 일으킨 불국사 난동 사건 때문이었다. 그러다가 그녀는 서라벌에서도 유명한 뚜쟁이 노파 콩콩에 의해 다시 시련을 겪게 된다. 아사녀는 그녀에게 매춘을 강요당한다.

> 남편있는 지척에서 또 이런 변을 당할 줄이야. 오는 도중에는 뜨내기 못 된 젊은 것들의 성화를 받았지만, 그것은 오히려 모면하기가 쉬웠던 셈이다. 어엿한 구종을 늘어세우고, 버젓한 수레에 높이 앉은 명색 「대감」이 이런 불측한 출입을 할 줄이야. 애숭이 이리떼보다 이 늙은 이리가 여러 백갑절 더 무섭고 더 치가 떨리었다. 더구나 그 소중한 남편을 개새끼보다 더 우습게 아는 것이 절통 절통하였다.
> "이것도 내 탓이다. 나 때문에 공연히 남편까지 욕을 보이는구나."
> 하매 아사녀는 몸둘 곳을 몰랐다.[134]

콩콩의 간사한 꾀에 말려 절망적인 상황에 빠지게 된 아사녀는 마지막으로 남편 아사달의 명예를 지켜 주고 자신의 인간다움을 지킬 수 있는 방법으로 죽음만이 오직 하나의 길이라는 생각을 갖는다.

아사달이 석가탑을 완성한 기쁨에 잠겨 있을 때, 아사녀는 남편과 주만 사이의 소문에 낙담한 나머지 영지에 몸을 던져 스스로 목숨을 끊는다. 한편

---

134) 상게서, p. 255.

주만은 유종에 의해 화형에 처해진다. 평민인 아사달을 사랑했기 때문이다. 그러나 화형 직전 경신의 도움으로 화상만 입은 채 생명을 건진다.

여기에서 화형을 당하는 주만의 비극적 최후와 절망과 허무 속에서 목숨을 버린 아사녀의 두 죽음은 각각 두 계층의 비극적 의미를 안고 있으며, 결코 서로 융합될 수 없었던 신분사회의 모순을 드러낸다.[135]

아사녀의 죽음을 알게 된 아사달은 그녀의 환영을 찾으며 영지를 맴돌다가 크기가 '아사녀만한 돌'을 발견하고 그 돌에 아사녀의 얼굴을 새기기 시작한다.

아사녀의 모습을 돌에 새기고 있는 아사달을 찾아 주만이 온다. 그러나 주만의 애절한 사랑도 돌을 새기는 아사달의 손길을 막을 수 없었다. 마침내 현실적 사랑을 포기한 주만은 마지막으로 자신의 모습을 그 돌에 새겨주기를 소원한다. 주만의 소원을 들은 아사달은 아사녀와 주만이라는 두 여인의 사이에서 갈등을 느끼게 된다. 아사달의 이 갈등은 두 개의 사랑이 모두 소홀히 할 수 없음을 말해 주는 것이다. 그러나 대립된 두 여인의 사랑은 현실적에서는 도저히 융합될 수 없는 것이었다.

아사달의 머리는 점점 어지러워졌다. 아사녀와 주만의 환영도 흔들린다. 휘술레를 돌리듯 핑핑 돌다가 소용돌이치는 물결 속에서 조각조각 부서지는 달그림자가 이내 한데로 합하듯이, 두 환영은 마침내 하나로 어울리고 말았다.

아사달의 캄캄하던 머리속도 갑자기 환하게 밝아졌다.

하나로 녹아 들어버린 아사녀와 주만의 두 얼굴은 다시금 거룩한 부처님의 모양으로 변하였다.

설레던 가슴이 가을 물같이 맑아지자, 그 돌얼굴은 세번째 제 원불(願佛)로 변하였다.

선도산으로 뉘엿뉘엿 기우는 햇발이 그 부드럽고 찬란한 광선을

135) 신동욱, 전게서, p. 70.

던질 제, 못물은 수멸수멸 금빛 춤을 추는데 흥에 겨운 마치와 정소리
가 자지러지게 일어나 저녁나절의 고요한 못둑을 울리었다.[136]

여기에서 두 여인의 죽음은 삶의 종말이 아니라, 새로운 차원으로 승화됨
을 의미한다. 죽음으로 두 여인은 영생을 얻을 수 있었으며, 두 영혼의 합일
점을 찾을 수 있게 된다. 아사녀의 얼굴이나 주만의 얼굴이나 모두 부처님을
닮았다. 이 때문에 아사달은 돌에 부처님을 새기면, 두 여인의 얼굴을 함께
새기는 셈이 된다. 이때에 이르러 아사달의 마음속에서 주만의 사랑은 비로
소 아사녀와 같은 위치에 놓이게 된다.[137]

나. 민족혼의 구현

현진건은 세 주인공들의 사랑이 현실적으로 좌절할 수밖에 없었던 시대
적 상황을 귀족과 평민, 국선파와 사당파의 갈등이라는 이중구조 속에 수렴
함으로써 이 역사소설을 매우 상징적인 차원에까지 끌어올렸다고 말할 수
있다. 아사달을 사랑했던 아사녀와 주만은 모두 죽지만 아사달은 끝내 다보
탑과 석가탑을 완성한다. 진정한 예술품은 사랑의 희생을 딛고서 비로소
완성될 수 있었다. 이는 핍박받는 한 시대의 민중은 비록 사라진다 하더라도
민족혼, 민족의식은 그들이 남긴 예술작품으로 승화되고 계승된다는 작가
의 주제의식에서 나오는 것이다. 아사달은 하나의 위대한 예술을 완성했으
나 그 밖의 모든 것을 잃는다.

한 시대의 거대하고 무자비한 횡포 앞에 다만 훼손된 자아만 남아 있을
뿐이다. 그러나 이 자아는 역사에 큰 자국을 남기는 자아이다. 현진건은
이 비극적 반어를 통하여 모순된 사회의 비리를 고발하고 역사 발전의 원동

---

136) 「무영탑」, p. 311.
137) 송백헌, 전게서, pp. 242-243 참조.

력이 되는 변화의 힘이 무엇인가를 말해 준다.

이처럼 『무영탑』은 서구 고대 비극이나 서사시가 보여주는 장엄하고 역동적인 세계를 담고 있다. 여기 등장하는 아사달, 아사녀, 주만, 경신 등 여러 인물의 변화하는 감정과 내적 갈등은 처절한 비극미를 내포함으로써 작품의 생명감을 살리고 있다. 이들이 체험하는 순수한 사랑, 한편으로는 영원히 결합될 수 없는 모순된 감정은 인간이 본질적으로 얼마나 부조리한 운명의 피조물인가를 보여주고 있다.

> 삼년이란 길고 긴 세월을 두고 제 있는 재주와 정력을 다 기울여 지어낸 두 탑! 제 살과 피를 묻혀서 빚어낸 두 탑! 넘실거리는 은물결에 둥 떠서 반공에 헤어오르는 듯한 그 두 거룩한 모양을 번갈아 바라보며, 아사달은 무량한 감개에 싸이었다. 솟아나는 흥에 겨워서 이 세상 것 아닌 신품을 지어낸 때에 오직 참된 예술가라야만 맛볼 수 있는 감흥과 만족도 거기 있었다.138)

아사달이 자기의 재주로 완성된 두 탑을 둘러보며 감격에 겨워 하는 이 장면에서 우리는 자신의 신분이나 처지를 생각하지 않고 예술을 창조한 예술가로서의 그의 모습을 볼 수 있다. 예술을 생명으로 아는 사람답게 그는 철저하게 예술가로서만 존재했으며 삶의 가치를 오로지 창조 행위에서만 찾는다.

이 소설의 표면적 구조는 사랑의 삼각관계로 나타난다. 작품 속에서 벌어지는 사랑은 아사달과 아사녀의 부부애와는 달리 주만은 일방적으로 아사달을 사랑할 뿐이다. 아사녀와 주만의 사이에는 아무런 갈등도 보이지 않는다. 이는 작품 속에서 아사달과 아사녀의 사랑이 그들 개인들의 문제에 국한되지 않는다는 사실을 의미한다. 그것은 사회적 비인간화에 대한 순수 인간

---

138) 「무영탑」, p. 281.

애의 제기이며, 예술적 창조를 위해 아사녀와 주만의 죽음에도 불구하고
자신의 모든 삶을 바치는 아사달의 행동에서 보여지는 비극미를 내포한
것이다. 아사달의 예술적 창조는 아사녀의 결핍을 보상하려는 사랑의 행위
이다. 그러나 이 행위를 아무런 고통 없이 수행할 수 있도록 도와주는 실질
적인 힘은 주만의 사랑이다. 이처럼 아사달의 위대한 예술적 창조 행위 뒤에
는 아사녀와 주만 두 여인의 절대적인 사랑이 존재하고 있다.

두 여인의 사랑 방식은 서로 다르다. 주만은 아사녀에 대한 자신의 태도를
"형님으로도 좋고 아우가 되어도 좋다."는 식으로써 아사녀의 존재를 기정
사실로 인정한다는 입장인 데 반해 아사녀는 주만을 사랑의 적대자로 생각
해 본 적이 없다. 아사녀는 아사달과 주만의 관계를 확인할 수도 없었지만,
당초부터 확인해 보려는 의욕도 갖고 있지 않았다. 그러나 아사달에게로
향한 주만의 사랑은 맹목적이고 적극적이다. 그녀는 평민인 석수장이와 귀
족 사이에 가로놓여져 있는 신분의 굴레를 벗어 던진다. 당시의 엄격한 계급
사회에서, 신분을 무시한 주만의 일방적인 사랑은 이미 비극적인 종말을
예고하고 있었다. 더욱이 금성의 비겁함과 용렬함 때문에 주만은 더욱 아사
달을 흠모하게 되고, 이로 말미암아 주만은 죽음을 맞게 된다.

『무영탑』은 연재될 당시에 이미 많은 비평가들의 관심의 대상이 되었다.
그것은 주로 부정적인 견해가 많았다. 김남천은 이 작품을 비판하여 "연애
담을 중심으로 한 통속소설"로 폄하하였는데, 이것은 이 작품을 바라보는
당시 문단의 부정적 시각을 대표적으로 보여주는 예라고 할 수 있다.

　　우리의 장편소설이 갖고 있는 모든 모순·분열·괴리에 대하여 고
　심하였거나 초극할 방향에 노력지 아니하고 출판기관의 상업주의에
　영합하여, 그대로 안이한 해결방법으로 몸을 던진것, 그리하여 흥미
　본위 우연과 감상성의 남용, 구성의 기상천외, 묘사의 불성실, 인물설
　정의 유형화……139)

김남천은『무영탑』의 특성으로 상업주의와 우연의 남발, 감상성의 남용, 구성의 안이함, 묘사의 불성실, 인물 설정의 유형화 등을 들고 있지만 어디까지나 표면에 드러난 작품의 외적 요소에 불과하다. 이는『무영탑』의 주제를 깊게 천착하지 못한 결과에서 온 것이라고 할 수 있다.

대부분의 한국근대장편소설이 그렇듯, 이후로『무영탑』은 논자들의 관심 바깥에 놓여 있다가 1950년대에 와서야 윤병로에 의해 언급되기 시작한다. 그는『무영탑』을 간접적 현실소설140)로 파악함으로써 작품의 주제에 처음으로 접근하였다. 그는 일제의 가혹한 탄압이 더욱 심각해진 현실 속에서 소설 구성이 불편 내지 불가능현재와 유형이 본질적으로 공통한 사실을 작품의 소재로 차용하여, 어디까지나 현실 도피에서가 아니라 현실적 의식을 더욱 강조하여 표현하는 데 현진건의 역사소설 창작 태도가 있다고 언급함으로써, 작품에 나타난 사회·역사의식의 문제를 강조하여 보려고 했다.141)

그 후『무영탑』에 대한 본격적인 연구는 신동욱에 의해 시도되었다. 그는 작가의 역할을 사회 발전의 상승과 하강에 있어서 작가가 얼마만한 역사적 안목과 사회 의식을 가지고 문학을 수행하느냐에 있다고 보고,『무영탑』에서 그 예를 찾았다. 애정 문제에 관해서 "주만과 아사달의 만남은 상하 두 계층의 만남이고, 사회 발전의 계기를 암시하는 만남"142)이라고 논의의 일관성을 견지한다.

또 송백헌은 소설에서 아사달의 장인 의식과 아사녀의 비장한 애정을 통해서 현진건이 암시하고자 한 것은 진정한 역사의 주체를 민중으로 본 것이라고 전제한 다음, "빙허는 일상적인 인물을 역사의 주체로 파악하여

---

139) 김남천,「장편소설계」,『소화14년도조선문예연감』(경성 : 인문사, 1939), pp. 11-14.

140) 윤병로,「빙허 현진건론」,≪현대문학≫15호, 1956. 3, p. 194.

141) 상게서, p. 195.

142) 신동욱,「현진건작품론시고」, 국어국문학회 편,『현대소설연구』(서울:정음사, 1982), p. 122.

당대의 참다운 민중상을 정립함으로써 춘원이나 동인의 역사소설의 세계를
뛰어 넘어 한국 근대역사소설의 새로운 지평을 열어 놓았다."[143]라고 평가
하고 있다.

한상무는 『무영탑』을 통속성 짙은 이야기를 표면에 내세우는 우회적 혹
은 위장의 방법으로 작가의 당대적 현실을 겨냥한 메시지를 표현하고 있음
을 밝혔다.[144] 그러면서 이 작품에 나타나 있는 작가의 민족, 역사의식의
사상적 토대는 신채호의 민족주의적 역사사상의 틀에 주어져 있다고 하였
다. 이는 조동일에 의해서도 재확인된다.[145]

지금까지의 논의와는 달리 정한숙의 견해는 사뭇 비판적이다. 그는 현진
건 문학의 특질을 인간의 순수한 애정을 취급한 데 있다고 보고, 주인공
아사달의 성격으로 볼 때, 『무영탑』이 내포하고 있는 작품 의도는 예술적인
감흥과 통하는 인간의 고결한 사랑을 주제로 했을 때는 비교적 성공했지만,
작가의 사회의식 내지 역사의식이라는 점에서는 작가의식이 투철하지 못했
다고 지적한다.[146] 정한숙은 여기에서 『무영탑』의 사회·역사의식적 주제
도출의 위험성을 말하고 있다.

이의 영향에서인지, 강영주는 『무영탑』이 종전에는 작가의 민족주의적
이념을 형상화한 작품으로 평가되어 왔으나 객관적으로 볼 때 단지 한 편의
낭만주의적인 연애소설에 지나지 않는다고 보았다.[147]

그러나, 여기에서 우리는 다시 신동욱의 말을 주목할 필요가 있다. 신동욱
은 "민족주의 색채가 짙은 낭만적인 지향에 의해 만들어진 작품"[148]이라는

---

143) 송백헌, 전게서, p. 248

144) 한상무, 「저항의 정신과 위장의 방법」, 『연구논문집』제8집, (춘천:강원대학교,
    1974), pp. 16-17

145) 조동일, 전게서. p. 367.

146) 정한숙, 전게서, p. 290.

147) 강영주, 「현진건의 역사소설」, 『한국학보』, 1986년 봄호, pp. 31-32.

148) 신동욱, 「<무영탑>론」, 『현진건』(서울:새문사, 1981), p. 72.

결론으로, 『무영탑』의 성격을 한 마디로 대변해 주고 있다.

이와 같이 사회·역사의식의 측면에서 주제를 파악하려는 태도는 평민 예술가 아사달의 비극을 통해 중대 말기의 역사적 하강이 신분 질서가 초래하는 민중의 상승 기반임을 통찰한 데서 나온 것이다. 따라서 역사의 하강기에 처한 예술가는 분열이 초래하는 비극을 증언함으로써 분열을 통합하여 역사의 창조적 운동에 예언적 전망을 마련하는 것이 그 임무라고 주장하는 것이다. 이러한 인식에 근거하여 현진건은 식민지적 현실을 역사적 안목으로 이해하고, 식민지적 현실 속에서 작가가 추구해야 할 임무를 인식했다.

『무영탑』에 대한 위와 같은 다양하고도 진지한 논의의 일단이 이 작품에서 주된 내용으로 다루어진 애정문제와 사회·역사의식의 문제를 어떻게 보느냐에 있음을 알 수 있다.

이와 관련시켜 보면 상기의 논의들은 다음 세 가지 경우로 정리된다.

① 통속소설이라는 견해, ② 애정문제는 사회·역사의식을 위장하기 위해 우회적 수법의 일환으로 쓰였다는 견해, ③ 한 작품에서 두 의식을 함께 담으려는 과욕 때문에 실패작이라는 견해 등이 그것이다.

(2) 『흑치상지』

『흑치상지』는 백제가 나·당 연합군에 의해 멸망당한 뒤 흑치상지를 중심으로 일으킨 백제부흥운동을 다룬 작품으로서, 〈동아일보〉 연재 도중 52회만에 일제에 의해 강제 중단된 미완의 작품이다.[149] 이 작품은 백제 의자왕이 나·당 연합군에게 항복한 후 유장 흑치상지를 중심으로 일어난 백제 부흥운동을 소재로 한 역사소설이다.

백제의 수도가 함락 당한 후 인근 대로에서 포로가 된 백제 유민들이

---

149) 〈동아일보〉 1939. 10. 25부터 1940. 1. 16까지 연재.

당병들에게 참혹하게 학대받으며 끌려가던 중, 일행 속의 좌평 임자는 자신의 젊은 첩 창화가 당의 장수에게 교태를 부리는 것을 발견하고 이를 꾸짖다가 비참하게 죽는다. 그때 흑치상지가 이끈 백제군이 나타나 당병을 무찌르고 백성들을 구출해낸다. 흑치상지는 창화를 죽이려는 백성들을 무마하여 그녀를 놓아보낸 뒤 백성들을 이끌고 임존성(任存城)으로 향한다. 그곳에서 그는 사차상여(沙吒相如), 지수신(遲受信)과 함께 백제 유민들을 규합하여 결전을 준비하던 중, 당의 진영에 잠입한 창화로부터 당병의 내습을 알리는 비밀편지를 받게 된다. 이 때문에 대승을 거둔 흑치상지는 퇴각하는 당병을 추격하는 동안, 그를 찾아온 창화로부터 그녀가 호색 탐학한 임자의 첩이 되기까지의 내력을 듣는 데서 이 작품은 중단된다.

따라서 이 작품에 나타난 작가의 창작 의도와 사상이 과연 어느 정도까지 구체화되었는지 미지수이다. 더욱이 실제 역사적 사실에 비추어 보면, 작품의 사건은 겨우 시작 단계에 불과하다는 것을 알 수 있으며, 구성의 단계도 도입, 전개 부분에 머물러 있음을 알 수 있다. 그럼에도 불구하고 『흑치상지』는 작가의 민족의지가 주제의식으로 강하게 드러난 소설이다. 현진건은 이 작품에서 백제 유민의 설움을 잘 대변해 주고 있으며, 흑치상지라는 인물을 통해 이를 설욕하는 과정을 잘 보여주고 있다.

가. 망국한의 반성

백제 멸망과 흑치상지에 대한 역사적 사실과 기록은 다음과 같다. 백제는 지배층 내부의 사치와 도덕적 타락, 불신 풍조와 전 국력을 소비하면서 벌인 신라와의 전쟁으로 끝내 멸망한다. 660년 나·당 연합군에 의해 백제는 멸망하고 의자왕은 당으로 끌려가 죽었으며, 이적행위를 한 벼슬아치들은 신라의 벼슬을 얻었다. 비록 백제는 멸망하였지만 지방에 흩어져 있던 백제 유민들은 몇몇 지도자를 중심으로 국권 회복 투쟁에 나서게 되었다.

이 무렵 달솔(達率) 겸 풍달(風達)의 군장으로 있던 흑치상지는 3만여 명의 병력으로 2백여 성을 수복하고, 복신(福信)의 부흥군과 긴밀하게 연락을 취하고 있었다. 이렇게 하여 일본에서 돌아온 의자왕의 아들 풍(豊)과 복신, 도침(道琛), 흑치상지 등을 중심이 되어 백제 부흥군이 조직되었다. 그러나 이러한 백제부흥운동도 부흥군 수뇌부의 불신과 내분 때문에 점차 와해되기 시작하였다. 661년 도침이 복신에게 살해되고, 이듬해 7월에는 또 다시 복신이 풍에게 살해되었다. 한편 당 고종은 흑치상지에게 항복을 권유하고, 부흥군의 내분에 실망한 흑치상지는 사차상여와 함께 당의 유인궤(劉仁軌)에게 투항한다. 663년부터 나·당 연합군의 반격이 본격화되어 부흥군의 본거지인 주류성(周留城)을 공격하여 함락시키고, 이어 지수신이 지키고 있는 임존성을 공격하였는데, 이때 나·당군은 이미 항복한 흑치상지와 사차상여를 동원하여 백제 부흥군을 쳤다. 마침내 부흥군은 지리멸렬해지고 지휘부도 분열되어 풍과 지수신은 고구려로 망명하였으며, 풍의 아들들은 나·당 연합군에 항복하였다. 흑치상지는 그후에 당의 장수로 활약하며 토번과 돌궐을 정벌하고 연국공(燕國公)의 작위에 받는 등 많은 공을 세웠으나 상 받은 것을 모두 부하에게 나누어 주는 등 청렴한 인물이었다. 이를 시기한 주흥(周興)의 모략을 받아 마침내 옥에서 자결하고 말았는데 사람들이 그 억울함에 함께 슬퍼하였다. 흑치상지에 대한 기록은 『삼국사기』[150]와

---

150) 『삼국사기』권 44, 열전 제4, 흑치상지조.
  "흑치상지는 백제 서부 사람인데 키는 7척이 넘고 날래고 돋세며 지모가 있었다. 백제의 달솔로 풍달군장을 겸직하였는데 그 직은 당의 자사와 같다고 한다. 소정방이 백제를 평정하니 상지는 소속 부하들을 데리고 항복하였다. 그런데 정방이 늙은 왕을 가두고 군사를 놓아 크게 약탈하니 상지는 두려워서 좌우추장 10여명과 더불어 빠져나가 도망병을 규합하여 임존산에 의지하고 굳게 지키니 열흘이 안 가서 돌아오는 자가 3만여 명이었다.(黑齒常之 百濟西部人長七尺餘 驍毅有暮略 爲百濟達率 兼 風達軍將 猶唐刺史云 蘇定方平 百濟 常之以所部隆 而定方因老王 縱兵太掠 常之懼 與 左右酋長 十餘 人趣去 嘯合逋亡 依任存山自固 不旬日歸者三萬)"

『자치통감』, 『해동명장전』 등에 나타난다.

이처럼 역사적 인물인 흑치상지를 주인공으로 등장시켜 백제의 멸망과 부흥운동의 전개, 그리고 그 실패가 가져다주는 비극과 역사적 교훈을 역사소설로 형상화한 현진건의 의도는 일제치하라는 시대 상황과 조응되어 한층 고조되었다고 볼 수 있다. 이러한 백제 부흥운동이라는 역사적 사실을 소재로 한 소설 『흑치상지』가 일제의 검열 당국을 자극하여 마침내 강제로 연재 중단을 당한 사실은 현진건 역사소설의 특성을 잘 나타내 주고 있다.

이 작품의 이러한 서술 구조는 이 작품이 씌어진 시기와 관련하여 파악할 때 특별한 의미를 지닌다. 이때는 대부분의 문학인이 일제의 압력에 굴복하여 저들에 부화뇌동할 무렵이었으며, 일제는 대륙 침략을 정당화하면서 내선일체, 황국신민 등으로 표현되는 반민족적 친일문학이 횡행하던 시기이기도 하다.151)

현진건은 소설 『흑치상지』의 서두에서 백제의 멸망을 바라보는 안타까운 마음을 드러낸다.

> 한창 당년에는 고구려와 두 손 길을 마주잡고, 승병백만(勝兵百萬)을 몰아 북으로 만리장성을 넘어 유연(幽燕)을 들부수고, 서로 황해를 건너 오·월을 짓밟던 크고 강하던 나라가 하루아침에 풀끝의 이슬보다도 더 하잘것 없이 스러졌다. 시조 온조왕(溫祚王)이 고구려에서 따로 떨어져 나와 나라를 일으킨 후, 육백 칠십 팔년 역대(歷代)는 의자왕까지 심십 일왕.152)

건국한 지 678년, 재위 31왕을 거치면서 "유연(幽燕)을 들부수고 오월(吳越)을 짓밟던" 강력한 백제가 하루아침에 멸망했다. 나라의 멸망은 백성들에겐 엄청난 비극이요, 재앙이다. 사나운 이리떼 같은 당나라 군사의 말

---

151) 홍성암, 전게서, p. 115.
152) 현진건, 「흑치상지」, p. 315.

발굽 아래 백제의 산과 들과 강이 피로 물들여졌다. 현진건은 한 나라가 빚어내는 크고 작은 비극 가운데는 밖으로 드러난 비극보다 숨은 비극이 더 많다는 것에 주목하고, 『흑치상지』에서 이러한 숨은 비극을 그려내고자 하였다.

> 한 나라가 망할 때 빚어내는 크고 작은 비극보다 숨은 비극이 더 많을 것은 다시 이렁성거릴 필요도 없으리라. 이 숨은 비극에야말로 사람의 뼈를 저며내는 듯한 물기 한 방울 없이 보송보송하게 메마른 슬픔과, 숨이 막히고 피가 끓어오를 원한과, 차마 바로 보지 못할 악착함이 겹겹이 접히고 쌓인 것이다. 드러나기엔 너무도 지극지긋한 비극이었기 때문인지 모른다.[153)

성충(成忠), 계백(階伯)과 낙화암에서 떨어진 무수한 젊은 궁녀들의 비극적 죽음은 패망한 민족의 비극적 정황이다. 재물과 여자들을 닥치는 대로 약탈하는 당나라 병사들의 잔악성과 민족이 겪는 고통을 구체적으로 묘사함으로써 침략세력에 대한 적개심을 한층 고조시키는 효과를 얻고 있다.

> 그런데 사냥한 것은 물건과 짐승만이 아니었다. 그들에게 더 소중하고 귀한 것은 사람 사냥이었다. 그 중에 젊고 예쁜 여인이 으뜸인 것은 말할 것도 없거니와, 아주 꼬부라진 늙은이나 젖먹이 어린애가 아니면 계집 명색치고는 버리지 않았다.[154)

이와 더불어, 현진건은 한 왕조의 몰락의 원인이 외세의 침략에만 있는 게 아니라 당시 지배계층의 타락과 내부 분열에도 있음을 강조하고 있다. 작가는 국가의 패망이 지배층의 타락에 기인하는 것임을 분명히 한다. 한

---

153) 동게서.
154) 상게서, p. 318.

나라의 좌평이라는 높은 벼슬을 하면서도 신라의 첩자가 되어 나라의 기밀을 적국에 팔아 넘기는 임자라는 인물을 통해 보여주는 지배층의 모습, 뇌물을 좋아하는 벼슬아치와 왕의 타락한 생활 등이 백제 멸망의 직접적인 이유로써 제시된 것이다.

그렇기 때문에 임자는 당병에게 잡혀가면서 첩 창화에게 조소를 당한다. 지배층의 부패와 타락으로 인하여 나라는 멸망하지만 그 비극적인 결과는 백성들에게 돌아온다. 백성들은 침략자에게 노략질 당하고 생명을 잃고, 강간을 당하고, 노예로 잡혀가서 짐승만도 못한 대접을 받는다.

백제 멸망으로 비롯된 이러한 참상은 식민지 시대의 현실과 직접적으로 연결된다. 지배층의 무능과 부패로 인하여 우리의 주권은 강탈당하고 그 결과는 우리 민족 전체로 파급되었다. 일제의 조선 통치는 무력에 의한 정치적 억압과 경제적인 수탈로 조선인의 생존권을 위협하였다. 농촌에 있어서 자작농이 감소하고 소작농이 증가하였으며, 이농과 만주로 먹을 것을 찾아 떠나는 이민 현상이 생겨났다. 극도의 궁핍화 현상으로 생존권이 위협받는 입장에서 일본의 중국 침략은 조선을 병참기지로 만들었고, 강제 징집에 의하여 조선인을 침략 전쟁의 도구로 삼았다. 이러한 사회 현상의 상징적 표출이 소설에 나타난 백제 망국민들의 모습에서 나타나고 있는 것이다.[155]

흑치상지와 동료 지수신이 그들을 따르는 백성들과 더불어 백제를 유린한 당병과 신라군에 대한 적개심으로 구국운동을 전개한 것과는 달리 의자왕, 임자, 충상영 등은 사치와 방탕의 생활로 말미암아 민족의 비극을 자초한 인물들이다. 임자는 신라의 김유신과 내통하여 자국의 사정을 신라에 낱낱이 고해 바쳤는가 하면, 충상영은 일찍이 신라군에 항복하고 나·당 연합군의 일원으로서 흑치상지가 웅거하고 있는 임존성을 치러 오는 당병의 선봉장이 되어 흑치상지와 직접 대결을 한다. 충상영의 죄상은 흑치상지

---

155) 홍성암, 전게서, p. 117.

의 말에서 잘 드러난다. 그것은 활개치며 일제 식민지를 살아가는 조선의 지배층에 던지는 작가의 경고이기도 하다.

> "이놈 상영아! 네 듣거라. 너 이놈, 한 나라의 좌평으로 있으면서 적군이 쳐들어오거든 맞아 싸워 적군을 물리치고, 종묘사직을 태산반석 위에 놓이게 하는 것이 재상으로 마땅한 일이요, 만일 힘이 거기 미치지 못하거든 배성일전(背城一戰)에 목숨을 바쳐 망극한 국운을 보답할 것이거늘, 구구한 목숨을 살리고자 임금과 나라를 배반하고 밤을 타서 적진으로 달아났으니, 그것만해도 그 미천죄악(彌天罪惡)은 만 번 죽어도 씻을 길이 없지 않으냐. 또 한 번 항복을 하였거든 아는 듯 모르는 듯 숨어있어 구구한 목숨이나 보존할 것이지, 이제 감히 진상에 나타나 부끄러운 줄도 모르고, 더러운 줄도 모르고 아가리를 놀리니 네 죄야말로 절절 가통하구나."[156]

이 작품에서 중요한 인물 중 하나가 창화이다. 고향에서 연인 수진과 더불어 단란한 가정을 꿈꾸던 16세의 창화는 임자의 하인들에게 강제로 납치되어 임자의 첩이 된다. 그후 남편 임자와 함께 당병에게 잡혀 끌려가다가 남편 임자는 당병에게 죽고 자신만 흑치상지에게 구출된다. 흑치상지는 성난 군중들로부터 창화를 보호해주기도 한다. 작가는 창화의 입을 통하여 임자를 비롯한 백제 귀족층의 타락을 고발하게 한다.

> "그러면 말을 마구 합니다. 눌러들어 주세요. 호호, 세상에 남자란 의리부동한 것, 제 쾌락을 위하여 양가집 처녀도 함부로 뺏아오고, 제 지위를 위하면 아무리 절친한 친구라도 심지어 제 친족이라도 파리 목숨같이 죽이는 것, 제 부귀와 영화를 누리자면 제 임금도 헌신짝같이 버리고 적국과 내통도 하는 것……"
> 창화의 입가에는 찬 바람이 솔솔 일어나는 듯하다.

---

156) 「흑치상지」, p. 384.

"이따위 짐승에게 몸을 바치고, 정을 쏟고, 정절을 지킨다는 것은 우스꽝 스러운 일로 생각을 하였습니다. 내 몸만 살아나고, 다시 영화를 본다면야 남편이고 뭐고 돌아볼 것도 없이 적장에게 교태를 부린들 어떠하랴…."

창화는 매우 흥분된 듯 두 뺨이 불같이 이글이글 타올랐다.157)

흑치상지의 인물됨에 반한 창화는 스스로 당의 진중으로 잠입, 적군의 동태와 중요한 정보를 제공하여 전투를 승리로 이끌게 한다. 창화는 임자의 횡포로 말미암아 남성을 불신하고 진정한 삶의 가치를 상실해 버린다.

그러나 창화는 흑치상지를 만나면서 비로소 민족 의식에 눈을 뜨게 된다. 그것이 백성을 사랑하고 나라를 위하는 길임을 분명하게 깨닫는다.

"그런데 고량부리에서 장군님을 뵈옵고, 저의 매친 생각은 벼락을 맞은 듯 부서지고 말았읍니다. 그야말로 저에게는 천변지이(天變地異) 였읍니다. 세상에는 남자 중에도 남자, 참으로 백성을 사랑하고 나라를 위하는 의인이 있구나……."158)

창화는 흑치상지를 사랑함과 동시에 민족의식에 눈을 뜨게 되면서 부흥 운동의 중요한 역할을 직접 수행하게 된다. 적 진영에 찾아 들어 정보를 탐지하여 부흥군에 알리는 일이다.

"실상인즉 그 날, 장군님을 모시고 같이 가고 싶은 생각이 굴뚝같았 읍니다. 말은 줄달음질을 치는데 까닭없는 눈물이 앞을 가리어 몇 번이나 길을 헛 들었는지 모릅니다.

필경 이 몸은 찾아올 데를 찾아오고야 말았읍니다. 거기가 어디인 줄 아십니까? 다른 데가 아닙니다. 그 지긋지긋한 당나라 군사가 둔취

---

157) 상게서, p. 405.
158) 동게서.

(屯聚)하고 있는 사자성 안입니다.

　이 몸은 당돌하게도 필마단기로 적병이 구데기떼보다 더 많이 우글우글거리는 적진 중으로 뛰어들었읍니다."159)

　현진건은 한 나라의 비극은 외세의 침략도 침략이려니와 민족 내부의 분열과 타락에 더 큰 원인이 있다고 파악하고 있다. 백제 내부의 타락상은 의자왕, 임자, 충상영의 행위를 통해서 묘사되고 있으며, 이들은 흑치상지와는 달리 민족의 운명을 외면한 반역사적인 인물로 묘사된다.

　　"소위 백제 재상가(宰相家)의 생활이란 오죽 난잡합니까. 그중에도 임자가 우두머리였으니 말할 것도 없지요. 정실은 고만두고라도 첩만 저 알기 열 일곱이었으니까요. 개중에는 별의별 잡년이 다 있었읍니다. 자연 저도 물이 든 것이겠지요. 밤마다 놀이요, 날마다 모꼬지가 벌어졌읍니다. 술 타령에 노래 타령에 나중에는 음탕한 꿈이 꼬리를 맞물고 이어나갈 뿐이었지요. 이런 난잡한 생활을 얼마쯤 하고 나니 제가 오늘날까지 배우고 들은 것이 모두 거짓이요, 헛 것 같았읍니다."160)

　그리고 당나라군과 신라군은 백제의 멸망을 가져온 침략 세력으로서 백제 내부의 반역사적인 인물과 동궤에 놓이며, 이들은 흑치상지가 이끄는 부흥 운동군과 직접 대결을 벌인다.『흑치상지』에서 이들은 서로 대치하는 세력으로 선명히 양분된다.

나. 구국 영웅상의 제시

　뒷날 흑치상지가 당나라에 항복하여 당을 위해 많은 공을 세웠다는 역사적 기록으로 미루어, 흑치상지는 작가가 의도했던 주제를 위해서 부적합한

---

159) 상게서, p. 372.
160) 상게서, p. 404.

인물이었음은 부정할 수 없는 부분이다. 이러한 결함에도 불구하고, 작가 현진건은 흑치상지라는 백제 구국의 영웅상을 그렸는데, 이는 흑치상지가 한때나마 백제 부흥운동의 중심적인 인물이라는 점을 고려한 데서 온 것이다. 주인공이 흑치상지이든, 복신이든 그것은 아무 상관없다. 중요한 것은 외세를 몰아내고 주권을 되찾고자 일어난 그 행동이다. 작가는 작품을 통해 백제 유민의 민족주의적 이념을 고취하고자 했고, 이로써 이 작품은 높이 평가되어야 한다.

소설 『흑치상지』가 백제라는 한 국가의 멸망과 함께 필연적으로 뒤따라 오는 백성들의 참혹한 수난을 묘사하고, 외부의 침략 세력에 대항하는 민중의 집단적인 항거를 형상화하였음을 고려하면, 이 소설은 현진건의 강렬한 민족주의적 작가 의식에서 비롯되었음을 알 수 있다.

『흑치상지』에 등장하는 긍정적 인물로는 흑치상지, 창화가 등장하며, 부정적 인물에는 의자왕, 임자, 충상영 등이 있다. 흑치상지는 창화와 함께 국권 회복을 도모하고자 궐기한 백제 유민들의 구심점이 되지만 부패했던 관리 임자는 온갖 사치를 부리다가 당병에게 죽고, 황산 싸움에서 신라의 포로가 된 충상영은 당병의 앞잡이가 되어 그들을 인도하는 역할을 맡는다.

> 그 후리후리한 큰 키와 어마어마한 몸집은 마치 산이 움직이는 듯 하였으나, 그 동작의 빠르기란 샛바람과 같았다.
>
> 옻빛같은 구렛나룻이 그 희고 넓은 두 볼에 선을 돌렸고, 한 자가 넘을 듯한 긴 수염을 거스렸는데, 그 부릅뜬 두 눈에서는 번갯불이 번쩍번쩍 흩어지며, 우렁찬 호통은 벼락이 떨어지는 듯하다.
>
> 그 늠름한 위품과 세찬 기세에 당나라 장수와 병정들은 벌써 반남 아 혼이 떴다.
>
> 더구나 한 번 당장의 말을 뺏아탄 그 장사는 그야말로 범이 날개를 얻은 셈이었다. 말발굽이 땅에 붙지도 않고 그대로 휙휙 날으는 것 같다. 더구나 그 능란한 검술, 수 없는 흰 뱀이 공중에 넘노는 듯하며

싸아하고 찬바람을 몰아온다.[161]

혹치상지를 묘사한 대목은 흡사 전설적인 영웅의 모습이다. 작가는『혹치상지』라는 소설을 통해 일제에 의해 나라를 빼앗기고 방황하는 당시의 사람들에게 백제의 현실을 빗대어 의도적으로 민족의 단합과 용기를 강조하고 있다.

당병에게 붙잡혀 가는 백제 사람들을 구출하는 혹치상지의 비범한 인물 묘사와 뛰어난 무용에서 우리는 고대소설에서 흔히 볼 수 있는 영웅적 인물상을 발견한다. 작가는 당병에게 시달리는 백제 유민들을 구원할 수 있는 새로운 영웅의 모습을 혹치상지라는 인물을 통해 제시하려 했다.

더욱이 이 새로운 영웅은 민중들에 의해서 형성되어지고 민중과 영웅 사이는 믿음으로 굳건하게 집단화되는데, 이것이 고대소설 속의 영웅과 다른 점이다.

> 법근내가 으렷이 보일 때, 그 강가에는 사람이 장군(場軍)처럼 들러선 것이 보였다.
> 이 내만 건너서면 맡있산이 바로 코 앞이다.
> 강가에 다달으니 사람을 백질친 것 같다. 자기네만 몰래몰래 맡있산으로 찾아가는 줄 알았더니, 자기네와 같은 뜻과, 같은 마음을 가진 사람이 엄청 나게도 많은 것을 보고 일변으로 든든하고 일변으로 놀라왔다. 스물도 넘는 나룻배가 사람을 건네기에 눈코를 못 뜬다. 배마다 손들을 가뜩가뜩 넘치도록 태웠다. 사공들의 배젓는 소리도 우렁차다.[162]

백제 백성들은 혹치상지의 본영이 있는 맡있산[任存山]으로 모여든다.

---

161) 상게서, p. 336.
162) 상게서, p. 364.

흑치상지는 작품 속에서 대단한 미남으로 세 명의 아내를 거느린 백제의 귀족으로 묘사된다. 처음에는 풍달군의 한 장수에 불과했었지만 흑치상지는 당나라 병정들에 의해 끌려가는 백성들을 구함으로써 어느덧 민중의 지도자로 변신하게 된다. 그가 구출한 수많은 백성들이 그를 따르게 되자 그는 백성들을 임존성으로 데리고 간다. 이것이 민중에 의한 부흥운동의 시작이다.

그의 소박한 인간성과 탁월한 능력은 백성들에게서 "고통받는 민중의 집단적 기원에 부응하여 민중 속에 나타난 메시아적 영웅"163)으로 부각된다. 거기에 **따라 지금껏 의지할 데** 없이 유랑하던 백제 유민들은 나라를 되찾고, 부모와 자식, 아내를 빼앗긴 복수를 위해 궐기의 기치를 높이 든다.

> 흑치상지가 맡있성에서 의병을 일으켰다!
> 이 소문은 의젓한 격서(檄書)가 돌기도 전에 한 입 건너 두 입 건너 울끈불끈한 공기에 싸이어 변을 기다리는 백제의 방방곡곡에 퍼졌다.
> 하루 아침에 나라와 임금을 잃고, 갈 바를 모르던 관원과 선비들, 외로운 손바닥이 울기 어려워 산 속으로 숲속으로 몸을 피해 다니며, 칼과 활을 어루만지고 속절없이 끓는 피를 걷잡지 못하면 충성있는 장수와 군사들, 무도한 당병의 노략질과 박해에 아내를 빼앗기고, 자식을 빼앗기고, 가장집 물을 빼앗기고, 원골에까지 원한이 사무친 백성들……
> 약속이나 한 것같이 맡있성으로 맡있성으로 모여 들었다.164)

흑치상지는 그를 따르는 백제 유민들과 함께 임존성에 웅거하고성곽을 수리하며 성을 튼튼한 요새로 구축한다. 또한 백성들을 훈련시키고 조직하여 적의 침략에 대비한다. 임존성이 백제 유민에게 점거당한 것을 알게 된

---

163) 최원식, 「현진건연구」, 석사학위논문(서울 : 서울대학교 대학원, 1995), p. 138.
164) 「흑치상지」, p. 364.

당나라 장수 유인원은 항복한 충상영을 선봉으로 삼아 성을 회복하려고 쳐들어온다. 그러나 흑치상지는 창화가 미리 알려준 정보를 가지고 사전에 치밀히 준비하였다가 마침내 당병과 일전을 벌이게 된다. 소설은 일단 여기에서 끝난다.

작가는 백제가 사나운 이리떼 같은 잔인한 당나라 군사들의 말발굽 아래 피로 물들여졌던 비극적 상황을 작품 서두에서 밝힌다. 또 주색에 빠진 왕에게 충간하다가 옥에 갇혀 죽은 성충, 처자권속을 한 칼에 베고 황산벌에서 신라군과 싸우다가 죽어간 계백 장군에 대해서도 작가는 직접적으로 언급한다.

이는 일제의 강압적 통치 체제하에 신음하던 당시의 독자들에게 은연중에 외세에 대한 적개심과 민족의식을 불러일으키려는 의도라고 볼 수 있다. 또 흑치상지라는 구국의 영웅상을 형상화하여 백제 유민들의 집단적 투쟁을 보여주어 일본 제국주의의 압박에 대처할 수 있는 힘과 용기를 전파하려고 했던 것이다.

이처럼 『흑치상지』는 애국계몽기의 역사 전기류 소설에 표명된 구국적 영웅을 통한 국권 회복 의지를 밑바닥에 깔면서 역사 발전의 주체자로서의 민중을 참여시킴으로써 발전된 역사의식을 보여주고 있다.

> 사람의 그림자 하나없이 텅텅 빈 집인 줄 알았던 길가의 길들에서 어느 결에 모였는지 백제의 백성들이 뭉게뭉게 몰려 나왔다.
> 그들은 모두 손에 돌들을 들었다. 다 꼬부라진 늙은 할머니도 낑낑하며 힘에 벅찬 돌멩이를 주워 들고 힘껏 집어던지다가 그 자리에 쓰러지는 이도 있었다.
> 원한과 분노에 차고 맺힌 돌팔매! 당병의 꼭뒤에 비오듯 쏟아졌다. 몇 놈은 대가리를 깨고, 몇 놈은 다리를 언어맞아 절름절름 절기는 걸었으나, 그 자들의 도망질치는 발길은 재빨라서, 벌써 돌팔매가 닿지 않을 만큼 저 멀리 아득히 사라지고 말았다.165)

지금까지 살핀 내용을 요약하면 이 작품의 주제는 대체로 다음으로 요약할 수 있다. 작가는 백제의 멸망을 통하여 패망한 민족의 비극을 보여준다. 그러면서 백제 멸망의 원인을 지배층의 타락에서 찾고 있으며, 그 결과는 백성들의 참상으로 나타난다고 강조한다. 백성들은 당병에 의하여 재물을 노략질 당하고 또한 부녀자들과 아이들까지도 노예로 잡혀가게 되는 비극을 겪는다. 이는 나라 없는 비극이다.

다음은 민중의 지도자로서 흑치상지의 구국 양상을 보여주고 있는 점이다. 그는 백제의 유민들의 결집된 힘을 바탕으로 하여 당병과 싸워서 승리한다. 이는 민중을 국가의 주체로 인식한 것이며 동시에 민중적인 지도자상을 제시한 것으로서 주목된다. 흑치상지의 승리는 그의 탁월한 초인적 능력보다 민중의 뒷받침 속에서 민중의 힘을 목적하는 방향으로 이끌어 나가는데서 얻어진 것이기 때문이다.

이 작품의 이러한 전개는 작가의 현실 인식과 역사의식에 의하여 역사를 현재의 전사로서 재현시킨 것으로 보게 된다. 다만, 이 작품은 미완 작품이어서 문학적 성과를 논의하기에는 많은 한계를 지닌다고 하겠다.

> 들어오는 소문은 갈수록 악착하고 참혹한 것뿐이었다.
> 당장(唐將) 소정방이 항복한 왕을 꿇어앉히고 쇠채찍으로 후려갈겼다는 둥, 신라왕과 함께 전승 축하연을 굉장히 배설해 놓고 의자왕을 첩이나 노예처럼 푸른 옷을 입혀 술을 따르게 하였다는 둥, 왕과 비빈과 왕자·왕손과 공경대부(公卿大夫)를 옥에 내려 가두었다는 둥, 항복한 백제장수와 병정을 모조리 잡아다가, 도륙을 해서 그 흐르는 피로 사자강물이 발갛게 되었다는 둥, 당병과 신라병의 노략질이 어떻게 지독하였던지 사내는 보는 대로 잡아죽이고, 부녀는 욕보인 다음에 찢어 죽이고, 거치는 곳마다 쑥밭이 된다는 둥……166)

---

165) 상게서, pp. 336-337.
166) 상게서, p. 363.

곧 현진건의 창작 의도가 백제 유민의 참상을 빌어 나라 잃은 민족의 슬픔을 파헤지고, 그 고난을 이겨내는 방법을 제시해 주고자 한 데 있었음을 말해 주는 것이다. 최원식은 『흑치상지』를 악화된 조건 속에 빠진 1940년대 식민지 조선이 어떻게 제국주의의 질곡을 극복할 수 있는가를 용기 있게 추구한 작품으로 평가한다.[167]

또 송백헌은 이 작품을 근대초기 역사소설에 나타난 생경한 주제의식의 과도한 노출로 말미암아 손상되었던 예술성과 다음으로 이어진 계몽주의적 역사소설의 한계점을 극복했다는 점에서 문학적 의의를 발견할 수 있을 것이라고 보았다.[168]

어느 나라의 역사를 보아도 국가의 흥망성쇠는 다반사이다. 그러나 그 민족의 민족의식과 혼이 살아 있다면 비록 국가는 일시 망한다 할지라도 민족을 결코 망하지 않는다. 현진건은 『흑치상지』를 통하여 망국 백제의 한을 표시하고 있는데, 결국 이러한 점은 국권을 빼앗긴 조국에 대한 처절한 울분과 조선 민족의 필연적인 해방이라는 그의 역사 인식이다.

---

167) 최원식, 전게서, p. 137.
168) 송백헌, 전게서, pp. 255-257.

3. 소 결

이상에서 살펴본 것처럼 민족의식을 그 저변으로 하고 있는 현진건의 역사소설에서 먼저 주목되는 것은 인물 구성에 있어서 탁월한 기법을 보여 주고 있다는 점이다. 이와 함께 그는 진정한 역사의 주체는 민중이라는 관점에서 새로운 민중상을 정립했다. 나아가 그들의 삶을 통하여 암흑기에 살아가는 일제 말기에 있어서의 한국인의 삶의 방법을 암시적으로 제시하고 있다. 그리고 주인공들의 낭만적 사랑과 시대적 상황을 작품 속에 이중 구조로 수립함으로써 상징적인 역사소설의 수준으로 끌어 올렸다는 점에서 특히 주목된다.

이처럼 현진건의 역사소설에서 보여지는 특징은 결국 한국근대역사소설에 드러난 제반의 한계점이 그에 이르러 비로소 극복되었다는 의미로도 해석될 수 있다.[169]

『무영탑』에서 불국사의 다보탑과 석가탑을 건조한 인물은 부여 출신의 평민 아사달이다. 아사달은 아내 아사녀와 주만의 사랑을 딛고 일어서서 찬란한 예술혼을 꽃 피운다. 비록 백제라는 국가의 실체는 없어졌을지라도, 한 이름 없는 백제인의 손으로 이룩된 거룩한 탑의 모습은 바로 민중의 승리를 의미하는 것이다. 또 『흑치상지』에서는 외세에 의해 멸망한 백제의 유민들이 흑치상지라는 인물을 구심점으로 한데 뭉쳐 백제의 부흥 운동에 가담함으로써 민중의 힘이 역사의 한 축으로 자리잡을 수 있음을 보여 준다.

---

169) 상게서, p. 257.

역사는 왕조를 중심으로 하여 전개되는 듯하지만, 실상은 철저히 민중의 몫이다.

우리의 1930년대 역사소설의 대부분이 대부분 그러한 것처럼 현진건의 역사소설 역시 궁극적으로는 국권 회복을 전제로 한 민족의식과 관련하여 해석하지 않을 수 없다. 그것은 작가로서 그의 소명의식에 바탕을 둔 필연적인 내적 충동에서 비롯되었으며, 또한 당대의 식민지적 상황이 그로 하여금 그러한 의식을 첨예화시켰던 것으로 보여진다.

현진건의 작품에 드러나는 민족의식은 예술과 저항이라는 두 측면으로 대표된다. 멸망한 백제 유민 아사달에 의하여 백제의 예술 다보탑과 석가탑이 완성되고 그것이 현재까지 계승되었듯이, 현진건 또한 예술의 정신적 계승으로 민족혼과 민족의식이 계승되는 것으로 해석하고 있었던 것 같다. 이것이 그의 역사소설 『무영탑』의 기본 주제이다.

그러나 뒤를 이어 집필한 『흑치상지』에 이르면 그의 민족의식은 구체적으로 표면화되고 치열하게 가속화된다. 그것은 보다 분명한 힘을 요구하는 모습으로 나타나는데, 이것이 곧 흑치상지의 영웅상으로 응집되며, 그를 중심으로 하는 민족 저항의 운동이다.

양식 있는 문학인에게는 현실은 완전히 폐쇄되어 있었다. 미래를 보는 통로는 닫혀 있고, 조국의 광복을 생각하는 것은 미망이나 다름이 없었다. 그러한 현실 아래에서도 현진건은 그의 역사소설을 통하여 현실을 뛰어넘어 미래를 보는 역사적 통찰력을 보여주었다. 그것은 시대의 내면과 외면을 동시에 투시함으로써 가능하였으며, 역사 발전의 주체로서의 민족의 문제를 진지하게 논의하는 역사소설이라는 양식을 통해서 형상화될 수 있었다.

제5장
홍명희의 역사소설

1. 홍명희의 역사소설관

벽초(碧初) 홍명희(1888-1968)의 『임거정』170)은 식민지 시대 10여 년간
〈조선일보〉와 ≪조광≫에 연재되면서 많은 독자들에게 상당한 호응을
불러일으켰던 작품으로서 당시로서는 가장 긴 장편소설이었지만 결국 미완
으로 끝나고 말았다.171)

『임거정』은 조선조 명종 때의 실존 인물인 화적패의 두목 임꺽정에 대한
이야기를 허구화한 장편소설로서, 그 인물을 통하여 당대의 시대적 · 사회
적 모순을 자세하게 그려내는 데 치중하고 있다. 즉 실존인물 임꺽정을 중심
으로 가공의 인물인 오가, 박유복이, 곽오주, 길막봉이, 배돌석이, 서 림,
황천왕동이 등을 등장시켜 이들이 벌이는 다양한 사건을 통해, 천민 집단들
의 생활상을 다양하게 묘사하는 역사소설이다.

---

170) 〈조선일보〉에 1928. 11. 21 - 1929. 5. 20, 1932. 12. 1 - 1934. 9. 4. 1937. 12. 12
   - 1939. 3. 11까지 총 1,071회에 걸쳐 연재되었고, 이어『조광』1940년 10월호에 게재
   되었다. 그 후 1945년 을유문화사에서 「의적편」(3권)과 「화적편」(3권)이 출간되었으
   며, 또 1985년 사계절출판사에서 전9권으로 간행되었는데, 본 연구에서는 이것을
   텍스트로 하였다. 이는 신문 연재분과 비교하여 큰 차이가 없다고 보았기 때문이
   다.

171) 임꺽정의 최후가 그려진 「화적편」의 미완성 부분은, 벽초의 손자인 북한의 소설가
   홍석중이 지은『청석골 대장 임꺽정』(서울: 동광출판사, 1985)의 '구월산의 메아리'
   (pp. 296-339)에 상세히 서술되어 있는데, 여기에서는 관군에게 붙잡혀 사형을 당하
   는 정사와는 달리 싸움 도중 최후를 맞는 것으로 설정되어 있어 저들의 필요에 따
   라 역사를 왜곡한 것으로 보인다.

주인공 임꺽정에 관한 기록은『명종실록(明宗實錄)』에 간단하게 수록되어 있는데, 실록에 따르면 그의 본명은 임거질정(林巨叱正)이다. 그는 황해도 화적패의 우두머리로 곳곳에 무리를 지어 도적질을 하고 관아를 습격함으로써 당대 조정에서 간간이 거론되었던 인물이다.『명종실록』에는 명종 12년(1557) 황해도, 강원도 일대에 큰 도적이 활약하고 있다고 하고 있는데,172) 이것이 임꺽정과 관련이 있을 수도 있다. 구체적으로 임꺽정의 이름이 처음 실록에 나타나는 것은 이보다 2년 뒤인 명종 14년 3월부터다.173) 이때에는 양반 지배층의 토지 과다 겸병과 관료들의 심한 수탈로 거지로 영락한 농민들이 떠돌다가 떼지어 도둑질을 하는 일이 흔했다. 임꺽정은 이들을 규합하여 황해·강원·경기·평안도를 무대로 군도 형태의 농민저항을 벌인 인물이다. 임꺽정 일당은 조정에서 임명한 수령을 살해하고 중앙에서 보낸 토포사를 격퇴하는 등 세력을 떨쳐 나라에서 '반국적'174) 또는 '반역의 극적'175)이라고 부를 정도가 되었다. 조정에서 토벌대를 특파해 남치근(南致勤)이 황해도로 나아가고, 김세한(金世澣)이 강원도로 나아가 쫓은 끝에 명종 17년(1562) 1월 그 무리가 궤멸되고 임꺽정도 체포 살해되었다. 임꺽정의 나이 마흔 살이었다. 그밖에 몇몇 야사에 그에 대한 기록이 전해지고 있는바,『임거정』은 이러한 정사와 야사에 근거한 역사소설이다.

홍명희가 평소 역사소설에 대해 여러 차례 관심을 보였다. 그는 먼저 현상윤(玄相允)과의 문학 대담에서 11살 때『삼국지』를 읽었다고 했으며,176) 이원조(李源朝)가『임거정』이 중국 소설의 영향을 많이 받았다고 지적한데 대해, 작가는 플로베르와 같이 사실적 묘사에 정밀치 못했음을 자책하고

---

172)『명종실록』제22권, 명종 12년 4월.
173)『명종실록』제25권, 명종 14년 3월.
174)『명종실록』제27권, 명종 15년 12월.
175)『명종실록』제27권, 명종 15년 12월.
176)「홍벽초·현기당 대담」,《조광》제7권 제8호, 1941. 8, p. 104.

있다.

또 이태준(李泰俊)의 '앞으로의 집필' 계획에 관한 질문에 그는 역사를 소재로 한 단편소설을 써보겠다고 말한다.

> "나는 전에 이런 생각을 한 일이 있소. 역사소설을 단편으로 써보면 어떨가 즉 역사적사실에서 테마를 잡어서 단편을 쓰되 시대순서로 써모으면 역사소설이라느니보다 소설형식의 역사가 되려니 일변으로는 민중적역사도 되려니 생각햇엇소. 근세오백년역사에서 예를 들어 말하면 선죽교, 함흥차사, 난이난(難而難), 육신 재료는 얼마든지 있을테지만 그런것을 하나하나 기록해 가면그것은 궁정기록으로만 그칠게 아니라, 나아가서는 민중의 역사가 될테지. 그래서 그런것을 취재해서 단편을 써 볼 생각이 있었소."[177]

홍명희는 궁정 기록이 아닌 민중의 역사를 다루고 싶어했다. 이는 역사의 주체가 민중임을 그 자신이 자각하고 있었다는 것을 암시하며, 『임거정』에서 임꺽정을 비롯한 다양한 하층민을 등장시켜, 이들의 의적 활동과 더불어 당시의 민중이 지니고 있는 생활상을 표현하려 하는 것과 일치하고 있음을 보여준다.

그것은 다음에서 한층 구체화된다.

> "전부터 삼부작 하나를 써 볼려고 했습니다. <중략> 그런것을 하나 써보고 싶은데 내야 물론 역량이 부족하니까 그렇게 큰 작품은 쓸수 없겠지만 하여간 한번 쓰면 한국 끝으머리 일제시대 그리고 새 조선이라는 테두리를 가지고 써보았으면 좋겠어요. 한국끝으머리는 양반사회의 부패성 이것은 내가 제일 누구보다도 자신이 있지요. 내 자신 몸소 겪어보기도 했으니까. 그리고 일제시대 사십년동안 신음시대의 모든 강압과 반항 친일파의 준동을 테마로 하고 끝으머리로 새

---

177) 「벽초 홍명희 선생을 둘러싼 문학 담의」,《대조》 제1호, 1946. 1, p. 72.

조선을 하나 썼으면 좋겠는데—지금 같애서는 다 꿈 같은 얘기지요.
또하나 쓰고싶은 것은 이조 오백년사를 소설로 그려보고 싶은데 이것
을 단순하게 종래 역사소설 같이 군주정치 중심의 산만한 기록으로만
하지 말고 좀더 모든 사건의 배경 조건 시대상을 살려서 이를테면
어떠한 사건은 어떠한 사회적 조건 때문에 필연적으로 일어날 수 밖에
없었다는 것을 한번 형상화해보고 싶습니다. 날더러 육신같은 것을
쓰라고 한다면 세조라는 이 입장에만 설것이 아니라 그 밖에 서서
세조는 그렇게 해서 떠러질수 밖에 없었다는 점을 한번 밝혀 보구싶거
든요."178)

여기에서 홍명희는 조선의 시대상과 사회적 조건을 배경으로 한 소설에
대한 흥미를 보여준다. 소설의 소재로서는 조선사회의 양반계급 부패성과
일제 식민지 치하에서 벌어졌던 친일파의 반민족행위를 그리고, 거기에 저
항하는 민중들과 조선 백성들의 모습을 형상화시키고자 하였다. 이것은 그
가 역사와 문학의 관계를 올바로 파악하고 있다는 말로서,『임거정』과 동류
의 작품에 대한 일관된 관심의 표출이라고 할 수 있다.

그는 소련과 동구권에서 주창하는 마르크스와 레닌의 사회주의 리얼리즘
에 대해서도 의견을 말한 바 있다.

"말하자면 문학을 정치에 예속시켜서는 안 된다는 말이겠는데 누
가 문을 정치에 예속시키겠다는 말을 하나? 예속위 문제라야 말이지
문학인들 시대를 어떻게 안 따라갈 수가 있을까? 소련같은 전례를
보면-요새는 소련의 근래작품을 구해 보지 못 했지마는-거기에는 자
연히 언뜻 보면 문학도 다 정치의 일부로 보이는 점이 있기도 한가
보아. 그렇지마는 그것도 필연한 시대적 산물이지. 그런데 정치라는
것을 광범위로 해석한다면 문학하는 사람이 그것을 어떻게 떠날수가
있을가. 말하자면 인생을 떠나서 문학이 있을 수 없는것 모양으로

---

178)「홍명희・설정식 대담기」,≪신세대≫제23호, 1948. 5, pp. 17-18.

말이오."179)

홍명희는 문학이 정치에 예속되어 선전에 이용되고 정치의 꼭두각시가
되는 것에 대해서는 엄격히 배격하면서도, 정치 자체가 시대적 배경으로서
문학에 그 영향을 끼칠 수밖에 없음을 말하고 있다. 이는 문학이 정치의
선전을 위한 목적과 수단으로 떨어지는 것에 대해 경계하고 있는 것이면서
도, 문학이 시대의 소산이라는 성격에서 볼 때, 소설이 민중의 삶을 형상화
한다면, 그것은 시대와 권력에 저항하는 모습으로 나타날 수밖에 없음을
내비친 것이라 할 수 있다.

---

179) 상게서, pp. 12-13.

2. 『임거정』론

(1) 의적 모티프

우리 역사에는 많은 의적들이 나타난다. 서얼인 홍길동이나 명종 시대의 화적인 임꺽정과 숙종 시대의 광대 장길산 등이 이를 대표할 수 있는 인물이다. 이들은 유교를 통치 이념으로 삼은 엄격한 신분제도 아래에서 한결같은 천민 출신이었다.

의적은 흔히 서사체 문학의 주요 인물이 되거나 그 자체가 주요 모티프 (motif)가 되기도 한다. 서사 문학에서 의적은 대부분 미천한 출신으로 사회 제도와의 갈등을 겪다가 자신의 탁월한 능력으로 세 계의 모순을 인식하고 그 세계에 저항하며 자신의 이상적 세계를 향하여 탐색해 나가는 것으로 주요 패턴을 이룬다. 그것은 우리 역사에 나타난 반란의 주동 인물이나, 소설로 형상화된 의적이 대부분 서얼 출신이거나, 백정, 광대처럼 천한 신분을 지니고 있는 데서 알 수 있다.

정사에 기록된 내용에 의하면, 당대에 사회적 물의를 일으켰던 도적의 우두머리는 민심을 교란시키고 국정을 어지럽힌 포악한 화적패나 반역의 주모자로 나타난다. 그러나 이러한 도적의 우두머리가 정치적 혼란기의 서민들에게는 그들의 욕구 불만을 대변하여 해소해 주는 의로운 도적으로 받아들여진다. 이러한 의적의 이야기는 당대뿐만 아니라 후세에도 전해져 서민층에서는 영웅으로 우상화되고 서민층의 집단적 카타르시스를 가져온다. 특히 역사적 위기나 격동기에 있어서 의적은 미화되기 마련이어서 초월적 능력을 가진 탁월한 영웅으로까지 부각된다. 이러한 의적 모티프가 소설의 주요 서사로 나타난다.

첫째로, 역사 속에서 수없이 일어났던 비극적 민중 저항들은, 그것 자체로서 이미 인간의 존엄성에 대한 영원불멸의 증언이 된다. 스파르타쿠스에서 이제수에까지 이르는 민중 저항의 영웅들은 그들이 개인적으로 지닌 한계나 결점에 관계없이 그들의 저항 자체로서 이미 인류의 가장 고귀한 분 가운데 하나를 대표하고 있는 것이다.

둘째로, 그들의 투쟁은 비록 개별적으로는 대부분 실패하였을지 모르나, 그 실패의 부단한 족적을 통해 궁극적으로는 인류사에 새로운 시대를 여는 단초를 마련하였음을 간과할 수 없다. 말하자면 그들은 개인으로서 실패했고 당대적인 기준으로 볼 때에는 좌절하였으나 면면한 흐름으로서는 승리했으며 세계사적인 차원에서는 성공하였다고 평가될 수 있는 것이다.[180]

그러면 '의적'이란 무엇인가? 다음에 나타난 황패강(黃浿江)의 정의에 의하면, "의적이란 사회적 불의에 저항하는 세력"을 의미한다. '사회적 불의'에 저항하는 모습에는 여러 가지 모습이 있을 수 있으나, 의적이란 어디까지나 급진적인 혁명의 방법을 가지고 이 세상에 나타난다.

의적이란 '사회적 불의에 항거하여 행동하는 개인이나 집단'이라고 말할 수 있겠다. '사회적 불의'라고 하였으나, 이를 이해하는 심도는 한결같지 않다. 요컨대, 현상적인 측면에서 부분적인 문제로 국한시켜 이해하는 태도가 있을 수 있고, 현상보다는 구조적인 시각에서 이해하는 태도가 있을 수 있다. '사회적 불의'에 대한 이해의 심도에 따라 이에 대한 '항거'의 성격도 여러 가지로 나타날 수 있다. 자포자기적인 감정 발산의 차원에서부터 불만불평의 의사 표명, 개혁 추

---

180) 이동하, 「장길산의 의적 모티프」, 『문학과 비평』, 1987년 여름호, p. 203.

구…등, 개혁추구의 항거에도 점진적인 개량주의적 방법이 있는가
하면 급진적인 혁명적 방법이 있을 수 있다.[181]

의적은 역사적 혼란기에 출현한다. 탐관오리들이 들끓고 민생이 도탄에
빠졌을 때, 권문세가를 습격하여 재물을 빼앗아 응분의 징계를 가하고, 관가
의 부정한 재물을 빼앗은 다음 가난한 백성들에게 나누어주고 유유히 사라
지기도 한다. 나라에서는 군사를 동원하여 폭정에 시달려 온 백성들은 이들
의 약탈이나 불법행위를 비난하기는커녕, 오히려 이를 환영하면서 이들을
일반 도둑과는 구별하여 '의적'이라 부르고 은근히 예찬하고 고무하고, 사
실 이상으로 미화하여 영웅화하는 경향마저 띠게 되었던 것이다. 그리하여
이들 가운데 어떤 인물의 이야기는 민중적 영웅다운 의기와 무용을 말해
주는 갖가지 전승자료로서 더욱 존중되어 왔다.

『임거정』에서의 의적 활동은 「화적편」에서 중점적으로 그려진다. 일반적
으로 의적들은 탐관오리의 발호나 세금의 과중, 경제적 불균형, 신분상의
제약, 민의 수렴의 미흡 등 사회의 구조적 모순이 극심한 상태에 이르렀을
때 출현하게 되며 이들은 사회적 불의에 항거하여 권문세가를 습격하고
재물을 털어 빈민을 구출하는 등의 선행을 추구한다.

『임거정』은 이러한 의적소설의 한 유형으로서, 이 작품에서의 저항은 대
체로 관군과의 싸움을 중심으로 하여 그밖에 봉물의 탈취, 지방 수령에 대한
징치, 불의한 자의 처벌 등으로 나타난다. 그러나 이 작품은 임꺽정의 화적
행각이 의적으로서의 이상과 목표가 뚜렷하게 형상화시키지는 못하고 있다.
즉 이 작품에서 활동의 주를 이루어야 할 「화적편」에서 임꺽정 일당들은
단순한 도적 무리에 그치고 말았다는 사실을 보여 준다.

임꺽정이 아전이나 여러 백성과 미리 연통이 되었다든지 서울에도 근거
를 두고 있다든지 하는 기록으로 보아서, 그들의 무리가 단순한 도적의 한계

---

181) 황패강,「한국 고전소설과 의적 모티프」,≪문학과 비평≫, 1987년 여름호, p. 177.

를 넘어서 어느 정도 집단화하였다는 것을 알 수 있다. "그들 도적을 토벌하는 데 조정에서는 토포사 남치근을 파견하고 군사를 파병하였다."라고 기록되어 있을 정도로 그들의 세력이 컸음을 알 수 있다. 임꺽정 일당은 난세의 군도들의 전형으로서, 모여서는 도적이 되고, 흩어져서는 백성이 되어 출몰이 무상하였을 정도였다.

이러한 점에 비추어 당시 임꺽정 일당들은 민중들과 매우 밀접하게 연결되었으리라고 여겨지나, 실제 작품에는 민중들과의 교류가 별로 두드러지게 나타나지 않고, 활빈도로서의 행각도 거의 드러나 있지 않다.

이 작품은 임꺽정이 남치근에 의해 토포되었다는 역사적 사실에 지나치게 제한 받아 임꺽정을 의적으로 만드는 데 한계를 보인 것으로 여겨진다. 그런 점에서 보면, 이 작품은 「화적편」에서보다도 「의형제편」에서 당시 하층사회의 면모와 사회적 비리의 표출이 더욱 생생하게 제시되고 있다.

노 첨지는 박유복이의 아버지를 무고하여 죽게 하고 그 상으로 무명 세필을 타서 잘 살게 된다. 세력 있는 정 첨지의 아들은 남의 과부를 보쌈해 오고, 길막봉이는 박 선달에게 온갖 수모를 당하기도 한다. 또한 배돌석이는 비부장이가 되어 천시를 당하는 것들이 당시사회의 비리를 언급하는 장면이라고 할 수 있으며, 군관들이 탈미골 산채를 습격하여 무고한 양민들을 함부로 잡아가는 것 등은 관아의 지나친 횡포를 그린 대목이다.

이러한 사회 환경은 자연히 백성의 입에서 "상사람들이 양반에게 먹히지 않고 아전에게 발리지 않는 벌이가 도둑질밖에 없다."[182]는 말이 나오게 된다. 『임거정』의 주인공들이 관아를 상대로 벌이는 저항은 앞에서 본 바와 같이 관의 비리와 부당한 사회현상에 대하여 자신의 생존을 유지하려는 방편에서 연유되었다고 하겠다.

그러나 이런 의적 활동은 대체로 빨리 그 한계가 드러난다. 의적의 저항이

---

182) 「임거정」제4권, p. 166.

란 민중의 봉기와는 다른 성질로서 개별적이고 지엽적인 차원을 넘지 못하기 때문이다. 따라서 그들의 활동은 기존의 체제에 의하여 흡수되거나 아니면 궤멸되는 운명을 피하기 어렵다. 임꺽정 일당 역시 기존 체제에 의하여 궤멸 당하는 운명을 겪는다. 그들이 궤멸 당하는 과정에서 결정적인 역할을 하는 이는 노밤과 서 림이다. 노밤과 서 림의 배반은 이미 그들의 전력을 볼 때 이미 예견되었다. 그러나 이런 좌절은 좌절로서 끝났다고 해서 그 의미마저 없어지는 것은 아니다. 의적 활동은 그것이 일어났다는 자체가 이미 하나의 의의를 지니며, 그 실패의 과정은 곧 새로운 시대를 여는 단서로서의 가치를 지니는 것이다. 다만『임거정』에서는 이런 저항과 좌절의 의식이 철저한 역사적 진실의 추적과 그것의 현대적 재현 속에서 이루어지는 것이 아니라, 역사적 사실이라는 제약 속에서 단순하게 전개된 데 따른 문제점을 남기게 된다.

진정한 의미에서 임꺽정은 결코 의적이 아니다. 그는 다만 자신의 억울함을 푸는 데 만족하거나 충동적인 항거의 모습을 보여줄 뿐이다. 작품에서 보여주는 도적질이나 여타 행위는 극히 개인적이고 이기주의적이다. 이 작품은 작중 인물들이 도적인 만큼 도적다운 그들의 언어와 행동과 사고 방식을 보여줄 필요성과 함께 작가의 비전이 작용되어야 함에도 불구하고 임꺽정의 의적 활동을 형상화시키지 않음으로써 그러한 작가의 의식이 뚜렷하지 못한 한계를 지닌다.

작가가 애초에 의도했던 의적 임꺽정은 충분히 형상화되지 못하고 있으나, 임꺽정을 둘러싼 청석골의 여러 두령들이나 그들과 까까운 군소 인물들의 뚜렷한 성격의 전형화가 주인공 임꺽정과 이 소설의 구조를 뒷받침하고 있으며, 「의형제편」 전체를 통해 당시 사회현실에서 하층의 삶을 리얼하게 보여주고 그들로 하여금 도적이 될 수밖에 없었던 사회 구조의 모순이나 피폐상이 소설적 복선이 되어서 이 작품의 구조나 묘사에 기본 토대로 작용하고 있음을 알 수 있다.

『임거정』은 작품이 발표될 당시는 물론 현재의 상황에서도 충분히 논의할 가치가 있는 소설이다. 그것은 홍명희의 객관적인 전기적 사실과 일관되며, 분단 현실과도 분리시켜 생각할 수 없는 문제라 하겠다. 그가 월북했다는 점과 그가 북한에서 정치 권력의 핵심 인물로 활동하다가 죽었다는 점 등은 그를 평가할 때 항상 걸림돌이 될 수밖에 없었다.

대부분의 월북문인이 월북 후 숙청 당했거나 비참한 말로를 걸었던 데 반해 홍명희는 한설야(韓雪野), 이기영(李箕永) 등 극히 소수의 월북 문인과 함께 북한 체제에 적응하면서 부수상을 연임하는 등 비교적 순탄한 생을 영위했다는 점이 특히 주목의 대상이 된다.[183]

지금 우리에게 가장 직접적으로 전달되는 문제는 분단 현실에서의 홍명희의 전기적 사실이 말해 주는 그의 실체를 파악하고, 또한 그보다도 더 근본적으로는 소설 『임거정』에 흐르는 그의 사상을 파악하는 점이라 하겠다.

아들 홍기문(洪起文)의 술회에 의하면, 홍명희는 이미 1920년대 이전에 마르크스 사상에 접한 것으로 나타난다.[184] 그러나 당시의 시대적 상황으로 보아서 젊은 지식인 치고 마르크스를 접하지 않은 사람이 없었던 것이 사실이고 보면 오히려 그는 공산주의자라기보다는 순수 민족주의자라고 봄이 타당하다는 견해[185]를 감안할 때, 지금의 시점에서 그가 남긴 유일한 자료인 『임거정』을 통해 그의 사상의 맥을 찾아 밝혀보는 것이 진실로 그를 이해하는 길이다.

---

183) 정한숙, 『해방문단사』(서울 : 고려대 출판부, 1980), p. 4 참조.
184) 홍기문, 「아들로 본 아버지」,《조광》제2호, 1936. 5, pp.181-190.
185) 임형택·강영주 편, 『임거정의 재조명』(서울:사계절, 1988), p. 22.

(2) 조선 정조

홍명희는 민족성이 말살되어 가는 시대에 순 조선 정조를 회복하려는
의지를 강하게 표현하고 있다. 여기에서 말하는 조선 정조란 작가의 말대로
지나(支那) 문학이나 구미 문학의 영향에서 벗어나, "사건이나 인물이나 묘
사로나 정조로나 모두 남에게서는 옷 한번 빌려 입지 않고 순조선적인
것"186)을 일컫는다. 『임거정』은 이런 면에서 성공한 작품이다. 그 이유는
작품의 인물 설정에서부터 생활 풍속, 우리의 어휘는 물론 정치, 사회, 문화,
무속신앙, 설화에까지 미치는 방대하면서도 세밀하고 깊이 있는 조선민족
의 정서와 생활의 실체가 작품에 생생히 형상화되었다는 점에서 알 수 있다.

> "나는 임거정을 쓸 때 될 수 있는대로 조선적인 정조(情調)를 일치
> 않으려고 노력했다. 그래서 경치같은 것 한대목 쓰는데도 고대의 조선
> 정조를 나타내려고 로맨틱하게 그리려고 했지. 또 한편으로 말하면
> 프로오벨 같이 자연주의식 정밀한 묘ㅏ로 역사소설을 지을 역량이
> 없는 까닭이요."187)

소설 『임거정』에 대한 기왕의 논의는 그리 많은 편은 아니다. 임 화는
『임거정』이 이광수의 역사소설에 비교될 수 없는 풍부한 예술성을 지니고
있으나, 성격의 뚜렷함, 성격과 환경과의 생동적인 갈등, 그리고 작품을 관
류하는 일관된 정열을 갖추지 못하고 단지 역사적 시대의 인물과 생활상을
만화경처럼 보여주고 있을 따름이라 비판하였다.

> 우리들과 같은 성격이나 우리가 탐내는 뚜렷한 성격도 없고, 그
> 성격과 환경과의 '비빗드'한 갈등도 없으며, 따라서 작품을 관류하는

---

186) 홍명희,「임거정전을 쓰면서」,《삼천리》제5권 제9호, 1933. 9, p. 665.
187) 「벽초 홍명희 선생을 둘러 싼 문학 담의」,《대조》제1호, 1946. 1, pp. 70-71.

일관한 정열도 없다. 단지 「임거정」의 매력은 그 시대의 여러가지
인물들과 생활상의 만화경과 같은 전개에 있다. <중략> 조밀하고
세련된 활동사진 '필림'처럼 전개하는 세속생활의 재현이 우리를 즐
겁게 하는 것이다. 그러므로 세태소설 가운데서 작가는 주의를 한군데
집중시키는 법이 없다. 현실의 어느 것이 중요하고 어느 것이 중요치
않은가—이것을 구별하는 것이 진정한 '레알이즘'이다—가 일체로
배려되지 않고 소여의 현실을 작가는 단지 그 일체의 세부를 통하여
예술적으로 재현코저 한다.
　　이 세 점 즉, 세부묘사, 전형적 성격의 결여, 그 필연의 결과로서
'푸롯트'의 미약 등에서「임거정」은 현대 세태소설과 본질적으로 일
치된다.188)

　　여기에서 임 화가 지적한 세 가지의 약점, 즉 세부묘사의 부족, 전형적
성격의 결여, 플롯의 미약 등은 기법적인 미숙성을 지적한 것 같지만 사실에
있어서는 사상성의 결여로 집약될 성질의 것이다. 즉 경풍속의 묘사에만
급급하여 중풍속의 깊이 있는 근본 실체를 드러내지 못했다는 지적으로
이념의 표출에서 실패하였다는 말로 이해된다. 이것은 곧 이 소설이 우리가
알고 있듯 사회주의 사상이나 혁명사상을 투철하게 반영하지 못했고 흥미
위주의 통속화로 치닫고 있다는 비판에 해당한다. 계급 투쟁이나 민족 해방
과는 거리가 먼 세태의 진부한 묘사와 일상 생활의 피상적인 전개만을 보여
주어 올바른 본격소설로서의 수준에는 미치지 못 했다는 평이다.
　　이러한 평가는『임거정』에 작가의 주관이 배제되어 있고 오직 풍속 묘사
만이 지배적이란 뜻으로 해석될 수 있는데, 이원조도 이와 같은 맥락에서
이 작품을 바라보고 있다. 이원조도『임거정』이 시간적이기보다는 공간적
이라는 점에서 세태소설로 볼 수 있다고 하여, 임 화의 견해에 동조한다.
그러나 그는 임 화와는 다른 각도에서 이 작품의 장점을 인정하였다.

---

188) 임 화, 「세태소설론」, 『문장의 논리』(경성:학예사, 1940), p. 356.

이 작품이 시간적인 것보담도 공간적인 데 더 치중된 것만은 사실
이며 또 한 이 사실을 인정한다면 그 말이 정확하냐 안하냐는 별문제
로 하고라도 공간적이라는 의미에서 세태소설이라고 할 수도 없지는
아니 할 것이다. <중략> 사실 이 작품의 구성을 이야기할 때 우리가
이때까지 소설의 대종으로 생각해 오든 서구적인 소설 개념으로 생각
한다면 실상 말할 수 없는 여러 가지 난관에 봉착하게 되는데 이 난관
이란 무엇이냐 하면 이 작품의 구성에 관한 문제이다―라고 하는 것
은 이 작품의 묘사적 수법은 자연주의적 수법 그대로이다. 그러나
이 소설의 구성은 결코 불란서의 자연주의 소설과 같이 교주고슬(膠柱
鼓瑟)엣 것이 아니고 훨씬 더 자유자재(自由自在)한 동양소설 주로
원명청(元明淸)의 소설적 구성이라는 것이다.189)

이원조의 관점은『임거정』을 세태소설로 인정하면서도 긍정적으로 평가
하였음을 알 수 있다. 성격 중심의 시간적인 서구소설에 비해 사건 중심의
공간소설이 동양의 전통적 소설 기법이라 논하면서, 이 소설이 오히려 동양
전통에 맥이 닿아 있다는 점에서 그 장점을 인정하려 한 것이다. 묘사 수법
이 자연주의적이라 지적한 것을 보면, 이 소설의 묘사의 정확성이나 기법의
특징을 동시에 인정한 것임을 알 수 있는데, 동양적 플롯 구성과 서양적
서술 기법의 성공적인 융합으로 본 견해를 나타내는 진술이라 하겠다.
　두 번째 서울에 온 임꺽정이 기생 소홍에게 자신의 본색을 드러내보이는
장면을 보면, 바로 앞 부분에서 작가가 임꺽정의 성격을 잔인하고 난폭한
산적 두목이라 서술한 것과는 달리 자신에 대한 회의와 평생의 한을 노출하
는 감상적 자세를 보여준다. 이 장면은 작품 전체를 통해 임꺽정이 자신의
속내를 드러내어 자신의 비극적 삶을 토로하는 유일한 장면이다. 임꺽정은
자신의 삶을 되돌아보면서 자신의 행위에 대한 반성과 더불어 도적이 될
수밖에 없었던 심정을 말한다. 이것은 임꺽정의 입을 빌어 작가가 독자에게

---

189) 이원조,「〈임거정〉에 관한 소고찰」,《조광》제4권, 1938. 8, pp. 259-261.

들려주고 싶은 말에 다름 아니다.

전국을 유랑하면서 보고들은 세상의 비리, 타고난 천한 신분에 대한 끊임 없는 반발과 저항, 사람이 살아가면서 착한 행위나 생활에 대한 평등한 인격적 대접보다는 타고날 때부터의 신분과 가문에 따라 천대받고 멸시 당하는 인격적 차별은 임꺽정의 입장에서 용납하기 어려운 일들이다. 따라서 이런 세상에 대한 자신의 냉혹한 보복이 결코 자신만의 잘못이 아니라는 것을 소홍에게 설득시킨다. 그러나 이것은 임꺽정이 스스로를 일깨우고 다구치는 말이 아닐 수 없다.

홍명희는 이 소설에서 임꺽정을 비롯한 다양한 계층의 인물을 등장시켜, 이들 계층 사이에서 일어나는 갈등 양상을 총체적으로 보여 준다. 그것은 임꺽정이 나이가 장년에 접어들어 도적의 두목이 된 후의 활동이 이 작품의 대부분을 차지하고 있는 것을 보아도 알 수 있다. 작품 속에 여러 계층의 인물들이 대거 등장함에 따라 이 작품은 임꺽정 한 인물에만 초점을 맞추지 않고 그것이 집단적 공동체로 확산되고 있어 임꺽정이라는 한 개인의 인물 파악만으로는 이 작품의 인물 설정의 의도가 잘 드러나지 않는다. 이로 인하여 자연히 주변 인물들의 행위로써 임꺽정의 행동은 필연적 동기를 부여하게 된다. 임꺽정은 여러 계층의 인물들과 두루 접촉하는데, 작가는 소설에서 여러 계층을 모두 연결시키고 갈등 세력의 중심 부분에 서 이들의 연결 고리 역할을 담당하는 인물로 홍문관 교리 이장곤과 갖바치 양주팔이 두 사람을 설정하였다.

이장곤은 고리백정의 사위가 됨으로써 양반계층과 천민계층의 수직적 연결고리 역할을 담당하며, 갖바치는 전국을 방랑하면서 임꺽정에게 세상의 모습을 보여주고는 입산, 병해대사라는 법명을 갖는다. 임꺽정을 데리고 전국 유람의 길에 나선 병해대사는 양주(楊州) 회암사(檜岩寺)와 백두산 등지로 다니며 이봉학, 박유복이, 황천왕동이 등을 만나 이들을 임꺽정과 이어 준 다음 죽산(竹山) 칠장사(七長寺)에 머무르게 되는 수평적 연결고리의 역할를 맡는다. 야사에 전해지는 이장곤과 갖바치라는 두 인물을 등장시켜, 작품에 나오는 인물들을 서로 연결시키는 고리 역할을 가장 자연스럽게 떠맡는 중도적 인물로 설정한 것으로 미루어 작가의 작품 구상이 상당히 치밀하였음을 알 수 있다.

왜냐 하면 이러한 인물의 비현실적 요소는 역사소설에 있어 환상적인 신비감 속에 빠져 소설의 리얼리티를 감소시킬 우려가 있고, 역사를 신비화 하거나 낯설게 만들어 작가가 추구하는 역사적 인물의 현실적 부각과 역사적 진실성을 획득하는 데 장애 요인이 되기 때문이다. 이 두 인물로 하여 역사소설에서 필요한 이중적인 전개를 가능하게 하고, 이 두 인물로 말미암아 왕족과 양반계층이 평민계층과 함께 연결되어 당대 사회의 전체적 모습을 보여주며 그러한 움직임의 원천이 되어 나타나고 있다.

수많은 사화와 정치적 권력 다툼, 관리들의 부패, 학정에 시달리는 백성들, 왕족들과 집권층의 세력 다툼과 같은 상층생활과 하층생활의 갈등 양상이 「봉단편」, 「피장편」, 「양반편」에서 집중적으로 묘사된다. 상층인물로서는 왕족인 연산군, 중종, 인종, 명종, 인수대비, 문정왕후 등이 등장하고, 양반 관료층은 조광조(趙光祖), 정희량(鄭希良), 윤원로, 윤원형, 윤 임, 이장곤, 남 곤(南滾), 심 정(沈貞), 심 의(沈義), 이지함(李之函), 이 황(李滉) 등 인물 이외에 그 측근 인물로 난정(蘭貞), 보우(普雨) 등 많은 인물들이 등장한다.

이들과는 반대로 갖바치로 연결되는 주변 인물들은 하층사회를 대표하는데, 「의형제편」에서는 임꺽정을 중심으로 박유복이, 곽오주, 이봉학, 길막봉이, 황천왕동이, 배돌석이 등이 등장한다. 「의형제편」과 「화적편」에 와서 이들이 청석골 화적패의 두령이 된 내력 등이 밝혀지는 동시에 도적으로의 구체적 활동상과 함께 하층사회가 묘사된다.

역사소설에 있어서는 서민층의 생활에 대한 묘사가 핵심적인 역할을 하지만, 그렇다고 해서 상층의 세계를 전적으로 배제한 체 하층생활의 묘사에만 국한되어서는 역사적 진실성을 포착할 수 없게 된다.

다시 말하자면 상층과 하층사회와의 복잡한 상호 작용 속에서 역사를 총체적으로 그려내는 가운데에서만 하층생활도 객관적으로 형상화될 수 있다. 만약 상층과의 아무런 연관 없이 하층생활만을 묘사하고자 한다면 당시의 서민생활에 관한 구체적이고 직접적인 인상을 표현할 수 없었을 것이다. 그러나 소설에는 이러한 서민생활의 역사적 방향을 집약하는 정치적, 사회적 정점이 결여됨으로써, 작품 속의 역사는 평범한 인간의 일상생활에 관한 에피소드의 결집에 그치고 말았다는 느낌을 준다.

『임거정』의 전반부는 사건의 전개가 이중적으로 이루어지고 있고 중간적 역할을 적절하게 설정했음에도 불구하고, 후반부는 에피소드의 결집에 머무르고 만다. 이것은 바로 후반부가 임꺽정을 중심으로 한 도적 생활의 재현에만 그치고, 상층생활과 평민들의 생활이 거의 배제되어 정치적, 사회적 정점이 결여된 점에서 연유된다.

그러나 이 작품이 역사적으로 실재했던 인물과 가공의 인물을 등장시켜, 각 계층을 대표하는 이들의 묘사를 통해 당시 사회의 전체적인 삶의 구조와 사회의 분위기가 제법 소상하게 묘사되어 있음은 부인할 수 없는 사실이다.

소설 속에서 가장 중요한 인물은 임꺽정이지만 작품의 후반부에 와서야 등장해서 활약을 보이며, 많은 인물이 집단적으로 등장하는 피카레스크 구성이 이 작품의 특징이다. 따라서 임꺽정의 삶을 중심으로 적극적인 의적 활동이나 반봉건적 정치 이념을 표출하기보다는, 임꺽정이 살았던 시대와 청석골로 모이게 된 여섯 두령의 다양한 모습 등을 자세히 서술함으로써 그 시대의 분위기가 생생하게 전달된다.

『임거정』에서의 주인공들은 대체로 비역사적 인물로서 작가에 의하여 역사적 실재인물들과 더불어 관계를 맺는 것으로 그려지고 있다. 인물의 형상화에 있어서 리얼한 묘사는 당시 하층민의 온갖 생활에 대한 다양한 접근으로 뒷받침된다. 『임거정』은 당시 사회의 풍습을 세부적으로 묘사하

고 있는데, 궁중의 법도, 관리의 품계, 거기에 따른 격식과 범절, 진상품
보내기 등 지배계층의 삶과 함께 굿거리, 과부 보쌈, 데릴사위 제도, 호랑이
사냥, 비부장이 생활, 기생들의 모습, 좀도둑의 생활 등 하층민의 생활들이
자세하게 그려져 있다. 또한 민담, 전설이 나오는가 하면, 관혼상제 등이
세시풍속과 접맥되어 당시 민중 생활의 면모를 폭넓게 보여준다.

『임거정』은 여러 가지 측면에서 많은 찬사를 받아왔지만 그중에서도 작
품의 어휘가 풍부하다 함에는 누구도 이의를 달지 않는다. 이효석(李孝石)은
이 작품을 "조선어휘의 일대 어해"190)라고 했고 이극로(李克魯)는 "깨끗한
조선말 어휘의 노다지"191)라고 했다. 그 풍부한 어휘의 능숙한 구사에서
독자는 조선 특유의 정조를 접할 수 있는데, 이는 당시의 시대상과 결부시켜
우리 민족의 정서를 표출하려는 노력의 일환이라고 할 수 있다.

작가가 등장 인물의 형상화에 있어서 주로 하층 인물들의 생활을 통하여
역사의 재현을 의도하는 것은 민중 의식을 드러내려는 작가 의식의 발로이
기도 하다. 이는 역사가 상층계급의 일부 특정인에 의하여 전개되는 것이
아니라 하층계급인 민중의 것이며, 그 의식은 민중 속에 잠재되어 있다가
위기를 극복하기 위한 필요시 분출되는 과정 속에서 찾아진다고 보는 것이
다.

『임거정』은 작가의 표현대로 '조선 정조'를 드러내는 데 주력한다. 그것
은 무엇보다도 먼저 다양한 언어 양식을 사용하고 있다는 점에서 나타난다.
불교와 무속 등 민중적 생활 기반에 뿌리박은 신앙의 형태, 지리와 풍습,
사대부와 민중의 생활 양식, 조정의 실상들을 통해서 마치 박물지(博物誌)같
은 풍부한 성과를 거두고 있다.192) 이로 미루어 『임거정』은 우리 민중의
다양한 삶을 파노라마처럼 보여 주는 '순 조선의 것', 참다운 조선인으로서

---

190) 이효석, 〈조선일보〉 1939. 12. 31.
191) 이극로, 〈조선일보〉 1937. 12. 8.
192) 홍기삼, 「임꺽정」, 『임꺽정에서 화두까지』(서울:문학아카데미, 1995), p. 27.

민중의 삶을 형상화하면서, 사회상의 진실성을 보여주고 있다.

(3) 계급 이데올로기

『임거정』의 주제를 계급의식의 측면에서 보려는 태도는 우리 세대에 와서 비로소 제기되었다. 백 철(白鐵)[193]을 비롯하여 이재선(李在銑)[194]은 이소설을 계급의식을 고취시키거나, 계급의식을 원용한 소설로 보려 했다. 김윤식도 의식형 역사소설로 규정하면서도 풍속적인 면이 잘 결합되어 있다고 지적함으로써 임 화보다는 이원조와 같은 맥락에서 이 소설을 평가하였다. 여기에서 김윤식이 말하는 의식이란 이데올로기를 뜻하는 것으로서 서민 계층 및 천민 계층이 권력자를 향해 품고 있는 저항의식을 일컫는다.[195] 계급의식을 나타낸 소설로 보고 그것이 세태 묘사와 어울려 의식이 한층 구체화되었다는 점에서 소설의 가치를 인정한 것이다. 따라서 김윤식은 『임거정』의 계급 의식과 세태 묘사는 서로 상반되는 요소가 아니라, 세밀한 세태 묘사가 오히려 의식의 과잉을 제어하여 균형 감각을 취하게끔 만드는 요인이라 하면서 의식성과 묘사의 조화된 결합을 지적하였다. 이러한 관점은 그 후 강영주에게 비판 없이 받아들여지기는 하지만 그 접근 방법에서는 많은 차이를 나타낸다.[196]

조동일은 이 소설의 여러 장점을 지적하면서도 근본적으로는 임 화의 논리를 따른다. 곧 세태 묘사의 치중과 전형성이 없는 열거의 중첩을 약점으로 지적했고, 임꺽정의 활동이 혁명으로 발전되지 못함을 아쉬워하였다.

---

193) 백 철, 『신문학사조사』(서울:신구문화사, 1961), p. 323.
194) 이재선, 『한국현대소설사』(서울:홍성사, 1979), pp. 393-395.
195) 김윤식, 전게서, pp. 157-158.
196) 임형택·강영주 편, 전게서, pp. 81-126.

그는 『임거정』을 일종의 영웅소설의 확대판으로 규정, 세태소설의 특색을 역사소설에 옮긴 작품으로서 역사에 대한 새로운 관찰력을 갖추지 못한 실패작으로 결론지었다.[197] 지금까지 살펴본 대로 계급 의식의 유무는 요즈음의 논의이지 당대에는 오히려 역사소설이냐, 세태소설이냐의 논박에 더 관심이 집중되었음을 알 수 있다.

이러한 논의의 추이로 볼 때, 『임거정』에 대한 해석 및 평가는 작가의 계급의식과 묘사와의 관계에 그 초점이 놓여 왔음을 알 수 있다. 여기에서 이 정도의 문제의식을 갖고 홍명희가 내세운 창작 의도를 검토하는 것이 좋을 듯하다.

> 림꺽정이란 녯날 봉건사회에서 가장 학대밧든 백정계급의 한 인물이 아 니엇습니까. 그가 가슴에 차넘치는 계급적○○의 불씰을 품고 그때 사회에 대하여 ○○를 든것만 하여도 얼마나 장한 쾌거엇습니까. 더구나 그는 싸우는 방법을 잘 알엇습니다. 그것은 자기 혼자서 진두에 나선것이 아니고 저와 가튼 처디에 잇는 백정의 단합을 몬저 쾨하엿든 것입니다. 원래 특수민중이란 저이들끼리 단결할 가능성이 만흔 것이외다.<중략> 이 필연적심리를 잘 이용하여 백정들의 단합을 쾨한뒤 자기가 앞장서서 통쾌하게 의적모양으로 활략한 것이 림꺽정이엇습니다. 그러이러한 인물은 현대에 재현식혀도 능히 용납할 사람이 아니엇스릿가.[198]

홍명희는 소설 『임거정』의 집필 의도를 봉건사회에 저항한 하층민의 민중의식을 형상화시키기 위해서였음을 밝힌 바 있다. 이런 작가의 의도를 빌리지 않더라도, 『임거정』과 계급의식의 관계는 결코 무시될 수 없는 것이 사실이다. 이 작품이 연재되기 시작할 무렵 홍명희의 활동 상황을 조사해

---

197) 조동일, 『한국문학통사』⑤, 2nd. ed.(서울 : 지식산업사, 1989), pp. 310- 313.
198) 홍명희, 「임거정전에 대하야」, 《삼천리》창간호, 1929. 6, p. 42.

보면 이 관계는 보다 뚜렷이 드러나리라 생각된다. 그는 1923년 좌익단체인 신사상연구회(新思想硏究會)의 발기인 및 간부를 지냈고, 1925년 〈시대일보〉 사장을 거쳐 1927년 신간회(新幹會)의 발기인 및 조직부 담당 상무이사 등 단체의 중심적인 역할을 수행했던 인물이다. 그러나 그는 정통과 사회주의자였다기보다는 사회주의에 공명하는 민족주의자로 보는 것이 타당하다라는 견해가 더 지배적인 듯하다.

그의 집안은 대대로 명문 사대부가로서 증조부 홍우길(洪祐吉)이 이조판서를 지냈고, 조부 홍승목(洪承穆)은 대사헌과 참판을 지냈으며, 부친 홍범식(洪範植)은 태인 군수를 거쳐 금산 군수로 재임 중 1910년 경술국치를 만나 자결한 인물이다. 이것은 홍명희의 나이 23세 때 일이다. 이로 보아 그는 그 후의 신학문과 일본 유학의 영향으로 천민인 백정 계층을 내세워 우리 민족의 실상을 보여주려 하였으나, 그의 내면에 흐르는 사상의 근본은 역시 양반 가문의 전통사상에서 벗어날 수 없었기에 앞서 고찰한 결과를 낳지 않았나 생각된다.

여기에서 고려해야 할 점은 홍명희의 문학적 신념의 실상이다. 특히 좌우익의 대립 혼란이 극에 달했던 해방 직후의 그의 문학적 신념을 살펴볼 필요가 있다. 특히 문학적인 입장에서는 좌익 단체인 문학가동맹에 대한 홍명희의 태도를 살펴보는 것이 중요하다. 홍명희는 설정식(薛貞植)과의 대담에서 설정식이 문학가동맹을 옹호하며, 문학가동맹의 주장은 "진정한 민주주의 민족문학"이며, 이것을 위하여 "봉건과 일제 잔재를 소탕하고 파쇼적인 국수주의를 배격하여 민족문학을 건설함으로써 세계문학과의 연결을 가지려 할 따름"이라는 급진적인 논조를 펼친 데 대해 홍명희는 실천에 있어 너무 모가 나는 것을 경계하며, 시간이 자연스럽게 해결해 줄 때까지 기다려야 한다는 순리주의 사고방식을 견지하면서 "주의나 개념이 앞서고 창작력이 빈약한 것"을 경고하고 있다.199)

이 밖에 당시 그의 문학관을 엿볼 수 있게 하는 내용으로서 「신흥문예의

운동」을 들 수 있을 것이다. 이 글에서 그는 금일의 문학이 개인주의적 정신
에 입각한 유산자의 문학으로서 생활을 배반하고 있으므로 앞으로 일어나
는 신흥문학은 유산자문학에 대항하는 생활의 문학으로서 계급해방을 고취
시키는 데 힘써야 할 것이라고 주장한다.

> 세계를 들어서 새로운 계급의 발흥은 바야흐로 대홍수를 일으키게
> 되얏스니 금일의 시대사조는 사회변혁, 계급타파, 대항, 해방 등의
> 사상이니 이 시대의 문예가 이것을 중심사상으로 하고서 새로히 출발
> 할 것은 당연한 일이다.[200]

여기에서 홍명희는 사회변혁·계급해방의 사상이 시대의 주류적 사조로
떠올랐으니 문학도 마땅히 그러한 사조의 연속선상에서 이루어져야 함을
강조하고 있다. 그의 이러한 프롤레타리아문학 옹호론이 『임거정』을 집필
하는 데 하나의 중요한 동기가 되었으리라 사실을 쉽게 짐작할 수 있을
것이다.

홍명희가 역사를 소설의 재료로 끌어들이면서 봉건적인 양반을 제치고
당시로서는 가장 미천한 백정 출신의 인물을 주인공으로 삼았다는 것은
주목해야 할 사실이다. 왜냐 하면 대부분의 우리 역사소설의 경우, 역사상
위대한 인물을 주인공으로 내세우는 게 대체적인 경향이었던 것이다. 앞장
에서 살펴본 역사소설의 주인공들은 역사적으로 뚜렷하게 이름을 드날린
영웅적 인물들이었는데, 이런 인물들을 편애하는 데엔 역사가 소수 지배계
급의 정치적 역량에 좌우된다는 그릇된 사관이 암암리에 작용하고 있는
탓으로 보아야 한다. 그러나 여기에서 간과되어서 안될 것은 영웅적 인물들
을 통해서는 소설이 응당 그려내야 할 당대의 전체적인 삶의 모습이 제대로

---

199) 「홍명희·설정식 대담기」, 《신세대》제23호, 1948. 5, p. 19.
200) 홍명희, 「신흥문예의 운동」, 《문예운동》 1926년 1월호, p. 4.

형상화될 수 없다는 점이다. 이에 반하여 홍명희는 역사에서 소외된 백정 임꺽정을 발굴하여 10년 이상 그의 활동 궤적을 추적하여 그것을 형상화시킴으로써 우리 역사소설의 새로운 경지를 보여 주었을 뿐 아니라 역사의 토대가 되는 민중의 삶의 모습을 제시해 줄 수 있었다.

『임거정』은 모두 5편으로 구성되어 있다. 「봉단편」과 「피장편」, 「양반편」 등 소설의 앞 부분 세 편은 임꺽정의 출생 및 성장 배경을 묘사한 것이고, 「의형제편」에서는 훗날 임꺽정과 함께 활동하는 청석골 두령들의 인물과 내력을 그려져 있으며, 「화적편」에서는 임꺽정이 화적의 무리들을 거느리고 본격적인 도적활동을 하는 모습이 보여진다.

제1편은 「봉단편(鳳丹篇)」이다. 여기에서는 임꺽정이 태어나기 이전을 시대 배경이 된다. 연산군 때의 홍문관 교리 이장곤은 사화로 인해 유배를 당하자 사사될 것을 두려워 해 유배지를 탈출하여 전국을 방랑하며 숨어 지내다가 신분을 숨기기 위해 함흥 고리백정의 딸 봉단과 혼인하고 김서방으로 행세하면서 천민들 속에 묻혀 산다. 그러나 제대로 일을 하지 못하여 처가 식구로부터 미움을 사지만 처삼촌인 갓바치 양주팔이와 가까이 지낸다. 양주팔이는 천민답지 않게 상당한 학문적 식견을 가지고 있었다. 이러한 인연을 계기로 하여 이장곤은 천민들의 세상에 대한 새로운 인식을 가지게 된다.

이장곤이 중종반정으로 다시 정계에 복귀하여 종전의 지위에 복귀하게 되게 되자, 그 부인인 봉단은 왕의 교지를 받아 숙부인의 직첩을 받는다. 양주팔이는 이장곤의 도움으로 서울에 진출하고 봉단의 외사촌인 임돌도 서울로 왔다가 이장곤의 주선으로 양주에 사는 쇠백정의 딸과 혼인한다. 임돌이 바로 임꺽정의 아버지이다. 「봉단편」에서는 임꺽정과 같은 인물이 등장하게 된 시대적 배경이 잘 나타나 있다.

제2편 「피장편(皮匠篇)」의 중심 인물은 갓바치 양주팔이다. 이장곤의 도움으로 서울에 올라온 양주팔이는 동소문 옆에 작은 오두막을 짓고 갓바

치 생활을 한다. 비록 천민이지만 그의 학문이 뛰어나다는 소문 때문에 조광조와 김 식 같은 당대의 학자들과 교유를 갖는다. 대사헌 조광조는 갖바치에게서 당시 시대의 상황과 관련하여 지혜를 빌리게 되는데, 이는 천민과 상층 양반과의 동등성을 입증하기 위한 작가의 의도로 보인다. 임돌의 아들 꺽정은 양주팔이의 집에 기거하며 그 성장기를 보내고 또한 갖바치에게서 교육을 받는데, 이것이 임꺽정의 의식 형성에 중요한 영향을 끼친다. 임꺽정은 하층천민이라는 자신의 신분에 속박되지 아니하고 상층 양반들과의 관계에 있어서도 항상 대등한 입장에서 자기 위치를 지키려 하며, 이것이 그가 후에 **화적으로서 변신하게 되는 필연적인 요인이 되기도 한다.** 갖바치는 후일 불교에 입문해 병해대사로 변신하게 되고, 임꺽정은 병해대사를 따라 전국을 유람하던 중 백두산에서 운총을 만나 혼인한다.

제3편「양반편(兩班篇)」은 주로 궁정 안팎에서 벌어지는 지배계층 상호간의 권력 투쟁을 다루고 있다. 여기서는 주로 양반들의 부정과 부패, 음모와 모략과 같은 정치적, 사회적 타락상이 집중적으로 서술됨으로써 당시 사회가 안고 있는 부정적인 요소를 보여준다. 연산군과 중종, 명종으로 이어지는 정치 사회의 혼란과 부패한 윤원형 등 탐관오리의 횡포로 말미암아 생존을 위협 당한 하층민들이 더 이상 참을 수 없는 한계 상황 아래에서 저항 집단을 형성하게 되는 시대 배경을 집중적으로 서술해 보이고 있다. 이 무렵 을묘왜변(乙卯倭變)이 일어나고 여기에 종군한 이봉학, 배돌석이, 임꺽정이 활약하는 모습을 보여준다.

제4편「의형제편(義兄弟篇)」은 임꺽정과 직접 또는 간접적으로 관계를 맺는 청석골 두령들의 성장 배경과 그들이 화적이 되는 과정을 서술한다. 그리고, 이들은 주로 하층의 인물들이지만 다양한 신분으로 구성되어 있는데, 이러한 인물의 다양한 성격은 곧 이들이 민중계층을 대표하는 집단임을 의미하는 것이기도 하다. 사회 조직의 구조적 모습으로 인하여 쫓겨나고 또한 소외될 수밖에 없게 된 이들이 저항 집단을 형성하는 모습을 통해

민중의식의 태동을 표출시킨다. 한편, 임꺽정도 오가 등 도적들이 강탈한 봉물의 일부를 선물로 받은 것이 화근이 되어 청석골로 들어온다. 이렇게 해서 임꺽정을 비롯한 의형제들이 모두 청석골에 합류한다.

제5편 「화적편(火賊篇)」은 청석골에 모인 임꺽정의 무리들이 어떻게 지배 계층에 저항하고 도전하는가를 보여준다. 청석골 화적들의 활동은 사회 체제에 대한 부정에서 출발한 것이며, 새로운 사회에 대한 갈망에서 비롯된 것이기도 하다. 이는 다수의 민중이 사회적 정치적 의식을 갖게 됨으로써 스스로를 역사의 주체자로서 인식하는 것이기도 하다.

임꺽정은 청석골 화적패의 수령으로 추대된다. 임꺽정은 지방수령을 농락하는 등 거침없는 활약을 벌인다. 그는 서울에 올라가서 소홍 등 장안의 이름난 기생과 정을 맺고 또 세 사람의 규방여인과 인연을 가져 이들을 모두 첩으로 삼는다. 기생집에 있다 포교들의 기습을 받은 그는 간신히 몸을 빼쳐 서울을 빠져 나오나 그의 첩들은 붙들려 관비가 되고 만다.

한편 서울에서 관가에 붙들려간 서림은 임꺽정 일당을 배반한다. 이 때문에 신임 봉산 군수를 죽이려던 청석골 무리는 관군의 대대적인 공격을 받아 격전을 벌인 끝에 그들을 물리치고 산채로 돌아간다. 토포군이 증강되어 청석골을 죄어오자 임꺽정 일당은 지형상 불리한 청석골을 버리고 구월산 성으로 들어간다. 이 산성에서 임꺽정의 마지막 일전이 벌어지는 소설의 대단원이 예상되지만, 소설은 여기에서 중단되어 미완으로 남는다.

이 작품이 지닌 시대적인 모습은 「봉단편」과 「피장편」, 「양반편」에서 확연하게 나타난다. 「봉단편」에서 묘사되는 이장곤과 봉단의 초라한 초례청의 모습이나, 매일같이 버드나무로 동고리를 엮어야 겨우 끼니를 때울 수 있는 백정들의 어려운 생활상이 그려진다.[201] 백정계급에 대한 천대는 임꺽정에게 평생의 한이 된다. 그는 을묘년에 남해안 지방에 왜변이 발발하자

---

201) 「임거정」제1권, p. 68.

나라를 위해 스스로 그 싸움에 나서려 했지만 천민 출신이라 하여 거절을 당한다.

백정뿐 아니라 상민 이하 계급은 인간다운 대접을 받지 못한다. 이봉학은 종실의 피를 타고났지만 그 아버지가 서얼 출신이었기 때문에 제대로 대접받지 못한다. 역졸의 아들 배돌석이는 왜적과의 싸움에서 상당한 공을 세웠지만 왜변이 평정되자 천한 출신이라 하여 등용되지 못하고 오히려 놀림만 당한 끝에 내쫓기고 만다. 또 곽오주는 머슴으로 주인을 위해 열심히 일하지만 주인의 아들은 그의 신분을 얕잡아보고 처를 겁탈하려 하려 한다.

그리고 백정의 사위가 된 이장곤이 농군에게 무심코 반말한 것이 빌미가 되어 뺨을 맞거나[202] 향교말 도집강에게 동고리를 바치고 물건값을 요구했다가 멍석말이를 당하는 수모를 겪기도 한다.[203] 이 모두 인간다운 대접을 받지 못하는 당시 하층 천민의 신세를 드러내 보인 것이다.

이장곤은 중종반정으로 양반의 신분이 회복되자 함경감사를 만나 그 동안 백정들과 함께 생활한 이야기를 나눈다. 지금까지 천민들은 전혀 인간다운 대접을 받지 못했다. 이장곤은 이제라도 그들을 제대로 대접하자고 말한다. 이는 바로 이장곤의 인간가치의 회복 선언인 셈이다.

> "내가 고리백정의 식구가 되어서 갖은 천대를 받고 지내는 동안 천대받는 사람의 억울함을 잘 알았소이다. 이렇게 말하면 어폐가 있을지 모르나 천대하는 사람이 천대받는 사람보다 나으란 법이 없습니다. 백정에도 초로치 아니한 인물이 있다뿐이겠소. 영감도 이것만은 알아두시오. 천인도 사람입니다. 도연명이 종을 사서 아들에게 보내며 이것도 사람의 아들이니 잘 대접하라고 했다더니 천인도 사람의 아들이니 우리가 잘 대접합시다."[204]

---

202) 상계서, p. 82.
203) 상계서, p. 89.
204) 상계서, p. 128.

「봉단편」이 이처럼 하층 생활의 어려움을 집중적으로 서술한 데 비하여
「피장편」은 당시 집권 세력 등의 타락상을 보여준다. 갖바치와 교유하고
있는 조광조나 김 식 같은 당대의 지식인이나 절개 있는 선비들은 간신들의
모함에 조정에서 모조리 쫓겨나고 간신들의 무리만 남게 된다.

> 조정암 이하 여러 사람이 쫓겨나고 보니 조정은 남곤, 심정의 판이
> 라 썩은 고기가 쉬파리 꾀듯이 남곤, 심정의 집 문에 사람의 얼굴
> 가진 물건들이 수없이 많이 몰려들었다.[205]

이러한 파쟁은 김안로, 윤 임, 윤원로, 윤원형 등으로 세력의 판도가 바뀌
면서 전개되는데, 「양반편」에 와서는 외척 윤원형이 집권하게 된다. 윤원형
은 형인 윤원로와도 권력을 두고 다투면서 자신의 집권욕에만 매달리게
된다. 정실인 아내와 자식까지 살해한 윤원형과 첩 난정의 횡포와 타락상은
권력의 부도덕성을 극명하게 드러내는 것으로서, 지배계급이라는 존재에
대해 회의를 품게 하는 요인이 된다.

이 작품은 전반부에서 이러한 사회적 환경을 먼저 제시하여 임꺽정과
같은 화적들의 출현이 시대적 소산임을 분명히 하고 있다. 그러나 작가는
이때의 사회상을 창작 의도에 직접적으로 연결시켜서 형상화하기보다는
연산군 때와 중종, 명종 때의 야사를 끌어들여 에피소드적인 요소를 작품에
대거 삽입함으로써 강담(講談)의 성격을 지니게 한다. 그러면서도, 작가는
특정 인물을 역사적 시대 상황에 투영시켜서 시대적 인물로 구체화시키고
있다. 주인공인 임꺽정의 경우, 쇠백정의 자식으로 태어났지만 주변의 인물
과 교류를 가짐으로써 당시 시대의 상층과 하층을 두루 접촉하게 하여 한
시대의 사회상을 객관적이고 총체적으로 묘사하는 데 기여할 수 있도록
한다.

---

205) 동게서.

이 작품의 주요 인물은 대부분 「의형제편」에 가서 등장한다. 「의형제편」
은 임꺽정의 출생과 성장 과정을 통하여 시대적 배경을 설정한 다음, 그러한
환경에서 화적이 될 수밖에 없었던 여러 인물들, 즉 청석골 두령들의 성장
배경과 그들이 청석골 화적이 되기까지의 과정이 서술되고 있다. 「의형제편」
에 등장하는 대표적 인물들은 후에 결의로써 임꺽정과 의형제를 맺는 박유
복이, 곽오주, 길막봉이, 황천왕동이, 배돌석이, 이봉학, 서 림 등이다. 이들
은 제각기 다른 환경에서 성장한 개성적인 인물이고 제각기 특이한 재주를
가졌다. 후에 모두 청석골 화적 무리에 합류하는데, 임꺽정과 직접 또는
간접으로 관계를 맺기도 하고, 이들 상호간에 여러 인연으로 후에 의형제로
써 결합된다. 이들 인물들의 성장 배경과 특징, 그리고 청석골로 합류하기까
지의 과정을 작품 서술 단계에 따라 살피면 다음과 같다.

박유복이는 노 첨지의 무고로 아버지가 죽어 유복자의 몸이 된다. 그는
자라서 노 첨지를 죽여 복수한다. 이로써 관군에 쫓기는 몸이 되었으며,
덕적산 최영 장군의 사당에서 밤을 지나다가 장군 마누라로 뽑혀 죽을 처지
에 놓인 최씨 처녀를 구해 인연을 맺고 같이 도망친다. 후에 청석골에서
오가를 만나 오가를 수양 아버지로 모시고 그곳에 머물러 살게 된다.

곽오주는 청석골 인근 마을에서 머슴살이를 하다가 청석골 근처를 오가
는 장꾼을 괴롭히는 오가를 때려눕힌다. 이를 복수하러 나온 박유복이를
만나 서로 힘을 겨루다가 화해를 하고 의형제 관계를 맺는다. 이후 이웃
마을 과부에게 장가들어 살았는데 그녀가 해산하다 죽게 된다. 곽오주는
어린것을 젖동냥을 하여 키우던 중 젖이 부족해 밤새 보채는 아이를 달래다
가 순간적으로 아이를 태질해 죽이고 그 후로는 아이 울음소리만 들으면
무자비하게 사람을 죽이는 난폭한 사람으로 변해 청석골에 들어와 살게
된다.

소금장수인 천하장사 길막봉이는 청석골 근처를 지나다가 곽오주에게
맞아 병신이 된 매형의 복수를 위해 청석골에 들어와 곽오주를 붙잡아 관가

에 넘기려던 중, 전에 안면이 있던 임꺽정을 만나 화해하고, 청석골을 떠나 다시 소금장수를 한다. 안성에서 귀련이라는 처녀를 만나 혼인하여 데릴사 위로 처갓집에 들어가 살다가 장모의 구박이 심하여 집을 나와 떠돌다가 청석골에 머물게 된다.

황천왕동이는 임꺽정이 백두산에 갔을 때 만나 혼인한 운총의 남동생이 다. 백두산 사냥꾼 출신답게 발이 매우 빠른 인물이다. 황천왕동이는 장기를 잘 두었는데, 내기 장기에서 이김으로써 백 이방의 사위 시험에 합격, 천하 일색인 백 이방의 딸을 아내로 맞게 되고 장인 덕으로 봉산에서 장교가 된다.

배돌석이는 돌팔매를 귀신처럼 던지는 재주를 가졌다. 호환으로 아들을 잃어버린 노파의 간청으로 돌팔매로 그 호랑이를 때려잡아 한을 풀어준 덕으로 경천역 역졸이 되고 노파의 과부 며느리와 살게 된다. 그러나 이 며느리의 행실이 부정하므로 이에 격분한 배돌석이가 살인을 하고 체포되 었으나 박유복이가 나타나 구해준다. 배돌석이는 청석골로 피신하게 되고 이에 연루되어 황천왕동이는 제주도로 귀양간다.

이봉학은 뛰어난 활 재주로 왜변에 나가 공을 세워 전라감사 이윤경 휘하 의 비장이 된다. 기생 계향과 인연을 맺어 같이 지내다가, 제주 정의 현감으 로 승진하여 계향을 데리고 가서 행복한 세월을 보낸다. 뒤에 임진별장으로 좌천되어 훗날 임꺽정의 도하에 큰 도움을 준다.

서 림은 모사 역할을 하는 인물로 아전 출신이다. 서림은 평양 감영 수지 국 장사로 임금께 올리는 진상품을 관장하였으나 교활하고 잔꾀가 많아 진상품을 축내어 쫓기는 몸이 되었다가 도망쳐 청석골의 화적패에 가담한 다. 서 림은 청석골을 지나 평양으로 향하는 봉물 털기에 앞장서며, 이후 임꺽정의 수뇌 참모를 지내지만, 나중에는 관에 투항하여 임꺽정을 잡는 데 결정적인 역할을 한다.

작가는 이 작품을 쓰면서 백정이라는 특수 사회집단들이 그들의 힘을 합쳐서 반봉건의 기치를 걸고 싸우는 내용으로 구상하였던 듯하다.206) 그러나 실제 작품에는 각계 각층의 불우한 인물들을 다양하게 수용하는 방법을 사용하였다. 따라서 백정이라는 특수 집단의 모임보다 포괄의 범위가 넓고, 여러 개성을 집대성함으로써 청석골 화적패는 곧 소외된 민중의 전체를 대변하는 성격을 지니게 되는 것이다. 이들 집단 주인공들은 제각기 특정 분야를 대변하는 대표성을 지니면서 그 집합체가 곧 민중을 대변할 수 있도록 인물이 설정되어 있다. 그런 점에서, 이 작품은 민중의 삶에 대한 의기를 드러냄으로써 당시 민중 생활의 모든 문제점을 제기한다.

이들 주인공들은 한결같이 자신이 처한 사회의 여건 아래에서 생존을 위하여 투쟁하다가 청석골 화적패라는 저항 집단을 형성하게 되는데, 이는 기존의 역사소설의 인물 설정과는 많은 차이가 있는 점이다. 이광수나 김동인, 박종화의 작품의 주인공들은 역사적으로 잘 알려진 인물로서, 그들의 행적은 역사의 기록에 의하여 제약되어 있는 데 비하여, 『임거정』에서의 주인공들은 대체로 비역사적 인물들로서 작가에 의하여 역사적 시대와 더불어 형상화되었다는 사실이 그것이다.

「의형제편」의 후반에서부터 「화적편」까지는 천민들의 켜켜이 쌓였던 울분이 폭발하여 지배계급을 상대로 벌이는 항거·투쟁이 전개된다. 박유복이, 황천왕동이, 곽오주, 길막봉이, 배돌석이 등은 서 림의 계교에 따라 평양 감영에서 대궐과 서울 세도가에 올리는 봉물을 강탈하여 조정을 아연하게 한다. 여기에 임꺽정, 이봉학마저 청석골로 모여들어 세력을 키운 이들은 감사의 인척을 사칭하여 인근 세 고을을 누비며 군수들에게서 향응 등 환대를 받는가 하면 위조한 마패로 역마를 동원, 금부도사로 가장하여 지방수령을 생포하려 한다.

갈수록 그들의 행동은 거칠 것이 없어져 임꺽정은 관아의 옥을 부수고

---

206) 홍명희, 「임거정에 대하야」, 《삼천리》창간호, 1929. 6, p. 42.

거기 갇힌 그의 가족을 구출해낸다. 또 길막봉이가 붙들려 안성군의 옥에 갇혔을 때는 옥을 부수고 그를 구한 다음 우병방을 죽이고 좌병방에게 부상을 입힌다. 임꺽정 일행은 서울에서까지 활보하고 다니다 임꺽정의 세 첩이 포도청에 붙들리자 부하들을 이끌고 전옥을 깨뜨리려고 획책하기도 한다.

이 작품에서 청석골 화적들이 관군을 상대한 싸움의 절정은 평산에서 벌어진 일전이다. 임꺽정 일당은 그들을 잡으러 나온 관군 5백 명과 전투를 벌여 임꺽정은 조정의 오위부장들 중 무예가 가장 출중하다고 알려져 있던 충좌전위 연오령을 살해한다.

그 후 몇 차례에 걸친 관군의 토벌로 말미암아 끝내 적굴은 소탕되고 임꺽정이 잡혀서 처형된다.

그러나 작품에는 임꺽정의 이러한 최후 모습이 서술되지 않는다. 그것은 「화적편」의 후반부가 연재 도중 중단되었고, 「화적편」 한 권이 더 간행될 예정이었던 것으로 미루어 아마 이 부분에서 임꺽정이 관군과 마지막 접전을 벌이다가 체포되어 처형되는 이야기가 전개되었으리라 짐작된다.

이상은 작품의 전개 순서에 따라 나타난 임꺽정의 생애인데, 작품 전체에서 그의 유년시절은 이름의 유래를 밝히기 위해 간략하게 요약되어 있을 뿐 그의 구체적 모습이 처음 등장한 것은 10세 이후이다. 그러나 이것도 박유복이, 이봉학, 갓바치 등과의 접맥을 위해 잠깐 등장하며, 청년시절 역시 황천왕동이, 운총과의 연결을 위해 잠깐 그의 모습이 비쳐지고, 주인공으로서 임꺽정의 본격적인 활동이 전개되는 것은 장년이 되어 여섯 명의 도적 두령들과 의형제 결의를 맺는 부분 이후의 일이다.

작가가 주인공의 인물로 백정 계급인 임꺽정을 설정한 중요한 이유를 보면, 임꺽정이 그 사회의 하층민으로서 가장 압박 받으며 고립된 계층의 인물이며, 자신의 처지를 개선하려는 의지가 있어 사회와 개인의 각성을 요구하는 인물, 집단의식이 강하며 공동체적 운명을 인식하는 인물, 봉건 왕조의 냉혹한 신분제도와 같은 구조적 모순에 행동으로 저항하는 인물이기 때문이라고 할 수 있다.

작가는 이러한 저항적 세력의 강력한 힘을 가진 인물을 주인공으로 설정함으로써 상층사회의 타락에 대한 반성과 하층사회의 개선의 가능성을 모색하고자 하였다. 이는 작가의 민중의식이 강하게 부여된 작품의 독특한 형태에 그 중요한 영향을 미치고 있다.

주인공 임꺽정은 비록 초인적 힘과 신분 차별에 대한 강력한 저항의식을 가졌으나 도덕과 학문을 겸비하지 못하여 자기 내부의 두 모순된 존재를 통합하거나 조절할 능력이 없었던 탓으로 자신의 생각을 행동으로 나타내는 단순한 인물로 나타나고 있다. 단순하고 과격하며 직선적인 성격은 자신의 개인적이며 내면적인 문제에 대한 성찰과 회의를 갖지 못한 채 사회의 모순에 대한 비판적 안목이 결여된 인물로 묘사된다. 이처럼 임꺽정은 평범한 인간으로서의 약점을 그대로 노출하고 있으며, 단순하고 직선적인 성격의 인물로 묘사되고 있다. 그는 단지 신분 차별이라는 사회구조의 모순에만 강력하게 반발함으로써 그 사회와 연결된 개인의 삶의 모습을 부각시키지 못하고 있다.

이 작품에서 홍명희의 역사의식은 계급의식의 표출과 밀접하게 연결됨을 볼 수 있다. 우리 나라에서 계급의식이 문학에 수용되기 시작한 것은 1920년대 초반이다. 이러한 의식은 제1차 세계대전을 전후해서 러시아, 도이치란트 등지에서 일어난 문학 운동이 세계적으로 확산된 데서 기인하는 데 정치적 계급사조가 문학 작품에 유입된 데서 비롯한 것이다.[207]

경향문학 등 이러한 사조의 작품은 민중의 문제를 집중적으로 추구하며 사회에 대한 저항을 그 구조로 한다. 즉 여기서 빈궁과 저항은 살인, 방화 등의 수단으로 나타나게 되는데 홍명희의 이러한 문학적인 경향을 대변하는 위치에 있었던 것이다. 이와 같은 인식은 그의 사회적 활동과 『임거정』의

---

207) 김시태, 『식민지 시대의 비평문학』(서울:이우출판사, 1982), pp. 153-154.

창작 의도에서 동시에 엿볼 수 있는데, 그는 신간회 사건으로 투옥될 만큼 사회운동에 깊이 관여하고 있었다.

이 작품에서 계급의식이 작품의 전면에 직접적으로 표출되지는 않지만, 그러나 홍명희가 사회주의적 인식에 의하여 작중 인물을 파악하는 태도도 작품의 여러 곳에서 나타난다. 우선 작가는 임꺽정이라는 주인공의 생애를 서술하기 전에 그런 인물이 태어날 수밖에 없었던 사회적인 요인을 서술한다.

> 나는 「임거정전」을 6편에 난우엇습니다. 이것은 가령 첫 편은 그의 유년시대, 그 다음은 그 때의 사회의 분위기를 전하기에 이러한 뜻으로 계선(界線)을 그은 것인 바 지금 쓰는 것이 제 4편으로 이제부터야 정말 활동의 본 무대에 드러섯다 할 수 잇서서 림썩정의 7형제가 도적하러 가는 대목에 이르럿습니다.[208]

여기서 홍명희는 『임거정』을 연재하면서 160여 회가 되도록 임꺽정의 본격적인 활동을 뒤로 미룬 채 당시의 시대상 묘사에 중점을 두었던 것이다. 따라서 이 작품은 조선 왕조 중에서 가장 폭군으로 이름난 연산군 시절의 사회상과 당파 싸움, 권신들의 권력 암투 등 사회의 부정적인 요소를 집중적으로 서술하고, 이어서 그런 모순된 사회의 소산으로 인하여 일상적인 삶에서 쫓겨난 소외계층의 생활상을 묘사한다. 그리고 이들 소외계층을 대변하는 임꺽정의 의형제들이 지닌 기구한 과거의 생활을 제각기 세밀한 부분까지 묘사함으로써 당시 하층인의 생활상과 풍습을 재현한다.

> 첫째로, 봉건적인 귀족을 우월성의 존재로 파악하지 않고 천민계층을 오히려 이상화하고 있다는 점이다.
> 둘째로, 과거를 당면한 현실문제에 관련시켜서 보는 특수한 역사적

---

208) 홍명희, 「「임거정」을 쓰면서」, 『삼천리』 제5권 제9호, 1933. 9, p. 664.

사료를 지니고 있다는 것이다. <중략>이처럼 홍명희는 역사소설을
계급의 관점에서 원용하고 있다. 그는 식민지의 모순보다는 자본주의
사회의 모순에 대해서 겨냥하고 있는 점에서 그의 역사 의식의 분명한
특수 시야를 보여주고 있다고 할 것이다.209)

『임거정』을 계급주의적 역사소설로 파악하는 것은 이러한 작가의 시야와
밀접하게 연결된다. 다음의 인용에서 작가의 이러한 시선을 부분적이지만
추출해 볼 수 있을 것이다.

"공으로 동고리를 빼앗으려는 자에게 쌀 말을 하였으니 그런 풍파
가 아니 날 리 없지. 대체 양반이란 것이 행세가 양반이라야지 날도적
들이 양반은 무슨 양반일고? 그러나, 도집강 같은 것은 부족괘치(不足
掛齒)야. 날도적의 소굴은 서울이지 그려."210)

이는 갓바치(양주팔이)가 질서인 김서방(李校理)에게 들려준 말이거니와,
임꺽정도 기생 소홍에게 다음과 같은 말로 자신의 심정을 토로한다.

"내가 도둑놈이 되고 싶어 된 것은 아니지만, 도둑눔 된 것은 조금
도 뉘치지 않네. 세상 사람에게 만분의 일이라도 분풀이를 할 수 있구
또 세상 사람이 범접하지 못할 내 세상이 따루 있네. 도둑눔이라니
말이지만 참말 도둑눔들은 나라에서 녹을 먹여 길르네. 사모 쓴 도둑
눔이 시굴 가면 골골이 다 있구, 서울 오면 조정에 득실득실 많이
있네. 윤원형이니 이량이니 모두 흉악한 날도둑눔이지 무언가. 보우
(普雨) 같은 까까중까지 사모쓴 도둑눔 틈에 끼어서 착실히 한 몫을
보니 장관이지."211)

209) 이재선, 전게서, pp. 294-295.
210) 「임거정」제1권, p. 142.
211) 「임거정」제8권, p. 149.

임꺽정은 고리 백정의 아들로 태어나서 세상의 온갖 박대를 받다보니 도둑놈이 될 수밖에 없었지만, 그렇다고 하더라도 벼슬아치 같은 날도둑놈보다는 낫다는 주장을 내세우고 있는 것이다. 이러한 인식은 모순된 사회에 대해서 자기의 위치를 확인하는 것으로서 근대시민의식의 싹을 엿보게 하는 것이기도 하다. 즉 주인공인 임꺽정은 자신이 착취당하는 계층임을 깨달음과 동시에 그 부당성을 인식함으로써 자신의 저항적 행동을 정당화하게 된다.

작가는 이 작품에서 중종 때를 전후한 시기에 있어서 민중의식의 태동을 예리한 눈으로 포착하여 역사를 현재의 전사로서 파악하여 민중들이 근대의식을 갖게 되면서 자기 인식의 방법으로서 저항을 택하고 있음을 보여준다. 그러므로, 이 작품에서 중요한 것은 견고한 민중성의 바탕에서 작품이 전개되고 있다는 점이다. 즉 작품의 사건 서술이 주로 하층계급의 생활에 집중되어 있을 뿐 아니라, 그것을 당시의 사회 풍습을 통해 구체화시킴으로써 민중을 역사의 주체로서 인식한 것이다.

그러나 작가는 작품 곳곳에서 주인공의 역할에 대한 한계점을 드러낸다. 가령 임꺽정이 두령으로서 부하들을 점고하는 장면을 보면 마치 제왕이나 된 듯한 착각을 일으키게 하고, 또 임꺽정이 서울에 세 명의 양반 첩을 거느린다는 것은 의적으로서 취할 바 행동이 되지 못한다는 점에서 임꺽정의 한계를 보여주는 것이다.

이러한 주제적 한계는 결과적으로 홍명희가 역사소설 자체에 대한 의미를 부여함에 있어 소극적인 것에서 연유한다. 그는 이 소설을 쓰면서 신문연재소설의 특성에 맞도록 독자에게 흥미를 줄 수 있도록 진행시켜 나갈 것이라는 작가의 의도를 피력할 정도로 역사소설의 통속화를 염두에 두고 있었다.[212]

---

212) 홍명희,「임거정전을 쓰면서」,『삼천리』, 1933. 9, pp. 664-665.

이러한 관념은 당시 사회주의 문학가들의 일반적인 관념이기도 하였는데, 임 화, 이원조 등은 역사소설을 현실에 대한 회피로 인식하여 역사소설보다 세태소설이나 가족사소설의 필요성을 더 역설하기도 하였던 것이다.213) 이것은 우리 나라 사회주의적인 문예 비평가들이 역사소설에 대한 인식의 결여에 기인하는 것으로서 루카치가 사회주의적 입장에서 역사소설의 중요성을 강조한 것과는 대조적인 현상이라 하겠다.

이런 여러 가지 문제점을 검토할 때 홍명희는 우리 나라 역사소설의 형성기에 있어서 이광수와 김동인, 박종화, 현진건과는 다른 의미에 있어서 특정 성격의 역사소설의 개척자의 위치에 있게 되며, 또한 리얼리즘의 확대와 심화를 통하여 근대소설의 지평을 확대한 공로를 인정하게끔 한다. 그리고 이 작품은 민중의식 구현이라는 성격적 특성으로 시민 의식의 구현을 지향하는 당시의 다른 소설들과 함께 후대의 역사소설에 많은 영향을 주었을 것으로 보인다.

이런 논의는 홍명희의 역사소설 『임거정』이 같은 시대 작가의 우수한 세태소설과 함께 발표되었다는 사실과 더불어, 황석영의 역사소설 『장길산』이 1970년대 4·19 이후의 시대적 상황에 대한 깊은 통찰의 결과로서 씌어진 뛰어난 사회소설(단편)을 바탕으로 해서 생겨났다는 사실에 의해서도 뒷받침될 수 있을 것이다.

『임거정』은 유교적 봉건주의 시대에 있어 불평등에 시달리는 민중계층을 그 주인공으로 하고 있다. 계급적 해방이 주제라는 대부분 연구자의 주장도 이 작품이 보여주는 천민의 인간 선언, 인간 존엄 사상, 인간 평등주의의 진정한 추구에 비긴다면 오히려 작은 문제에 불과하다. 개인의 문제로서는 인간 평등의 사상을 투철히 하고 전체의 문제로서는 민족 정서, 조선 정조를 깊이 통찰하여 조선인들이 살아온 모습을 재현함으로써 조선인의 삶의 방

---

213) 임 화,「세태소설론」,『문학의 논리』(경성 : 학예사, 1940), p. 356.
　　이원조,「임거정에 관한 소고찰」, ≪조광≫, 1938년 8월호, pp. 259-261.

향과 조선 문화의 흐름이 바르게 이어져 가기를 일러주고 있는 것이다.[214]

주인공 임꺽정은 계급적 해방을 실현하기 위해 세력을 규합하여 상층계급에 저항했으나, 결국 그 구체적 이상을 실천하지 못한다. 그러나, 작품에 나타난 임꺽정의 생애는 분명히 계급적 모순과 사회적 모순에 대해 강렬하게 저항한 평등사상의 실현에 모아지고 있다.

조선의 봉건제도 아래에서는 엄연히 반상의 구분이 있어, 양반과 함께 백정과 같은 천민도 존재하였다. 그러나 당초부터 인간의 가치가 이러한 신분 질서에서 파생된 것이 아니라는 각성이 있을 때, 그 신분제도에 대한 저항은 이루어진다. 『임거정』에서는 이러한 신분제도에 대한 울분의 목소리가 자주 나타난다. 봉단이가 남편 김서방에게 털어놓는 백정의 생활 방식이라든지, 임꺽정이 기생 소홍에게 자신이 도적이라는 사실을 고백하는 장면에서 우리는 신분제도라는 봉건적 굴레에 얽매인 평소 하층민들이 가지고 있던 울분의 심리를 엿볼 수 있다.

역사상 반란의 주동자는 거의 사회적 대접을 받지 못하는 집단이거나 천민 출신이었다. 고려시대에 발발한 만적(滿積)의 난, 망이(亡伊)·망소이(亡所伊)의 난, 조선의 홍길동(洪吉同), 이몽학(李夢鶴), 서양갑(徐羊甲), 홍경래(洪景來), 임꺽정, 장길산 등의 반군과 도적의 괴수는 모두 천대받는 신분계층이었다. 자신들이 사회적으로 천대받고 있다는 의식이 있을 때, 그들은 비로소 사회 구조에 대한 변혁을 시도하게 된다. 비슷한 처지에 놓인 계층들이 힘을 한데 모아 인습의 모순을 깨뜨리고자 봉기하는 것이다. 『임거정』에 나오는 인물들—백정, 종, 중인, 역졸 등—은 자신의 처지가 어떠하다는 자아의 각성을 통해 비로소 민중의식이라는 집단적 저항 의지를 갖게 되는 것이다.

작가는 『임거정』에서 나오는 계층 이데올로기의 표출을 통해 봉건사회인

---

214) 홍기삼, 전게서, p. 29.

조선시대에서의 민중자아의 실현을 형상화시키고자 하였다. 『임거정』에서 보여 준 임꺽정의 결의형제들의 이상과 시대 인식은, 비록 그것이 철저하지 못한 점을 감안하더라도 봉건제도에 저항하는 민중의식의 구체적 모습이라는 점에서 간과할 수는 없다. 바로 이러한 요소들이 우리 역사소설에 나타난 민중 의지를 실현코자 하는 가치라고 믿어진다.

『임거정』은 여타의 역사소설들과 근본적으로 성격이 다른 작품으로 이러한 민중의식이 여실하게 드러난 작품이다. 그러나 홍명희는 백정 임꺽정을 형상화시키면서 인물의 전형화에는 큰 성과를 올리지 못하였다. 임꺽정은 백정으로서 시대가 안고 있는 계급 구조의 비인간적 모순을 체득하고 있었으나, 전형적 인물이 되기에 미흡하다고 할 수 있다. 이것은 작품 『임거정』이 계급의식과의 관계가 철저하지 못함을 말해 주는 것이다.

3. 소 결

이상으로 홍명희의 소설『임거정』을 살펴보았다. 계급의식을 고취한 작품이라는 평가를 받는『임거정』은 명종 시대 명화적 임꺽정이라는 실존인물을 통해 그의 도적 행각을 그린 작가의 유일한 소설이다. 임꺽정은 작품 곳곳에서 천민계급인 백정으로 태어난 자신의 신세를 한탄하고 거기에 대한 울분과 한 때문에 도적이 되었음을 말한다. 양반층의 봉물을 털고, 관아를 습격하거나 토벌군에 대항하여 전투를 벌이기도 한다. 이러한 그의 행동은 계급 차별에 대한 척결 의지와 관련되어 있고, 그런 점에서 이 작품은 계급 이데올로기의 표출이라는 주제를 가지고 있다는 평가를 받는다.

또 작품에서 임꺽정 일당은 백성들의 억울함을 신원해 주는 활동을 펼치면서 빼앗은 재물의 일부를 그들에게 나누어주기도 한다. 이런 점에서 임꺽정은 뒤의 홍길동이나 장길산과 함께 의적의 하나라는 소리를 듣지만, 임꺽정의 의적활동은 적극적이지 못하다. 임꺽정 일당의 의적활동은 관리의 불의를 보고 참지 못하여 그에 대한 응징으로 나타나고, 이런 그들의 행동이 백성의 공감을 산 때문이다. 한편 작가가 말한 것처럼『임거정』의 집필이『수호지』등 중국소설의 영향을 받았다면 의형제들의 일부 활약이 의적활동으로 표현되었고, 그것이 작품의 모티프로 작용한 것은 사실이라고 할 수 있다.

그리고 소설『임거정』에서 무엇보다 중요한 사실은, 작가의 언급처럼 조선 정조의 표현이다. 작가는 작품 전체를 통해 우리 의 고유한 세시와 풍속, 고유한 언어, 제도 등 많은 부분에서 우리 옛것을 재현하려고 노력하였으며,

그 결과『임거정』은 조선 정조가 일관되게 묘사되고 있는 작품이다. 그러나
조선의 정조는 역사적 변혁과정에서 구체적으로 제시할 수 있는 특정시대
의 역사적 범주가 아니기 때문에 조선의 정조를 구현하려는 노력은 역사적
변혁 과정에서 소외된 정태적인 관찰로 떨어진다. 이런 점에서『임거정』에
는 조선의 정조를 환기할 수 있는 여러 가지 세부적 묘사가 작품의 전체를
뒤덮게 된다. 그런데 묘사가 제시하고 있는 개별적 디테일은 서로간에 꿰어
질 수 있는 작가의 통일적 의식이 부족한 탓으로 단지 삽화의 성격을 벗어나
지 못하는 약점을 지니고 있다. 즉『임거정』에는 조선의 정조를 환기할 수
있는 수많은 삽화가 나열되어 있다.

　　결론적으로 말해, 30년대 역사소설 중『임거정』은 이념적 가치 지향의
역사소설로서 유일하다. 작가 홍명희는 역사소설을 이념적 대응물로 취급
하고 있지만, 그러나 이 작품은 역사적 풍속 자체를 묘사하는 데 그치고
만 듯한 느낌을 준다. 또 그것은 상호 유기적인 연관성이 없는 삽화로 나타
난다. 이런 점이 당시 평론가들의 평가에 영향을 끼친 것으로 보인다. 따라
서『임거정』은 조선적 삶의 심층적 정서에 근거한 삽화적 풍속사로 볼 수
있을 것이다.

제**6**장

박종화의 역사소설

1. 박종화의 역사소설관

우리 현대문학사에서 월탄(月誕) 박종화(1901-1981)만큼 오랜 기간 문학 활동을 전개하면서, 또한 대단히 많은 작품을 양산했다는 점에서 주목받는 작가도 드물 것이다. 그는 60년의 문단생활을 통하여 모두 3권의 시집, 18편의 장편(대부분 대하소설), 12편의 단편소설을 비롯하여 5권의 수필집과 평론집을 합쳐 방대한 분량의 작품을 남겨 놓았다.

≪백조(白潮)≫ 동인에 참여하면서 본격적인 문학활동을 시작한 월탄은 동지에 초기 낭만주의 계열의 시를 썼으며, 틈틈이 평필을 들어 잡지의 월평을 담당하기도 하였다. 그후 그는 소설 창작에 힘을 기울여 많은 역사소설을 발표, 우리 역사소설의 새로운 지평을 열기도 하였다.

월탄의 문학 활동 중 가장 큰 성과를 이룩한 장르는 소설이고, 그 중에서도 역사소설 분야에서 다른 이들보다 뛰어난 성공을 거두었다. 그는 1923년 우리 근대문학에 있어 최초의 역사소설인 단편 「목 매이는 여자(女子)」를 위시하여 「삼절부(三絶賦)」, 「아랑의 정조(貞操)」 등 역사적 사건을 그 소재로 한 작품을 발표하였다. 그 후 그는 장편소설로 전환하여 계속『금삼의 피』, 『대춘부』, 『다정불심』, 『전야』를 발표하여 한국의 대표적인 역사소설가로서 입지를 굳혔다.

그러나, 이광수, 김동인, 현진건 등 많은 작가들이 역사소설 이전에 당대를 배경으로 한 소설 발표를 통해 이미 문단에서의 확고한 위치를 차지하고 있었던 데 반해, 시인·평론가를 거쳐 소설가로 출발하였을 무렵부터 역사소설만을 전적으로 집필했던 박종화는 평자로부터 통속적인 소설가로 간주

되어 흔히 본격적인 연구의 대상에서 제외되다시피 하였다.215)

월탄은 기회 있을 때마다 역사소설에 대한 소견을 말한 바 있다. 그는 역사소설에서 필히 선행되어야 할 고증의 문제216)에 대해 언급했는가 하면, 자신의 역사소설의 소재에 대한 견해를 피력한 바 있다.

> 나는 내 작품을 쓰는 데 있어 왜 역사에서만 취재를 해서 쓰는지 나 자신한테 물어보아도 얼른 대답할 수가 없다.
> 산을 바라보면 저절로 역사의 줄거리가 생각난다. 물을 대하면 역사의 인물이 흘러간다. 이 사건으로 한번 작품을 써보았으면 하는 감명을 받는다. 이렇게 해서 몇 십 년을 써 내려왔다. 내가 이 세상에서 물을 마시고 살 듯, 나는 한국의 역사적 인물을 생각하고, 한국의 지리를 찾아보고, 한국의 역사적 풍물을 생각하면서 살아간다. 한국은 나의 조국이기 때문이다.217)

여기에서 보는 것처럼 월탄은 우리 역사소설의 창작을 작가의 소명의식으로 느낀 듯하다. 이런 창작 태도는 그를 우리 역사소설의 대표적인 작가의 한 사람으로 평가를 받는 이유가 된다. 월탄이 발표한 1930년대의 역사소설 『금삼의 피』와 『대춘부』, 『다정불심』 등은 주로 궁중비화를 그 소재로 하고 있는데, 궁중의 법도나 의례 등의 묘사에 탁월한 솜씨를 보여준다. 이러한 그의 역사소설은 민족주의자 이광수 이후의 문학 전통을 계승하였으며, 그 섬세한 디테일의 묘사에 있어서나 그 풍부한 사료의 섭렵과 실증적 해독 작업에 있어서 뛰어난 능력을 보여주어 역사소설의 형성기에 있어 가치 있는 업적을 남겼다는 평가를 받는다.218)　그러나 그의 역사소설이 주로

---

215) 강영주, 전게서, p. 87.
216) 박종화, 「역사소설과 고증」, ≪문장≫, 1940. 10.
217) 박종화, 「역사와 문학」, ≪현대문학≫, 1965. 6, p.202.
218) 홍성암, 전게서, p. 126.

궁중비화를 소재로 하였기 때문에 상층에 속하는 왕실과 양반, 관료의 면모만 살폈을 뿐 하층의 풍속과 삶을 도외시했다는 약점을 안고 있다.

역사소설은 그 소재를 역사적인 사건에서 가져온다. 따라서 역사적인 사건 가운데 놓여 있는 인물은 시대에 부합된 사고를 하고, 시대의 상황 아래에서 행동한다. 또한 당시의 제도 아래 존재하며, 가치관 역시 시대의 조류를 좇아간다. 이는 당시를 살고 있는 보편적 인물의 보편적 모습이다.

사실(史實)에 대한 역사의식의 요구에서 비롯하여 상상력에 의한 사실의 재구성이 역사소설의 외적인 면을 구성하는 중요한 특성 중의 하나라면, 역사소설가는 여기에서 아무도 자유로워질 수 없다. 또 "역사는 두 세대 이전의 과거사를 취급하되 그 과거는 역사적 사건으로 정치, 경제, 전쟁 등 개인적인 운명에 영향을 주는 것이라야 한다."라는 플레시맨의 언급은 시대의 상황이 어느 정도 중요한가를 일컫는 말이고, 이것은 역사소설에서의 고증 문제가 얼마만큼 중요한가 하는 사실을 강조한 것이라고 보아도 무리가 없을 줄 안다.

월탄 역시 역사소설에서의 고증 문제를 중요시하여 다음과 같이 자신의 견해를 밝힌 바 있다.

> 역사소설도 소설인 이상 하나의 소설이 될뿐, 소설 이상의 것도 아니요 소설 이하의 것도 아니다.
> 작자가 어떠한 한 개 방편으로 대상의 제재를 이곳에 취했을뿐 보통 소설과 달은, 이론과 비법이 있을리없다. 〈중략〉 그러하므로 역사소설가는 소설가에 그칠뿐이지 역사가로 허락할 수는 없는 것이오 역사소설은 소설이 될뿐이지 결단코 사학의 지위에 스지 않는다. 이런 까닭에 역사가는 한구절 한 대문을 소홀이 취급할 수 없는 엄정한 사학연구가요, 역사소설가는 어디까지든지 예술의 부문에 한선도 넘어서는 안될 자유분방하게 공상을 얽을 수 있는 예술인이어야 한다.
> 〈중략〉

그러므로 소설가는 역사가가 찾아내려 하는 고심초조하는 사학적 고증은 필요치 않는다. 얼른 예를 든다면 백제의 하남 위례성이니 풍납리 궁터니 이(미?)아리니 한양이니 하고 한 평생을 이 연에 몰두할것도 없고 황진희 나이가 서화담보다 열 살이 틀리느니 다섯 살이 틀리느니하고 다투어가며 이 문제에 억매여 휘둘린 까닭도 없다. 〈중략〉 모든 현대의 다른 소설이 풍속에 어두어서는 아니되는 거와 마찬가지로 역사소설도 풍속에 어두어서는 아니된다. 〈중략〉 그러나 역사소설에 있어서는 이미 지나간 시대의 생활과 풍속인만큼 눈에 어렴풋하고 머리에 히미하지 않을 수 없다. 이곳에 우리는 비로소 그 시대의 생활과 풍속도가 얼마나 긴요하게 되는 것을 새삼스럽게 절실히 느끼게 되는 것이다. 이것이 이른바 역사소설은 현대소설보다 고증을 필요하다는 한 개 까다로운 다른 점이다.[219]

그러나 이 글의 논리는 전후가 서로 모순된다. 필자는 처음에는 역사소설의 고증에 대해 그리 비중을 주지 않는다고 했지만 뒤에 와서는 시대상과 풍속도는 역사소설에 있어 매우 중요한 요소라고 말한다. 그러나 그것을 잘 알 수 없음이 문제라고 하였다. 이는 역사소설에서 역사적 사건이나 생활상, 풍속, 인물 등이 매우 중요하다는 것을 의미하고, 가급적이면 이런 요소가 소설 속에 제대로 반영되어야 한다는 뜻이 된다.

「목 매이는 여자」는 사육신의 단종 복위 사건을 그 배경으로 한다. 신숙주는 아들을 모두 죽이겠다는 세조의 위협에 배신을 결심한다. 그 배신은 충에 대한 배신이며, 선왕의 고명에 대한 배신인 동시에 성삼문, 박팽년 등 친구들에 대한 배신이다. 그러나 그것은 자신에 대한 배신이고, 아내 윤씨에 대한 배신이다. 여기에 신숙주의 고민이 있으며, 소설은 줄곧 그 갈등을 안고 진행된다. 그 중에서도 신숙주에게 가장 커다란 아픔은 자기에게 침을 뱉고 목을 매어 자결한 아내의 질책이었다. 결국 이 소설에서 작가가 말하고

---

219) 박종화, 「역사소설과 고증」,《문장》, 1940. 10, pp. 136-137.

자 하는 바는 바로 윤씨 부인의 자결에 있다고 보아야 한다.

그러나 소설과 사실은 다르다. 사육신의 단종 복위 사건이 실패로 돌아가 많은 집현전 학사 출신의 인물이 죽어갈 무렵은 사실에 있어서는 윤씨 부인이 병사한 지 6개월이나 지난 뒤였다. 이 소설에서 무엇보다 중요한 것은 신숙주와 부인 사이에서 일어나는 갈등이고, 또 부인의 죽음이 소설의 절정 부분에 해당된다면, 이미 죽은 부인을 소설 속에 되살려 놓은 것은 아무리 작가의 의도에 따라 그 필요성이 인정된다 하더라도 커다란 약점으로 꼽힐 수밖에 없는 부분이다. 이것은 단순한 고증상의 문제를 떠나 역사적 사실의 왜곡에 해당된다고 보아야 옳다. 이 작품의 주제는 윤씨 부인의 행동에 따라 파악되어야 함에도 이미 고인이 된 인물을 살아 있는 것처럼 다시 소설 속에 등장시킨 것은 문제점의 하나로 지적되어도 좋으리라 생각한다.

그렇지만 월탄은 궁중비화를 그린 역사소설에서는 탁월한 고증 솜씨를 자랑한다. 풍속이나 의상의 묘사, 관직명 등에서 작가는 특유의 섬세한 필치를 휘둘러 민족의 정서를 고양시키는 데 일조한다. 이는 "분위기와 환경 묘사라는 점에서 볼 때 월탄의 작품은 일대 보고"[220] 라는 박용구의 평가에서도 드러난다.

월탄의 장편역사소설에 등장하는 인물은 대개 왕이나 관료 계층이다. 그것은 그의 소설 대부분이 궁중을 그 배경으로 하고 있기 때문이다.『금삼의 피』는 연산을 주인공으로 하고 있고,『대춘부』는 인조와 효종 등 왕과 당시의 신하들이 등장한다. 또『다정불심』은 공민왕과 노국공주의 사랑 이야기를 다루었고,『전야』는 흥선군 이하응의 낙백시절을 다룬 이야기이다. 그러다 보니 소설 속의 인물은 유교적인 가치관에 의한 전형적인 인물만이 등장한다.『금삼의 피』에 등장하는 신료들의 대부분은 출세와 보신에 연연하고, 궐내에 사는 여인들은 왕의 사랑을 차지하기 위해 모략과 질투를 일삼는

220) 박용구,『역사소설입문』(서울:을유문화사,1969), p.302.

단순한 성격의 인물이다. 또『대춘부』의 등장인물 역시 두 가지 부류로 구분된다. 국가의 장래와 백성의 안위를 걱정하는 최명길, 임경업, 김상헌, 홍익한, 오달제, 윤 집으로 대표되는 인물과 김 류, 김자점 등 자신의 생명 보존과 출세 지향의 인물이 그것이다. 물론 작가가 긍정하는 인물은 전자이지만, 그들도 개성적인 인물은 되지 못한다. 전쟁이라는 극한상황이 개성적인 인물의 등장을 용납하지 않을 수도 있지만, 이런 인물의 형상화는『다정불심』이나『전야』등의 작품을 보더라도 작가가 자주 사용하는 편이다. 이는 루카치가 정의한 역사소설의 개념에서 많이 벗어나는 것이다. 루카치는 역사소설의 주인공은 중도적 인물에서 가져 와야 하고 중도적 인물을 통해 한 사회의 총체성, 즉 상층과 하층의 모두를 함께 보여줌으로써 사회의 본질적 모순을 드러내야 한다고 보았다. 이 기준에 의한다면 박종화의 역사소설에 나타나는 인물은 대부분 상층의 인물로서, 자연히 소설 속에 하층의 삶은 제외되어 있다.

한편 세 편의 단편역사소설의 인물은 모두 여성이라는 공통점을 가지고 있다.「목 매이는 여자」는 신숙주의 부인 윤씨,「삼절부」는 송도의 기생 황진이,「아랑의 정조」는 도미의 처 아랑을 주인공으로 삼아, 사대부 집안의 여인, 기생, 목수의 아내 등 그 신분이 다양하다. 그러나 신분의 다양함에도 불구하고 그들의 성격은 대동소이하여 한 마디로 절개의 여인상을 그렸다고 할 수 있다. 윤씨 부인의 절개를 충(忠)을 따르는 절개라고 한다면, 황진이는 자신의 감정에 충실한 절개요, 아랑의 절개는 열(烈)에 해당되는 절개이다. 다만 윤씨 부인과 아랑의 절개를 유교적 이념을 앞세운 절개라고 한다면, 황진이의 절개는 오히려 유교적 이념에 대한 저항에서 온 것으로, 앞의 두 사람에 비해 훨씬 근대적인 사고를 지닌 인물이라 할 수 있다.

월탄의 가계(家系)는 유교적 전통을 지니고 있다. 조부와 부친이 모두 한말의 벼슬을 하였으며, 월탄 자신도 휘문의숙에 입학하기 전까지 한문을 수학했다. 또 월탄은 일생을 큰 굴곡 없이 살았다. 이런 점이 월탄으로 하여

금 전통적인 사고를 하도록 만들었다.

월탄의 일기장에도 여러 차례 나타나듯 그가 중요하게 여기는 덕목은 충과 열, 그리고 효와 제였다. 이러한 월탄의 가치관이 역사소설의 인물이 지닌 가치관으로 투사되는 것은 흔한 일이다. 그러나 그런 가치관이 현실에서는 당연히 바람직한 것이지만 소설 속에서는 지극히 평면적, 몰개성적 인물로 형상화 될 수밖에 없음은 아쉬운 점이 아닐 수 없다.

2. 작품론

(1) 『금삼의 피』

장편소설『금삼의 피』[221]는 폭군으로 알려진 연산군의 심리적 파탄과정
을 무오사화(戊午史禍)와 갑자사화(甲子士禍)의 역사적인 사건과 병행하여
형상화한 소설[222]로서, 연산군의 생애를 좇아 서술한 작품으로 이른바 궁중
비화를 소재로 한 역사소설이다. 즉 왕의 여성 편력을 중심으로 하여 후궁들
사이에 벌어지는 질투와 음모, 그리고 거기에 연루되는 당쟁과 사화 등 궁중
의 숨은 이면을 다룬 소설이다.[223]

> 때는 바야흐르 태평성대, 영특한 임금, 갸륵한 어른으로 존승을 받
> 으시는 성종으로도 호색이 빌미가 되어, 비·빈 사이에 질투의 불길
> 이 일어나고, 나중에 세자의 어머님이요 곤전마마이신 막중한 왕비를
> 폐위시키고 또 사약을 내리니, 백성의 집인들 어찌 이런 흉변이 있으
> 랴. 한 지어미 원한을 품으매 오월에도 서리가 내린다거늘, 막중한
> 왕비어니 종묘사직이 어찌 위태치 아니하랴.[224]

소설은 조선의 성군으로 알려진 성종(成宗) 시대를 배경으로 시작되어

---

221) 1937년 3월 20일부터 동년 12월 29일까지 〈매일신보〉에 연재되었으나 여기에서
　　는『한국문학전집』제5권(민중서관, 1965)에 게재된 작품을 텍스트로 사용하였다.
222) 강영주, 전게서, p. 88.
223) 상게서, p. 89.
224) 「금삼의 피」 서사.

중종반정으로 그 끝을 맺는다. 어린 나이에 등극한 성종은 매우 영특한 임금이었지만, 소설 속에서는 우유부단하고 주체가 없는 인물로 그려진다. 작가가 여러 차례 성종을 "밝은 임금, 어진 임금, 효자 임금, 글 잘 하시는 임금"[225]이라고 소개하고 있지만, 소설 어디에도 밝은 정치가로서의 성종의 모습은 보이지 않는다. 그 뒤를 이어 왕위에 오른 연산은 우리 역사상 가장 포악한 폭군이었다. 작가는 연산의 실정과 탐학을 어머니를 잃은 아들의 입장에서 이해하고자 하였다.

소설은 「장한편」, 「사모편」, 「필화편」, 「조한편」, 「실국편」 등 모두 5편으로 나누어진다.

제1편 「장한편(長恨篇)」에서는 성종의 여색 행각과 폐비 윤씨 사건이 서술된다. 성종은 왕비 한씨가 죽은 후 호색하여 많은 후궁을 두었고, 이들 사이의 투기는 이미 대궐 안의 비극을 예고하고 있었다. 임금의 총애를 다투던 윤씨와 정씨는 함께 후궁의 신분이었지만 윤씨는 아들 연산을 낳은 후 계비의 자리에 오르고 윤씨의 소생인 연산은 왕세자로 책봉된다. 그러나 임금이 왕비보다 다른 후궁들을 더 총애하는 데서 왕비의 질투심은 더욱 고조된다. 더욱이 임금의 사랑과 인수대비(仁粹大妃)의 비호를 받고 있는 정씨가 윤비를 대하는 태도가 고분고분하지 않자 윤비는 정씨를 불러 심한 매질을 한다. 여기에 화가 난 정씨는 부적을 만들어 연산을 저주하게 되고 이 사실을 알게 된 윤비는 정 씨의 화상을 그려 벽에 붙여 놓고 활로 쏘며 정씨를 저주하는 굿을 벌이는데, 이를 알게 된 임금은 폐비를 거론하는 등 윤비를 미워하며 더욱 멀리 한다. 어느날 질투심에 눈먼 윤비는 임금과 심한 언쟁 끝에 성종의 용안에 손톱자국을 내게 된다. 이 사건으로 윤비는 폐비(廢妃)가 되어 사가(私家)에 돌아가고 마침내 인수대비와 정씨 일파의 모함으로 사약(賜藥)을 받는다. 폐비 윤씨는 죽으면서 피눈물이 묻은 금삼(錦衫)

---

225) 「금삼의 피」, 『한국문학전집』 제5권, p. 120.

을 친정 어머니 신씨에게 주며 아들 연산이 장성하여 왕위에 오르면 이를
전해주도록 당부한다.

제2편 「사모편(思母篇)」은 연산의 어린 시절과 왕이 된 후의 일을 서술한
다. 연산은 어려서 아주 총명했다. 그러나 제안대군과 어울려 노는 동안
자신의 생모는 현재의 왕비 신씨가 아니라 자신이 폐비 윤씨의 자식이라는
사실을 알고 난 후부터 연산의 성격은 비뚤어진다. 성종의 뒤를 이어 왕위에
오른 연산은 생모의 복위를 꾀하지만 인수대비를 비롯한 많은 신하들의
반대로 뜻을 이루지 못 한다. 이 때문에 연산은 점점 성격이 포악해지고
술과 여자로 방탕의 길을 걷는다.

제3편은 「필화편(筆禍篇)」이다. 연산군 4년 선왕 성종의 실록을 편찬하기
위해 실록청(實錄廳)을 열었을 때, 그 당상(堂上)을 맡고 있던 이극돈(李克
墩)은 김일손(金馹孫)의 사초에서 김종직(金宗直)이 지은 「조의제문(弔義帝
文)」을 발견하게 된다. 의제는 진(秦)이 망할 무렵 초(楚)의 항우(項羽)와 한
(漢)의 유방(劉邦)이 함께 내세운 황제였다. 그러나 항우는 의제가 탄 배에
구멍을 뚫어 의제를 시해했다. 김종직은 항우가 의제를 죽인 역사적 사실에
빗대 세조가 왕위를 찬탈하고 단종을 죽인 것을 비방한 것이다. 이극돈은
유자광(柳子光) 등 훈구파(勳舊派)와 공모하여 이 사실을 연산에게 고한다.
이에 격로한 연산은 이미 죽은 김종직의 관을 파헤쳐 그 시체의 목을 베는
한편 김일손, 권오복, 이 목, 허 반, 권경유 등을 죽이고, 정여창, 강 겸,
이수공, 김굉필 등 수많은 사람들을 귀양 보냈다. 이극돈, 윤효손 등도 수사
관으로서 임무를 다하지 못 했다 하여 파직되었으며, 이로써 무령군 유자광
의 위세는 더욱 커지게 되었다. 이 무오사화의 결과 연산의 황음과 방탕은
도를 더해갔고, 조정에는 간신배만 들끓었다.

제4편 「조한편(祖恨篇)」에서는 생모의 죽음에 대한 비밀이 알려지고, 이
에 대한 복수가 그려진다. 폐비 윤씨의 친정 어머니 신씨는 지금껏 지니고
있던 피가 묻은 금삼을 연산에게 전한다. 지금껏 생모의 잘못으로 폐비가

되고 사약을 받은 줄로만 알고 있던 연산은 이 사건의 배후에 인수대비와 후궁 정씨와 엄씨 등의 음모가 있었음을 알게 된다. 연산의 한은 극에 달하고, 임사홍을 비롯한 간신배들이 앞장서서 연산에게 복수를 사주한다. 연산은 이 기회에 생모 윤씨의 신원과 함께 자신에게 비협조적인 공신들을 제거하기로 한다. 연산은 먼저 정씨와 엄씨를 죽이고 그들의 소생 역시 원지(遠地)에 귀양을 보냈다가 후에 모두 죽여 버린다. 또 조모인 인수대비마저 머리로 가슴을 받아 죽게 만든다.

연산이 폐비 윤씨를 복위시켜 성종묘에 배사하려 하자 권달수, 이 행 등이 적극 반대하자 권달수를 죽이고 이행을 유배시킨다. 또 폐비 윤씨의 폐출(廢黜) 사건이 거론되었을 때 이에 찬성했던 윤필상, 이극균, 성 준, 이세좌, 권 주, 김굉필 등을 사형에 처했으며, 이미 고인이 된 한명회, 한치형, 정창손, 어세겸, 심 회, 정여창, 남효온 등은 부관참시 되었다. 이것이 바로 연산군 10년에 일어난 갑자사화였다. 윤씨의 사사 사건을 계기로 일어난 갑자사화는 참혹한 옥사였다.

제5편은 「실국편(失國篇)」이다. 양대 사화와 연산의 폭정으로 말미암아 백성의 원성은 높아지고 지조 있는 선비들은 조정을 등지게 되었다. 그러나 연산은 장록수 등의 후궁과 더불어 방탕한 생활에 탐닉한다. 마침내 박원종, 성희안 등이 주동이 되어 진성대군을 왕위에 추대하는 중종반정이 일어나고, 연산은 권좌에서 쫓겨나 교동(校洞)에 안치되어 쓸쓸한 죽음을 맞는다.

연산은 조선의 역사에서 가장 악독한 폭군으로 꼽힌다. 할머니를 죽이고, 백모에게도 패륜의 행동을 서슴치 않았으며, 부왕의 후궁들마저 죽인 후 이복형제들도 죽이거나 귀양을 보냈다. 신진사류를 비롯한 수많은 관료와 선비들을 죽이고 언문을 사용하지 못 하도록 했다. 채홍사를 두어 전국의 미녀를 뽑아 성적 방탕을 일삼았으며, 원각사를 폐하여 기생들의 놀이터로 삼았다. 이러한 정치는 자연 백성의 삶을 도탄에 빠지게 하였고, 당시 문화의 진작이란 전혀 이루어질 수 없었다.

폭군 연산을 주인공으로 삼은 이 작품은 연산의 패덕과 횡포가 모두 생모 윤씨에 대한 그리움 때문이라고 보았다. 연산은 어머니에 대한 그리움과 정에 굶주린 하나의 평범한 인간에 지나지 않는다. 지독한 생모에 대한 그리움은 생모의 억울한 죽음을 알게 되자 광포와 잔인성으로 굴절되어 나타난다. 단지 연산은 악독한 군주이라기보다 어머니에 대한 그리움에 사무친 가엾은 아들에 불과할 뿐이었다.

> 앞길은 캄캄하다. 가시성이다. 어머니 없는 외로운 마음을 누구를 대하여 호소할 거냐. 죄인의 아들, 계비의 아들, 조지서(趙之瑞)의 업수이 여기는게 당연하다.
> 동궁은 눈을 들어 별빛 반짝거리는 넓은 하늘을 쳐다보며
> "어마마마, 왜 죄를 저지르셨오. 왜 나를 어머니 없는 외로운 사람이 되게 하셨오."
> 하고 마음속으로 부르짖었다.226)

이것은 연산이라는 인물에 대한 재해석일 수 있다. 작가는 불쌍한 한 인간에 대한 동정의 시선을 보내는 동시에 역사에 대한 새로운 평가를 내린다. 그것은 「목 매이는 여자」에서도 마찬 가지였다. 역사소설은 역사적 사건에서 취재를 해오긴 하지만 역사에 대한 재해석은 어디까지나 작가의 몫이기 때문이었다.

그러나 이 작품은 그 평가에 있어 많은 문제점을 가지고 있다. 대부분의 월탄의 역사소설이 그렇듯 이 역시 궁중의 비화를 그 소재로 하면서, 성종과 연산 두 임금의 그칠 줄 모르는 여성 편력과 왕의 사랑을 두고 후궁들 사이에서 벌어지는 음모와 질투, 복수로 얼룩진 치정극과 여기에 연루된 사화 등 치부가 자칫 우리 역사의 전부인 양 인식되어질 우려를 감출 수 없다. 작품 속에 등장하는 인물 가운데 긍정적인 인물은 거의 없다. 왕들은 성에만

---

226) 「금삼의 피」, p. 112.

탐닉하는 황음의 존재로 그려지고, 궁중의 여성들 역시 음모와 질투의 화신
이다. 한편 관료들은 일신의 영달, 가문의 영화와 함께 보신에만 열심이다.
역사적 인물에 대한 이러한 월탄의 부정적인 시각은 일제의 식민사관과
상응되기도 한다는 비판을 받기도 한다.[227]

(2) 『대춘부』

외적의 침입에서 오는 민족의 수난과 항쟁을 서술한 장편소설 『대춘부』
[228]는 전작인 『금삼의 피』와 여러 면에서 대조된다. 이 작품은 병자호란(丙
子胡亂)이라는 민족의 수난을 제재로 하여 민족의식을 고취시키려는 의도
에서 집필되었다는 견해가 지배적이다.[229] 소설은 인조비의 승하에서부터
시작되어 북벌계획을 수립하고 이를 실천에 옮기던 중 효종이 승하하는
30년간의 이야기를 실록 등 각종 사료를 참조하여 사건과 인물 위주로 충실
하게 서술하였다.

소설은 「큰 별은 떨어지고」, 「피난길」, 「남한산성(南漢山城)」, 「조선의
향기」, 「일편단심」, 「강화 함락」, 「삼학사」, 「만고한(萬古恨)」, 「파란(波瀾)」,
「한숨」, 「북벌(北伐)」 등 모두 11편으로 구성되어 있지만, 줄거리는 크게
세 부분으로 나눌 수 있는데, 병자호란이 일어나게 된 원인과 경과를 그린
첫째 부분과 임경업과 최명길이 국치를 씻고자 하는 둘째 부분, 그리고 효종
의 북벌의지와 그 좌절을 그린 것이 셋째 부분이다.

정묘호란이 끝난 후 나라에는 반청(反淸) 정서가 팽배해 있었다. 이러한

---

227) 강영주, 전게서, p. 91.

228) 1937년 12월 1일부터 1938년 12월 25일까지 〈매일신보〉에 연재되었으나, 여기에
    서는 1974년 조광출판사본을 텍스트로 사용하였다.

229) 홍성암, 전게서, p. 140.

때 인조의 비가 산후 조리의 잘못으로 승하한다. 이에 청의 황제는 용골대
(龍骨大)와 마부대(馬夫大)를 조문사절로 파견한다. 그러나 용골대와 마부대
는 무장한 군사들이 빈소를 지키고 있는 것을 보고 겁이 나서 도망치던
중 군중의 야유와 돌팔매를 맞는다. 이게 병자호란의 원인이다. 한편 최명길
(崔明吉)은 큰 별이 떨어지는 것을 보고 정충신(鄭忠信)이 병사하리라 예감
한다. 정충신은 임경업(林慶業)을 추천하는 유언장을 보내온다.

병자년 동짓달, 의주의 백마산성에 적의 침입을 알리는 봉화가 오르고
의주부윤 임경업의 장계가 도달한다. 조정에서는 영의정 김 류(金瑬)의 아들
김경징(金慶徵)을 강화도 검찰사로, 이민구(李敏求)를 부검찰사로 각각 임명
하고, 봉림대군(鳳林大君), 인평대군(麟平大君)을 비롯 원손과 빈궁 등을 강
화(江華)로 피난시킨다. 청군은 포로가 된 장단부사 황 직(黃㮨)을 앞세워
서울 근교에 이르자, 인조는 최명길의 주청에 따라 남한산성으로 이어하게
된다. 이 장에서는 청군의 내침을 충분히 예상하면서도 이에 대처하지 못
한 조정과 대신들의 무사안일한 태도가 드러나 보인다.

영의정 김 류는 도체찰사(都體察使)를 겸하고 있었는데 처음부터 청과의
화친을 주장하던 인물이었다. 최명길이 적장 마부대에게 내침의 경위를 묻
자, 마부대는 겉으로는 형제의 의를 말하고 뒤로는 화친하지 말 것을 평안감
사에게 내린 비변사의 공문을 내보여 내침의 이유를 밝히면서 진정 화친의
의사가 있다면 첫째, 왕자를 볼모로 보낼 것, 둘째, 대신을 볼모로 보낼
것, 셋째, 척화(斥和)를 주장하는 신하를 청으로 보낼 것을 요구한다. 이에
홍익한(洪翼漢), 오달제(吳達濟), 윤 집(尹集) 등 삼학사(三學士)가 크게 반대
하지만, 최명길은 고사를 인용하며 화친을 주장한다. 한편 의주에 있는 임경
업은 지략과 무용을 겸비한 장수로서, 한때 마부대가 몰래 의주에 와서 그를
시험해보고는 그의 행적에 놀라 신인(神人)으로 여겨 두려워 했다. 남한산성
에서는 주화파(主和派)와 주전파(主戰派) 사이에 격론이 벌어진다. 처음에는
김상헌(金尙憲), 신익성(申翊聖) 등의 주전파가 우세하여, 이들의 건의에 따

라 인조가 윤음을 발표하고 널리 군사를 독려했지만 구원병의 소식은 없었다. 원두표(元斗杓) 등이 소규모 전투에서 승리하긴 했지만, 더 이상 항전할수 없는 지경에 이르자 최명길은 화의서를 작성한다.

유도대장(留都大將) 심기원(沈器遠)은 서울을 방위하지 못한 채 도망간다. 가달(假撻)이 인솔한 청나라 병사들은 서울을 마음껏 노략질하고 부녀자들을 겁탈하는 만행을 자행한다.

최명길이 항복서를 짓지만 김상헌은 그것을 찢어버린다. 항복서를 짓는 최명길이나 항복서를 찢는 김상헌의 마음은 똑 같다. 그 속에는 임금과 나라를 위하는 뜨거운 마음이 있었다. 결국 최명길은 항복서를 가지고 적장 용골대에게 간다. 용골대는 조선왕이 청 황제에게 직접 무릎 꿇고 항복할 것과 척화를 주장했던 인물을 모두 청으로 보낼 것을 요구한다.

청병에 의해 강화도가 함락되고, 두 왕자와 원손이 붙잡힌다.청병들의 약탈로 말미암아 강화도는 황폐화된다. 충청수사 강진가(姜晉假)는 배 7척으로 결사 항전하지만, 검찰사 김경징, 부검찰사 이민구는 군사를 버리고 도망한다. 한편 김상헌의 형 김상용(金尙鎔)은 폭약으로 순사하고, 이 밖에 수많은 선비와 백성들이 청병에 대항하다가 순절한다.

용골대는 척화를 주장하던 인물들을 보내주어야만 산성의 포위를 풀겠다고 한다 이에 조정에서는 갑론을박 끝에 삼학사를 보내기로 한다. 청의 진에 들어간 최명길은 강화가 이미 함락되었다는 말을 듣고, 대군과 비빈들을 만나게 된다. 여기에서 최명길은 나라의 근본을 온전히 지킬 수 있는 길은 주화밖에 없다는 현실을 인식한다. 최명길은 조정에 돌아와 눈물을 흘리며 인조의 출성과 항복을 왕께 주청한다. 마침내 왕의 항서가 작성되고, 김상헌은 자결을 꾀하고, 이조참의 이경여(李敬輿)는 머리를 주춧돌에 부딪쳐 피를 흘리며, 항복에 반대한다. 결국 인조는 삼전도(三田渡)에 나아가 청의 황제에게 항복하고, 환궁하게 된다. 청의 황제도 저희 나라로 돌아간 다음 청병은 많은 조공품과 소현세자(昭顯世子)와 세자빈, 봉림대군 등 볼모를 데리고

회군한다. 한편 김류는 이러한 난세를 틈타 용골대에게 아첨하며 청군의
위세를 업고 장차 권력을 잡고자 획책한다. 다음은 임경업이 청으로 끌려가
는 홍익한을 융숭하게 대접하고, 청병에게 잡혀가는 포로 200여명을 구출한
다. 심양(審陽)에 끌려간 윤집과 오달제는 청 황제의 직접 회유에도 불구하
고 끝까지 저항하다 고결한 순국을 맞는다.

임경업과 최명길은 신 헐(申歇), 독보(獨步) 두 승려와 홍승주(洪承疇),
오삼계(吳三桂) 등 명(明)의 장수들과 연합하여 국치를 씻고자 계획한다.
그러나 홍승주가 청에 투항하자 이 계획의 전모가 청에 알려진다. 임경업과
최명길은 붙잡혀 심양으로 압송되는데, 중도에 임경업은 탈출하지만 대신
부인이 끌려가 모진 고문을 당하고는 자결한다. 이때 김상헌도 청으로 압송
된다. 승려로 몸을 감추어 지내던 임경업은 다시 한번 명과 손을 잡기 위해
명의 등주(登州)에 도착하지만 홍승주에 의해 청에게 넘겨진다. 명의 수도
북경(北京)을 함락한 청은 소현세자와 봉림대군, 최명길, 김상헌 등을 돌려
보내지만, 임경업은 김자점(金自點)의 무고에 의해 극형에 처해진다.

소현세자가 죽은 다음, 대신 왕에 오른 봉림대군은 청에 설욕하기 위해
북벌을 계획하며 널리 인재를 모아, 이 완(李浣), 김 척(金隻), 송시열(宋時烈)
을 중용하는 한편 명의 유민들을 환대한다. 효종(孝宗)은 남한산성을 보수하
고 말을 기르며, 조총을 만들게 하는 등 적극적인 북벌을 추진하지만 반대
세력도 적지 않아 김자점을 비롯 친청파(親淸派)의 집요한 방해 공작도 여러
차례 있었다. 그러나 북벌을 지휘하던 김상헌, 이경여가 죽고, 효종마저 기
우제를 지내다가 급환으로 재위 10년만에 승하하게 되니 결국 북벌은 실행
에 옮겨지지 못하고 만다.

이 작품은 『대춘부』라는 제목이 시사해 주는 것처럼 이민족의 침입과
거기에 저항해 싸우는 우리 민족의 저항을 소설화한 것으로서 은연중 일제
치하에서 우리 민족의식을 고취하려는 의도가 엿보이는데, 이런 점에서 춘
원의 『이순신』이나 현진건의 『흑치상지』와 서로 공통되는 점이 있다.

이 소설은 실록과 「산성일기(山城日記)」 등 많은 역사 자료를 인용하였기 때문에 월탄의 그 어느 작품보다도 사실에 충실하다. 많은 역사적 인물이 등장하고, 그들에 대한 인물의 형상화에 비교적 성공을 거두고 있다. 인물의 성격의 다양화는 이 작품이 여타의 작품과는 달리 병자호란이라는 역사적 사건을 소재로 하고 있기 때문이다. 『금삼의 피』나 『다정불심』이 어느 개인과 관련된 역사를 다룬 데 비해 이 작품은 역사적 사건을 우선하고, 다음에 그 사건과 관련이 있는 인물을 형상화시켰기 때문이다.

그러나 작품 곳곳에 등장하는 우국지사와 충신·열녀를 묘사함에 있어 감상적이고도 주관적인 논평이 과도하게 남발되었음은 지양되어야 한다.

> 4월 열아흐렛날 길고 긴 해가 심양 서문 밖 산허리를 감돌 때 천고의 의기 남아 오달제 윤집의 거룩한 영혼은 만리 호지 삭막한 모래사장에서 고국산천을 향하고 소리쳐 날으게 되었다. 〈중략〉 한 자루 붓촉을 들은 약한 선비 3학사는 넉넉히 호군 30만을 대항하였고, 만승 천자를 꿈꾸는 홍타시를 호령하였다. 의기는 태산과 더불어 높이를 다투고 충심은 일월과 같이 빛났다.230)

이상에서 보는 것처럼 작가의 감상은 도를 지나쳐 독자에게 그것을 강요하는 입장을 보인다. 충의정신에 대한 작가의 생각은 작품에서 김상헌이나 삼학사 등 척화론자에 대한 일방적인 예찬으로 나타난다.

『대춘부』는 병자호란이라는 민족의 수난을 형상화하되, 단순히 좌절과 절망에 그친 것이 아니라 그것을 뛰어넘어 수난을 극복하고 민족의 자존심을 회복하고자 임경업, 최명길이 명과 연합하여 청을 치고자 했던 것과 효종이 신하들과 함께 북벌을 계획하는 등 일련의 행동이 시대적인 공감대를 이룩할 수 있었던 작품이다.

---

230) 「대춘부」, p. 246.

소설의 제목이 암시하듯 봄을 애타게 기다린다는 뜻에서 패배에 굴하지 않고 봄을 위해 노력했던 과거 역사를 되살림으로써 식민지 치하의 우리 민족이 나아갈 바를 우회적으로 드러내고자 했던 것이다.[231] 바로 이 점은 "역사소설은 과거의 사건을 통하여 현재의 의미를 재해석하고 역사의 방향을 탐색하면서 삶의 구체성을 제시하는 데 그 의식을 찾을 수 있다."[232]라는 윤홍로의 지적대로 병자호란이라는 민족적 비극이 1930년대 당시의 민족의 비극적인 삶과 유사점을 지니고 있다고 보아 무방하다. 또한 이는 "현재와의 생생한 관계없이 과거의 형상화란 불가능하다."라고 말한 루카치의 이론과도 일치한다.

(3) 『다정불심』

『다정불심』[233]은 공민왕(恭愍王)의 생애를 추적한 작품으로서, 『금삼의 피』가 연산의 성격 파탄을 제재로 했다면 『다정불심』은 공민왕의 성격 파탄을 그린 작품이다. 연산이 어머니 윤씨 사사 사건의 진실을 알면서부터 광적인 행동을 일삼은 데 비해 공민왕은 사랑하는 노국공주(魯國公主)가 죽음으로써 성격 이상을 일으킨다.

소설은 처음부터 끝까지 공민왕을 중심으로 사건이 전개된다. 원의 왕녀인 노국공주 보탑실리와 혼인한 왕은 노국공주와 더불어 행복한 생활을 즐긴다.

---

231) 윤병로, 『박종화의 삶과 문학』(서울:서울신문사,1993), pp. 265-266.

232) 윤홍로, 전게서, p. 195.

233) 1940년 11월부터 다음해 7월 사이에 〈매일신보〉에 연재. 여기에서는 『한국문학전집』 제5권(민중서관, 1965)에 게재된 작품을 텍스트로 사용하였다.

　　노국공주 보탑실리가 시녀에게 부축되어 나타난다. 금실로 수를
　　놓은 자주빛 모자를 구름 같은 검은 머리 위에 비스듬히 젖혀 얹었다.
　　백모란꽃보다도 더 화사한 얼굴은 약간 상기가 된 듯 두 볼이 불그레
　　했다. 눈보다도 더 흰 긴 치마를 끌어 곱게곱게 분홍 수신을 내딛는
　　걸음거리는 전각에 서 있는 관음보살이 도리어 무색할 지경이었다.
　　사뿐 고개를 수그린 반듯한 이맛전 아래는 갸름한 속눈썹에 안개가
　　서린 듯 했다.[234]

　소설에서 노국공주는 흡사 천상선녀의 모습이다. 거기에다 슬기로움까지
지닌 인물이었다. 자연 왕은 공주를 의지하고 그 사랑에 도취되었으며, 그
사랑을 바탕으로 원의 지배로부터 벗어나 고토를 회복하는 등 과감한 정치
적 역령을 보인다. 그러나 노국공주가 죽자, 왕의 절망감은 극도에 달한다.
노국공주와의 사랑이 컸던 만큼 절망감도 매우 클 수밖에 없었다. 왕에게
있어 노국공주는 단순한 연인이 아니라 절대적인 신앙과 같은 존재였다.
절대적인 신앙이 무너졌을 때 왕은 상실감에 사로잡혀 빠져 나올 수 없게
된다. 노국공주는 공민왕이 왕위를 계승할 수 있도록 도와주었으며, 기 철
(奇轍) 등 친원(親元) 세력의 횡포로부터 왕을 보호해 주었던 것이다.

　　왕은 차마 정을 못 이기는 듯 벌떡 자리에 일어나서 병풍을 걷고
　　노국공주의 시체를 어루만지며 흑흑 느낀다.
　　이월 열 엿샛날 밤, 밝은 달빛이 휘영청히 번져 창문을 비쳤다. 병풍
　　에 가려진 침침한 어둠 빛이 아늑하게 달빛을 끌어들여 자는 듯이
　　눈감고 누운 노국공주의 하이얀 뺨을 소리 없이 비쳤다. 달빛 아래
　　공주의 얼굴은 생시나 조금도 다를게 없었다.
　　달빛과 공주! 달빛과 공주! 왕의 창자는 토막토막 끊어지는 듯
　　했다.[235]

---

234) 「다정불심」, 『한국문학전집』 제5권, p. 344.
235) 상게서, p. 497.

원래 다정하고, 나약한 성격의 소유자였던 왕은 신돈(辛旽)에게 섭정을
맡기고 정사마저도 게을리 한다. 신돈은 반혼법(返魂法)을 사용, 노국공주의
혼을 불러 왕을 즐겁게 하지만 실상 그녀는야(般若)라는 여인이었다. 반야는
무니노(후일 恭讓王)를 낳아 왕의 후사를 잇게 한다. 그러는 한편 신돈은
고구려의 옛땅을 수복하고, 일본을 정벌하겠다는 큰 포부와 더불어 정치적
으로도 수완을 발휘하지만 노국공주의 마암 영전 건립 문제로 왕의 노여움
을 산 끝에 사사된다. 마암 영전의 건립은 백성들의 삶을 피폐로 내몰았다.
신돈이 죽은 다음 공민왕은 후궁들을 멀리 하고 미동들을 궁으로 불러들여
자제위를 설치하고 변태적인 생활을 한다. 그들을 총애하던 왕은 결국 내시
최만생과 홍 륜(洪倫) 일당에 의해 시해된다.

이 작품은 예술가적 기질과 정치가적 기질의 상충(相衝)을 그 모티브로
하고 있다.[236] 원래 예술가의 기질이 많았던 공민왕이 노국공주와 만남으로
써 정치가로서의 길을 걷는다. 또 노국공주가 죽은 뒤에는 정치가로서의
왕의 면모는 사라진다. 다만 예술가의 면모만이 돋보인다. 더욱이 짝을 잃은
슬픔에 잠겨 정사를 돌보지 않는 예술가로서의 왕에게는 불행만이 있을
뿐이다. 당초부터 공민왕은 길을 잘못 선택한 인물이었다.

그 어느 작품보다도 작가의 낭만주의적인 기법이 두드러진 이 작품은
여러 면에서 같은 궁중비화를 소재로 한『금삼의 피』와 대비되지만 그 가운
데 어느 정도 민중의 삶이 그려져 있다든지, 『고려사(高麗史)』등 사서에
요승(妖僧)으로 묘사되어 있는 신돈을 재해석한 점 등은『금삼의 피』에 비해
한 걸음 나아간 것이라는 평가가 가능하다.

---

236) 강영주, 전게서, p. 94.

3. 소 결

월탄은 단편과 장편 등 가장 많은 역사소설을 발표한 작가이다. 그의 역사소설의 대부분은 궁중비화를 소재로 한 것들이다. 특히 월탄은 궁중 법도, 궁중 행사, 궁중 용어, 궁중 풍습 등에서 낭만적 필치로 화려하고도 세밀한 묘사력을 보여준다. 이것은 월탄이 평소 한학에 조예가 깊어 고문헌을 섭렵한 결과에서 온 것으로 미루어 짐작된다. 또 자신이 말한 바대로 역사소설에서의 고증을 매우 중요시한 때문이기도 하다.

월탄은 역사소설을 쓰는 이유를 한국적 인물과 산하를 형상화시키기 위해서라고 말하고 있지만, 그의 작품 세계는 주로 왕, 양반, 관리, 왕비와 후궁이라는 인물과 궁궐이라는 공간의 제한 때문에 한국적 인물과 산하의 형상에는 미치지 못하고 있다. 그의 소설에는 주로 상층의 인물이 등장한다. 양반과 관리들은 자신의 부와 권력을 위해 음모를 일삼고, 궁중의 여인들은 왕의 사랑을 차지하기 위해 시기와 질투에 여념이 없다.

그런 면에서 보면, 『금삼의 피』는 이런 요소를 고루 갖춘 작품이다. 폭군 연산의 심리를 그린 이 소설은 연산의 폭정과 탐학이 생모 윤씨의 폐비 사사 사건과 관련이 있다는 데에 초점을 맞추었다. 이러한 인간 연산에 대한 재해석은 물론 바람직한 요소이지만, 아버지 성종과 아들 연산이 모두 성적으로 매우 방탕한 인물로 묘사된 점, 성종의 비빈간에 벌어진 시기에 어린 싸움, 갑자사화·기묘사화의 서술을 통해 보여지는 관료들의 추악한 권력 투쟁 등은 자칫 우리 역사를 오도할 우려가 있다는 일부 평자의 지적은 음미해보아야 할 사항이다.

여기에 비해 병자호란의 비극과 국권 회복 의지를 그린『대춘부』는 남한
산성을 주공간으로 하고 있는 궁중 비화와는 거리가 있는 작품이다. 그리고
전쟁이라는 민족의 비극을 소재로 하고 있어 하층의 삶이 비교적 많이 나타
날 소지를 안고 있다. 그럼에도 불구하고 작품의 주요 등장인물은 왕을 위시
한 세자와 대군, 관료와 신하들이다. 이들 중 국난 극복과 민족의 자존을
위해 노력하는 인물도 적지 않지만 나머지 대부분은 백성들의 생존과 관계
없이 자신의 이익을 좇아 행동하는 무리이다. 따라서 선악이 뚜렷하게 구분
되는 특징을 보여준다.

『다정불심』역시 공민왕의 일대기를 그린 궁중소설이다. 예술가 기질을
타고난 공민왕은 노국공주와 혼인하고, 그녀의 도움으로 왕위에 오른다.
그러나 노국공주가 죽자 왕은 모든 정사를 신돈에게 맡기고 슬픔에서 헤어
나지 못하던 중 노국공주의 환신이라고 믿는 반야에게서 왕자를 얻지만
결국 자제위들에게 목숨을 잃고 만다. 이 작품은 노국공주를 잃고 슬퍼하다
가 죽음을 맞는 공민왕의 일생을 통해 이상과 현실 사이에서 방황하는 한
인간의 비극을 모티프로 한 것으로 볼 수 있다.

박종화는 소설에서 고증을 중요시한 작가이고 많은 문헌을 통해 이를
작품에 반영하고자 했던 작가이다. 그러나 그는 궁중의 풍속을 그리는 데는
그의 특유한 묘사력을 발휘했지만, 서민의 비극적인 삶은 도외시한 느낌을
준다. 그의 화려한 묘사적 필치는 서민의 삶을 그리기에는 적합하지 않았던
것이다.

우리 소설가 가운데 가장 많은 역사소설을 발표한 작가로서 평가받는
박종화는 특히 궁중 비화를 극화하는 데 뛰어난 솜씨를 발휘했지만, 그의
역사소설은 지나친 권력 다툼과 그에 따른 질투와 음모, 당쟁과 사화로 점철
되어 있어 자칫 우리 역사를 오도할 염려를 가져올 수 있다는 지적을 받을
소지를 안고 있음도 부정할 수 없는 요소이다.

제7장
한국 근대 역사소설의 특성

1. 1930년대 시대 상황

일제는 1910년 8월 22일 병합조약을 강요하여 조선을 저들의 식민지로 만들었다. 그와 동시에 식민지의 최고 통치기구로 조선총독부를 설치하였으며, 조선사회를 급속히 식민지적 구조로 재편하기 위한 폭압적 무단통치를 실시하였다. 무단통치는 조선민중의 반일 저항을 진압하고, 강권으로써 미숙한 일본자본주의의 자본 축적의 기반을 만들기 위한 것이었다.[237]

일제는 조선에 근대적 문물제도를 수립한다고 하면서도 실제로는 언론ㆍ출판ㆍ결사 등 모든 근대적 기본권을 철저히 부정하였다. 1910년 집회 단속에 관한 법령을 제정하였고, 신문법ㆍ출판법을 확대 적용하였다. 애국적인 학회ㆍ청년회 등은 물론 일진회ㆍ대한협회 등의 친일단체까지 해산하였다. <대한매일신보>, <황성신문> 등 조선인의 모든 신문과 출판물을 강제 폐간하였고, 국외에서 들어오던 신문ㆍ잡지도 엄격히 검열하였다. 반면 <매일신보>, <서울프레스>, <경성일보> 등 어용신문을 발간하여 총독부 정책을 미화하였다.

또한 안국선(安國善)의 「금수회의록(禽獸會議錄)」, 이해조(李海朝)의 「자유종(自由鐘)」 등의 신소설을 포함한 서적 30여 종도 검열 압수, 수십만 권을 불태웠다. 또 일제는 노일전쟁 당시부터 「임진록」같은 애국소설을 금서로 정하고 압수에 나섰다. 조선인을 일본인으로 만들기 위한 식민지 동화교육 방침이 수립되었다. 이에 따라 유교적 충효사상과 천황 제도의 이데올

---

237) 한국역사연구회, 『한국역사』(서울 : 역사비평사, 1992), p. 287.

로기를 중심 원리로 한 일본어·일본역사·일본지리 과목이 강조되었고,
조선인을 최소한의 지식과 기술을 갖춘 하등 일본인으로 만들기 위해 실업
교육만이 중시되었다.238)

반면, 일제는 1911년 조선교육령과 사립학교규칙을 공포하여 사립학교
의 경영 일체를 통제하였고, 반일적 성향을 가진 조선인 사립학교를 대거
폐쇄하는 한편 공립학교 등 식민지 교육기관을 확충하였다. 그 결과 1908년
5천여 개에 달하던 사립학교가 1919년에는 740여 개로 급격히 줄었다.
1918년에는 서당규칙이 공포되어 반일 민족교육의 거점으로 성장해오던
서당의 설립과 운영까지 일제의 간섭을 받았다.239)

3·1 만세운동은 일제에 저항한 민중의 분노 표출이었다. 3·1운동이
비록 위로부터의 혁명이었지만, 그것은 곧 조선 사람 모두의 의지이기도
하였다. 3·1운동은 소위 문화정책을 가져왔다. 그러나 문화정책은 더욱
고도화된 식민지 정책의 일환이었다. 그러나 우리 근대문학이 발아하는 계
기가 되었음은 틀림없는 사실이다.

≪창조≫, ≪폐허≫, ≪백조≫ 등 각종 동인지가 속속 창간되었고, 〈조
선일보〉와 <동아일보>와 같은 민족적 일간지와 ≪개벽≫,≪조선문단≫
등의 잡지도 창간되었다. 각종 문예사조의 혼류와 더불어 경향문학이라는
사회주의에 입각한 계급문학이 발생된 것은 1920년대 중반기 이후였다.

그러나 1920년대의 문화정책은 명목상 문화 진흥 정책이었을 뿐이다.
일제가 부분적으로나마 서구문예 사조의 수용을 묵인한 것과 민족 정서를
담은 민족 문학의 싹이 트게 된 것은 결국 조선민족의 분열과 민족 의식을
희석시키려는 식민 정책에서 기인한 것이다.

일제의 간교한 식민지 문화정책은 통치기간 동안 상황에 따라 강온 양면

---

238) 상게서, p. 323.

239) 윤홍로, 「최재서의 친일문학론과 탈식민주의」, 수당김석하선생고희기념론집간행위
    원회 편, 『한국문학사 서술의 제문제』(서울:단국대 출판부1993), p. 320.

책을 적절히 수행함으로써 문인들의 민족의식을 흐리게 만들었다. 이들이 마침내 조선문인들로 하여금 친일 어용문인으로 변절하도록 함정에 빠지게 한 성과는 그들의 가혹한 검열제도와 아울러 식민지 교육의 결과이기도 하다.

일제치하에서의 조선문단은 동경문단의 지부가 될 정도로 종속성을 탈피할 수 없었다. 게다가 저들의 치안과 풍속 유지에 저촉되는 불온문서와 불온사상에 대한 가차없는 취체로 말미암아 조선문인들은 표현의 자유를 박탈당하였고, 구미의 문예사조나 문학작품의 직접 수입마저 차단 당한 채, 일본을 통해서만 그것을 수용할 수 있도록 하여 문학의 정보원마저 봉쇄 당하였다.

1937년 이후 일제는 조선민족을 말살하기 위하여 황국신민화 정책을 추진하였다. 이때 내건 구호가 내선일체였으며, 그 목표는 조선민중에게 천황숭배사상을 주입하여 정신적으로 일본인으로 만든 뒤, 이들을 전쟁에 동원하려는 데 있었다. 일제는 먼저 조선민중에게 신사 참배를 강요하였다. 내선일체의 상징으로 부여 신궁을 건설하고 산간벽지에까지 신사를 짓고, 각 가정에는 신붕을 설치케 하여 참배를 강요하였다. 또한 황국신민의 서사를 만들어 일상생활에서 외도록 강요하였고, 조선어 사용을 금지하였다. 1940년에는 창씨개명을 강요하였으며, 또 1942년에는 조선어 연구단체인 조선어학회를 강제로 해산하고 관계자를 투옥·학살하였다.

한편, 이 과정에서 친일파가 대거 이용되었다. 대한제국 말기에 형성되기 시작한 친일파는 강제병합 이후 대개 총독부 관료가 되거나 중추원 등에 편입되었다. 1920년대에는 일제의 민족분열정책에 동조하며 참정권 청원으로 저들과 타협적 경향을 보인 민족개량주의자들 사이에서도 친일적 경향이 확산되었다. 1930년대 전반기에 민중운동이 고양되고 중일전쟁 이후 일제의 파쇼적 탄압이 강화되자, 이에 위협을 느낀 민족개량주의자의 상당수가 친일파로 전락하였으며, 전향하는 사회주의자도 많았다.

수양동우회 사건을 계기로 주요한(朱耀翰) 등이 친일로 전향하였으며, 뒤이어 청구구락부의 윤치호(尹致昊)와 장덕수(張德秀) 등도 전향하였다. 국민정신총동원 조선연맹에는 김성수(金性洙), 윤치호, 최 린(崔麟), 김활란(金活蘭) 등이 이사로, 백 철(白鐵), 유진오(兪鎭午), 홍난파(洪蘭波) 등이 문화위원으로, 송금선(宋錦善), 이숙종(李淑鍾) 등이 여성부 위원으로 활동하였으며, 종교계에서는 양주삼(梁柱三) 등이 대표적인 친일파로 활동하였다. 문학분야에서는 내선일체를 겨냥한 일본어 국민문학이 제창되었으며, 그 활동단체로 1939년 조선문인협회가 결성되었다. 여기에는 이광수, 최남선, 주요한, 유진오, 김동환, 최재서(崔載瑞) 등이 참여하여 활발한 친일문학 활동을 벌였다.

한국의 1930년대는 일제의 대륙침략부터 제2차 세계대전의 종결까지로 그 역사적 시기를 구별해 볼 수 있다. 침략전쟁을 수행하기 위해 제국주의자들이 야수적 약탈과 사상 탄압을 자행한 이 시기는 식민지시대에서도 가장 혹심한 고난이 중첩되었던 민족적 시련기로 분류된다. 이 시대에는 민족구성원의 대다수가 기아조차 해결할 수 없는 절대적 궁핍을 겪고 서구의 최신 문화가 노예시대적 사상 통제 아래서 꽃피게 되는 역설적 상황이 펼쳐진다.[240]

현재 중남미 등 오랫동안 제국주의자들의 식민지로 있었던 제3세계의 전 식민지 국가들은 탈식민주의를 부르짖고 있다. 전 식민지 국가들은 그들의 다양한 문화와 역사는 철저히 무시당한 채 문화적 경제적으로 제국주의자들의 주변화로 전락되고 있는 것도 사실이다.

탈식민지주의는 식민지 잔재를 청산하고 제국주의자들에게 빼앗긴 자기 목소리를 되찾자는 데서 탄생했다. 그들은 보편성이라는 그럴 듯한 논리에 침식되었던 자기의 고유한 문화를 회복하고, 억압으로 길들여진 식민지적

---

240) 최유찬, 「1930년대 한국문학 개관」, 이선영 편, 『1930년대 민족문학의 인식』(서울:한길사, 1990), p. 9.

노예 의식의 틀을 깨면서 진정한 해방을 찾자고 주장했다.

이러한 제3세계 민족주의를 중심으로 한 탈식민주의 문학 이론은 한국문학사를 정직하게 기술하고 우리의 정체와 전망을 올바로 발견하는데 필요한 하나의 논리로 성립될 수 있을 것이다.

탈식민주의 문학은 경직된 이념이나 정치적인 투쟁이라기보다 교묘하게 뒤섞여 들어온 제국주의 지배에 순응하도록 하는 언술에 대한 검색과 해체를 더욱 절박한 문제로 삼는다.

국내에서도 제3세계 문학에 대한 본격적인 논의가 시작된 지 20년 가까운 세월이 흘렀다. 제3세계 문학의 기본적 특질을 밝혀 보려는 작업은 백락청에 의해 시도된 바 있다.[241] 그는 제3세계를 단순한 지역 개념이 아니라, 역사의 주인이면서도 늘 억눌려 살아온 민중의 입장에서 인류 역사를 이해하려는 노력과 관련된 개념으로 파악하면서, 제3세계 문학의 특징으로 ① 강한 사회의식 ② 문화적 독자성의 추구 ③ 리얼리즘 ④ 민족해방 운동 등 네 가지를 꼽았다. 이것은 제3세계 문학을 민중문학의 일환으로 보여진다.

제3세계의 역사는 식민지 지배로부터 벗어나려는 독립 투쟁의 역사가 아니면, 이제 가까스로 쟁취한 정치적 독립을 유지하고 이름뿐인 해방을 완전한 것, 즉 민중생활 속에 뿌리 내리게 하려는 계속적인 투쟁의 역사이다. 따라서 이들의 문학에는 불의한 역사와 현실을 직시하는 강한 사회 의식에 바탕한 저항적 특정이 두드러지게 나타난다.

제3세계 문학의 두드러진 현상을 당대의 현실을 있는 그대로 정직하게 그려내고자 하는 리얼리즘의 경향이다. 따라서 그것은 해당 민족과 민중의 구체적인 상황에 맞는 현실 인식과 현실 극복의 노력의 실천이 리얼리즘 문학으로 수렴되고 있는 것인 바, 그것은 민족 해방운동의 성격을 띠고 있다

---

241) 임 화, 「동경문학과 조선문학」, 《조선비평》 1940년 6월호, pp. 39-49 참조.

고 할 수 있다.

　제국주의 시대의 민족문제는 국제적 문제로, 민족·식민지문제로 발전하였다. 이 단계에서 세계는 억압주의(제국주의 민족)과 피억압민족(식민지·종속국 민족)으로 구분되었다. 억압민족의 민족주의는 침략적 파괴적 제국주의적 성격을 띠지만 피억압민족의 민족주의는 혁명적 반제국주의적 성격을 띠게 되었다. 그리고 민족문제의 주요한 내용은 식민지·종속국 민중이 제국주의 열강의 억압에서 벗어나 민족국가를 수립하려는 민족해방운동으로 나타났다.

　그 결과 민족해방운동은 개별 제국주의 국가 부르주아지의 지배체제를 위협하는 데서 나아가 제국주의 세계체제를 붕괴시킬 가능성을 띠게 됨으로써 세계적 혁명 운동의 한 부분이 되었다.

　그런데 민족·식민지문제는 제국주의 국가와 식민지·종속국 민중 사이의 모순·대립관계만을 의미하는 것이 아니었다. 제국주의 국가는 식민지·종속국의 민족해방운동을 무력으로만 탄압하지 않고 식민지·종속국 내부의 지역간·종속국 대립을 조장하여 분할통치하기도 하였다. 또는 자신들의 지배를 대행해줄 계급을 의도적으로 보호하거나 육성하여 민족간의 모순을 식민지·종속국 내부의 계급간 대립·모순관계로 은폐하기도 하였다. 이처럼 민족문제는 제국주의 지배정책과 식민지·종속국 내부의 계급간 대립·모순관계가 결합되어 나타났다.

　일제 말엽 가혹한 식민통치 아래에서 친일문학에로의 이행 과정을 살펴보면 당시 조선의 지식인, 문인들의 대응책의 한계에 그 원인이 있는 것은 사실이다. 조선정신·조선문화로 대응하려는 일군의 소박한 민족주의자들의 닫혀진 시각이 그 원인이 될 수 있다. 탈식민지주의 문학이론으로는 통문화적인 상호 문화교류적인 복합적이고 포괄적이고 변증법적인 민족문학 수립을 하여야 한다는 것이다. 즉 외래문화·서구문화나 선진동양문화를 주체성을 가지고 수용하여 시대정신에 대응할 민족문학으로 성장하여야 한다는 의미다. 조선정신이 유, 불, 선사상을 종합한 샤머니즘이라면 과연 주변 강대국 사이에서 끈질기게 살아 남은 요체가 무엇인지, 조선어의 특성 과 조선어로 만들어진 문학 내지는 문화의 특성이 무엇인지를 점검하여야 필요가 있다.

식민지시대의 우리 문학은 일제의 집요한 회유와 탄압정책에도 불구하고 서구문화의 자유와 개성 존중 사상, 마르크시즘의 민족해방과 평등사상으 로 혹은 민족의 고유한 조선 정신, 조선 글, 조선말로 대응하여 제국주의 침략에 항거한 정신에서 산출된 것이다. 따라서 30년대 이르러 일제의 탄압 이 가중되자 우리 소설은 자연에로의 회귀, 역사로의 회귀가 나타나고 농촌 의 토착적인 서정과 애환의 비정치적인 세계로 도피하는 성향을 지니기도 하였다.

2. 1930년대 소설의 양상

　1930년대 소설은 이러한 당대의 시대적 상황과 긴밀한 관련성을 가진다. 전대인 1920년대 소설이 3·1운동 이후의 일제의 식민지 정책과 민족의 내부에서 야기된 사회적 변동 구조 속에서 나름대로 당대의 현실을 비판적으로 의식화했던 것과 마찬가지로 1930년대 소설 역시 일제의 잇단 대륙침략으로 피폐된 사회 현실과, 그에 따른 식민지 정책의 강화책에 의한 극도의 실의와 배패 의식을 작품 속에 심화시켰던 것이다.

　1930년대 문학을 이해하는 데는 이러한 시대적 특질이 극히 중요하다. 현실의 변화가 생산양식의 근본적인 데까지 미치고 있음에 비해서 그 변화를 정당히 인식하여 주재할 수 있는 민족의 주체적 대응은 허용되지 않는 시대가 바로 1930년대이다. 그렇다고 민족해방운동의 의지와 욕구만으로 상황을 타파하기에는 너무나 악조건인 국내외의 정세, 또한 반봉건이라는 시대적 과제와 맞물린 근대적 서구문명 문화의 도입으로 인한 전통문화 또는 '조선적인 것'의 상실이라는 위기 속에서 1930년대 문학은 자신을 추스릴 수밖에 없었다. 정현기는 1930년대 우리 소설을 "현실 감각과 세계 읽기, 그렇게 읽힌 세계 앞에 택할 수 있는 자아의 길에 관한 전망"을 주조로 한다고 말한다. 그리고, 그 "자아의 길에 관한 전망"으로는 '살아남기와 시침떼기', '가정 만들기와 국가 만들기', '절망한 채 떠돌기'를 작품 양상으로 들고 있다.[242]

---

242) 정현기, 「1930년대 소설개관」, 이선영 편, 『1930년대 민족문학의 인식』(서울:한길사, 1990), p. 239.

따라서, 1930년대 우리 문학은 전대와는 그 양상을 달리 할 수밖에 없었다. 애국 계몽기의 문학에서는 일부 외세에 대한 저항의 운동이 나타나고 있으며, 1920년대의 프로문학에서는 식민지 사회에 대한 현실 인식이라는 태도를 견지하고 있었다. 그러나, 1930년에 접어들면서 외부로는 전쟁 수행과 내부로는 치안 확보라는 기치를 내건 일제는 2차에 걸친 KAPF 맹원 검거에서 나타나듯, 문학에서 현실을 터치하는 것을 용납하지 않았다.

그 결과 1930년대 우리의 문학은 여러 가지 다양한 모습으로 나타난다. 신동욱은 1930년대 소설을 다음과 같이 분류하였다.

　　1920년대의 소설기법과 어느 만큼은 차이가 있는 1930년대 소설들을 6개 분야(서정, 심리, 토속적, 세태 풍자, 농민, 역사)로 나누어 문장미의 개성, 설정된 인물의 성격적 특성, 서술자의 기능, 주제 등을 주로 살피면서 그 미적 특징들을 구명하려고 한다.243)

이는 1930년대 우리 소설의 양상을 서정소설, 심리소설, 통속소설, 세태소설, 농민소설, 역사소설 등으로 분류한 것인데, 기준의 차이는 있을지언정 대부분의 평자들과 같은 견해를 나타낸 것이다.

그러면서 신동욱은 1930년대 역사소설의 성격을 다음과 같이 정의 내리고 있다.

　　역사소설이 소설적 지평에서 주요한 하나의 영역을 이루고 있다. 이때는 파시즘의 강화와 한일동조론(韓日同祖論), 동화론(同化論) 등의 강요에 의하여 민족 주체성의 문제를 작품화하거나 항일적 민족의식을 주체화하기 어려운 시대이었는데도 불구하고, 민족의 역사와 문화창조의 주체성을 인식시키는 역사소설이 크게 성장하였다. 그것은 대중적 호응이라는 독자수용론의 미의식과도 직접 연관되는 것으

243) 신동욱, 『1930년대 한국소설 연구』(서울:한샘, 1994), p. 11.

로서 중요한 뜻을 지닌다. 즉 아무 리 위해한 정치지도자나 문화창조
자가 민족적인 업적을 이룩했다고 하더라도 대중적 호응이라는 독자
수용론의 미의식과도 직접 연관되는 것으로서 중요한 뜻을 지닌다.
즉 아무리 위대한 정치지도자나 문화창조자가 민족적인 업적을 이룩
했다고 하더라도 대중들이 모르고 있고 오직 식민지적 굴종(屈從)에
만 길들여진다면 주체성의 동질화를 기할 수 없을 것이다. 그렇게
되면 굴종의 순응이 한 풍조를 형성하게 될 것이고, 그로 인하여 민족
적 정신의 드높임은 불가능한 상태에 머물게 될 것이다. 이러한 정황
을 각성하고 작가들은 대중적 역사소설을 창작하여 민족의식을 드높
였다고 볼 수 있다.244)

이에 의하면 우리의 역사소설은 독자들의 호응에 의하여 창작되었으며,
민족의식을 드높이는 데 일조했다는 것이다.

우리의 역사소설은 3·1운동 이후 근대역사의식의 성숙과 더불어 발생된
것이다. 이 무렵 근대역사소설이 발생된 데는 그만한 역사적 조건과 깊은
관련을 맺고 있는 것으로 보인다. 그것은 근대적 민족주의 운동의 시발점인
동학이 민중의 반봉건적 저항과 민족적 주체성의 주장을 보여준 역사적인
움직임이었지만, 진정한 시민의식을 이룰 수 없었다. 그것은 지식인들의
외면 때문이었다.

그러나, 3·1운동은 참다운 시민의식의 형성에 필요한 지식층의 근대적
의식과 민중의 저항정신, 그리고 새로운 국제정치적 요인으로서의 반식민
주의가 일단 한데 모이는 데 성공했다. 3·1운동은 민족사상 최초의 대사건
으로, 민족의지 결집과 시민의식이 함께 고조되어 나타났기 때문이다. 결국
한국 근대역사소설의 출발은 3·1운동을 통한 민중적 민족적 역사의식의
심화 과정과 깊은 관련을 가지고 있다.

우리의 역사소설은 근대 리얼리즘 소설의 바탕 위에서 시작되었지만, 그

---

244) 상게서, pp. 16-17.

형성 과정에 있어서는 서구와는 다르다. 이는 사회적 문화적인 전통 이 서로
크게 다를 뿐 아니라, 형성 요인에 있어서도 역사를 소재로 한 기존의 서사
물과의 전승 관계가 상이하기 때문이다.

우리의 경우, 역사소설의 형성기를 1920년대로 잡을 때, 그 전 단계의
선행 형태로서 애국계몽기의 서사물로는 신채호의 「을지문덕」(1908), 「이
순신전」(1908), 「최도통전」(1910) 등의 역사 전기물과 박은식의 「서사삼국
지」(1907) 등 번역·번안 전기물이 있는데, 이는 「임진록」, 「임경업전」, 「박
씨전」같은 군담류의 우리 역사물과 「삼국지연의」, 「수호지」 등의 중국의
역사물이 이러한 역사소설 형성에 많은 영향을 끼친 것으로 보인다. 애국계
몽기의 역사소설들은 과거 구국영웅들을 중심으로 한 것으로서, 소설적으
로는 아주 미숙하고 후퇴한 것이지만, 의식에 있어서는 구국의지와 민족적
감성을 불어넣으려고 노력한 흔적을 보여주고 있다.[245]

이러한 애국계몽기의 역사 전기물의 뒤를 이어 1920년대 전반기에 출현
한 역사소설은 서구와는 달리, 왕이나 장군 같은 역사적 영웅들을 주인공으
로 하는 경우가 많았고, 역사적으로 그 발자취가 잘 드러나지 않거나 사소한
인물들을 주인공으로 하는 경우에도 그들을 영웅화하여 역사적인 인물 못
지 않게 개인적인 능력이 뛰어나도록 나타내는 경우가 대부분이다.

이러한 현상은 주권 상실기라는 시대 인식과도 밀접한 관련을 갖게 된다.
즉 당시는 민중에 대한 의식보다 민족에 대한 의식이 더욱 중요시되었기
때문이다. 특히 민족주의적 역사소설의 경우에는 대체로 민족의 이상적인
지도자 창조에 역점을 주었기 때문에, 특정 주인공의 생애를 중심으로 내용
을 전개하는 전기적인 속성이 강하게 나타나기도 한다. 그리고 『임거정』과
같은 계급 이데올로기를 나타낸 소설인 경우에도 비역사적 인물이나 역사
적으로 사소한 인물들의 삶을 통해서 사회의 비리를 고발하고 사회 계층간

---

245) 조남현, 『한국현대소설연구』(서울:민음사, 1987), p. 251 참조.

의 갈등 양상에 역점을 보이면서도 일부 낭만적인 속성을 지니기도 한다.

신동욱은 우리 역사소설의 긍정적인 측면을 말하고, 『이순신』, 『원효대사』, 『임거정』 등을 다음과 같이 평가하였다.

이광수의 「이순신」과 「원효대사」는 민족의 기개와 통일적 주체사상을 보여준 대작에 속한다. 「이순신」은 1592년부터 1597년까지의 임진란이라 는 역사적 국면을 선택하여 시대 전체의 동향을 당파분열상에서 포착하면서도 당대의 중국, 일본과의 외교역학관계를 고려하고 이순신이라는 한 인 물의 정직, 근면, 창의, 기개, 충성의식을 역사적 고증을 통하여 추적하였다.

춘원은 이 작품에 이르러 「무정」에서 보인 관념론에 경도된 작가의식을 크게 탈피하였고, 허구와 이념의 실체화를 문헌 탐색과 전적지 탐사 및 여러 전쟁기록의 실증을 통해 이룩해냈다. 말하자면 역사적 진실을 소설적 장치로 용해하되 실증과 고증을 거쳐 창의를 발휘하였다.

이 외에도 홍명희의 「임꺽정」과 같은 작품이 발표되어 의적소설(義賊小說)의 한 표본을 보여주었다. 이 작품의 구성은 매우 개성적이어서 이른바 주요 줄거리와 연관된 여러 인물들이 곁가지로 이야기를 펼치는 방법을 채택하고 있다. 이렇게 하여 많은 개성과 능력을 지닌 인물들의 삶의 투시를 가능케 함으로써 풍속적 역사소설의 독자적 가치를 지니게 되었다. 이 작품은 특히 전통적·토속적 삶의 세부 내용과 그 정서를 포착하여 역사적 인식을 강화하였다는 점에서 의의가 있다. 서술자는 객관적 시선을 유지하여 주인공 임꺽정의 의연함과 넓은 인성을 형상화하였다. 그리고 조정의 신하들이나 지방 방백·수령들의 비리를 객관적이고 차분한 자세로 포착하여 서술상의 안정감을 발견할 수 있다. 이는 낭만적 성향을 지닌 작가들이 취급하고 있는, 제재의 가치판단에 쉽게 도식화하여 감정개입이 수사적 수준에서 이루어지는 단점을 극복한 것이었다. 그리고 토도로프가 제기한 바이지만 이야기를 발생시키는 주체자로서 인물의 성격과 이야기의 내용인 행동과 사건 자체의 흥미를 나누어 생각해 볼 때, 「임꺽정」은 명백히

사건 자체의 소설적 흥미에 기운 작품적 특성을 지니고 있다.[246]

1930년대의 우리 소설문학은 경험적 서사체와 허구적 서사체의 절충적인 형태로서의 역사소설에 대한 관심을 가지게 된다. 이것은 애국계몽기의 전기문학에 이어 나타난 두 번째 현상이다. 이러한 1930년대 역사 소설의 등장의 배경에 대해서도 여러 가지 이론들이 있다. 먼저 김동욱과 이재선은 역사소설의 등장을 현실 도피주의적 성향에서 비롯되었다고 말한다.[247] 김윤식은 우리 1930년대의 역사소설은 과거에 대한 그리움과 회억이라는 취향을 가지고 있으며, '재미'와 '오락'이라는 성질을 지니고 있다고 보았다.[248] 그러나, 여기에 대해 윤홍로는 1930년대의 역사소설의 등장은 민족의 정체성 회복을 의도한 간접적인 현실 표현이라고 보고 있다.[249]

이상의 언급들에서 보여지는 것처럼 1930년대 우리의 역사소설은 과연 현실 도피적인 성향을 띠고 있는가, 아니면 민족 정체성 회복의 한 방편으로 나타나게 되었는가는 매우 중요한 과제가 아닐 수 없다.

---

246) 신동욱, 전게서, pp. 17-18.
247) 김동욱 · 이재선 편, 전게서, p. 475.
248) 김윤식,『90년대 한국소설의 표정』(서울 : 서울대학교 출판부, 1994), p. 603.
249) 윤홍로,『이광수 문학과 삶』(서울 : 한국연구원, 1992), p. 194.

3. 민중과 삶의 총체성

루카치는 마르크스주의적 문학사회학과 문학이론의 중요한 대변자로 손꼽히고 있다. 특히 그의 문학에서의 '총체성'의 개념은 유물론적 미학 이론을 대표하고 있다. 루카치의 총체성은 한 마디로 말해, 우리 인간 모두에게 내재한 "인간이란 무엇인가", "인간의 삶은 무엇인가"에 대한 본질적인 관심에서 출발하는데, 시간과 공간을 초월한 인간 본연의 이해를 그 바탕으로 한다.

카스너(R. Kassner)가 규정한 세계관에 의하면, 이 세계는 공간세계(Raumwelt)와 시간세계(Zeitwelt)로 이루어지는데, 공간세계는 인류사적으로 '인간 영혼의 세계'를 대변하고, 시간세계는 '정신세계'를 포함한다. 여기에 의하면 인류의 역사와 개인의 삶 모두 공간세계를 거쳐 시간세계로 넘어가는 과정의 발전적 단계이다.250)

그리고 이 두 가지 세계를 내용적으로 구분해 주는 것은 동일성(Identität)이다. 공간세계에서는, 나 자신은 곧 '나'이며, 하나의 사물은 어떤 다른 것이 아닌 그 사물 자체로서, 모든 것이 하나로 합일되는 전체적인 동일성(총체성)이 존재하는 세계이다. 따라서 공간세계에는 개념과 이념의 구분이 없고, 사고와 존재의 구분이 따로 있을 수 없다.

카스너의 이러한 세계관에서 공간세계와 시간세계는 과정적으로 긴장관계를 맺고 있다. 따라서 공간세계에서 시간세계로의 전환은 자체 내에 동일

---

250) 차봉희, 『루카치의 변증-유물론적 문학이론』(서울:한마당, 1987), p. 23 참조.

성의 상실에서, 신화의 해체에서 이루어진다. 이때 작용하는 것은 인간의 의식-사고, 인식, 지식-이다. 이렇게 해서 이루어지는 세계가 '개성의 세계'이며, '상상력의 세계'이다. 이러한 세계관을 바탕으로 카스너는 문학이야말로 공간세계와 시간세계를 통합하는 유일한 매체인 상상력으로 이루어지는 최상의 것이라고 보았다.[251]

루카치에게서 '총체성'의 문제는, 이러한 카스너의 세계관에서의 총체성에 대한 이해에서 보듯이 모든 존재와 사물이 그 동일성을 지니고 있으며, 이런 의미에서 합일된 총체적 전체성을 간직한 공간세계가 파괴되어서, 곧 정신의 세계인 시간세계로 넘어오는 과정에서 발생하고 있다.

총체성의 구현을 가능케 하는 형태화의 길에서 루카치는 우선 철학적 인식과 그 구현 방식에 가치를 두었다. 이것은 철학적 인식의 기본 바탕이 전체와 부분의 '유대 관계'에 있으며 전체와 부분의 통일성에 있음을 말하는 것이다. 이는 곧 종합적인 추상화에 위치하고 있기 때문에, 총체성 구현의 가능성을 철학에서 찾고자 하는 이유에서이다. 우리 인간 모두가 지니고 있는 것으로 보이는 총체화 하려는 능력으로 미루어 철학자의 본질은 다름 아닌 총체성의 성향과 그 능력에 근거하고 있다. 다시 말해 철학행위란 총체화 하려는 인간 능력에서 비롯된다. 따라서 총체성의 문제는 당연히 철학적 문제이며 또한 인식론적인 주제가 될 수밖에 없다.

이처럼 삶의 총체성의 문제는 철학행위와 결부된다. 인간의 삶과 이 삶의 총체성은 그것의 구체적인 형상화에서 생성되는 것이며, 이러한 삶의 개별적인 부분 하나 하나를 결정해 주는 것은 역시 삶의 총체성이기 때문에, 이러한 삶의 총체성에서는 '전체와 부분의 연관성'이 필수적인 것이다.

철학이나 예술 양자는 삶의 총체성에 관련되어, 이것의 구현을 희구하고 있지만, 루카치는 전체성에 의존하는 철학적 해결과는 달리, 개별성에 집중

---

251) 상게서, p. 23 참조.

하면서 동시에 전체성과의 연관성을 확장시켜나갈 수 있는 것이 예술이라고 보았다. 개인의 삶의 총체성이 본질적으로 전체적인 삶에 의해서 좌우되고 있다는 점을 생각해 볼 때, 전체와 부분을 연결시켜 형상화하는 예술에서, 곧 이러한 삶의 총체성에 가장 접근할 수 있는 구현방식인 문학에서 이루어진다는 것이다. 이러한 루카치의 평가는 한 작가가 한 개인의 총체성을 묘사하지만, 이 문학 작품을 통해 우리가 삶의 총체성을 그때그때 통찰해 내고 있다는 데에서도 입증된다. 그것은 또한 "헤겔 미학의 입장과 동일하게, 문학 장르를 어떤 특정시대의 총체성에 대한 관계의 표현"이라고 보며, 어떤 문학 장르이든지 그것은 총체성을 필수적인 한계개념으로 포함하고 있다고 보는 루카치의 견해에서도 드러난다.

삶의 구체적인 모습은, 즉 삶의 총체성은 그것의 속성대로 정리되지 않은 채 혼란스럽고 다양한 상태의 것이다. 따라서 이 전체적인 삶에 하나의 방향 제시, 또는 정리의 가능성을 제공할 수 있는 것은 오직 예술적 형태뿐이다. 루카치는 삶의 구체적인 내용과 형태간의 상호 대립된 관계를 그대로 유지하면서 동시에 통합을 가능케 하는 형태야말로 삶의 총체성을 구체화할 수 있다고 보았다.

그렇기 때문에 루카치는 "영혼 속에 내재한 혼란과 법칙성, 인간과 운명, 또는 삶과 추상성, 분위기와 윤리" 등 양면이 함께 뒤끓고 있는 예술가에 의해서 삶의 총체성은 풍성하게 피어날 수 있다고 보았다. 이 혼란스럽고 다양한 모든 것이 함께 현존하며, 또 생동하는 통일성으로 자리 잡을 때 '참다운 총체성'이 예술작품 속에 구현된다는 것이다.

초기 루카치의 예술관은 이처럼 현대적 총체성의 문제와 그 해결책에 결부되어, 오직 예술 작품만이 '참다운 총체성'으로서 '세계의 의미상'이 될 수 있다고 했다. 따라서 예술가의 임무는 세계의 의미상을 창조하는 것이며, 그의 창작 작품은 그 자체로 파악될 수 없는 삶의 구체적인 내용에 대한 의미상으로서 '세계와 내면성'을 상징적으로 연결시킨다.

필자는 이상의 루카치의 '총체성' 이론을 원용하여 전기한 작품들의 세계를 논의하였다.

이광수는『이순신』을 통하여 자신이 내세우는 민족의 지도자상을 정립시키고자 하였다. 우리 민족이 지니고 있는 여러 가지의 나쁜 민족성을 불식시키고, 이를 개조하려는 인물을 작품 속에서 형상화시키려는 의도 아래 창작된 소설『이순신』은 철저하게 실록과『난중일기』,『징비록』등의 사실에 의거하였다. 이 작품 속에 등장하는 인물의 계층은 거의 대부분 양반이다. 조정에서 공론을 일삼는 문인이 있는가 하면, 전쟁터에서도 용렬함을 보여주는 무인이 나온다. 작가는 이러한 당시의 지도층을 대부분 우리 민족성의 단점을 지닌 인물로 그리고 있다. 단지 이순신을 비롯한 몇몇 인물들만이 작가에 의해 긍정되고 있는 것이다.

『이순신』에서 우리는 이광수 역사소설의 특성을 잘 알 수 있다. 임란이라는 민족의 역사적 사건을 통해 보여져야 할 당시 백성들의 비참한 삶이 제대로 형상화되지 못했다. 전장의 비참함, 절개를 잃은 여인의 자결, 궁핍과 역병 등 7년 동안 진행된 전쟁은 우리의 삶을 바꾸어 놓기에 충분했다. 전쟁의 최대 피해자는 바로 민중이다. 그럼에도 불구하고, 이광수는『이순신』을 통해 무실역행과 충의라는 덕목으로 무장한 이순신을 내세워 그를 민족 최대의 영웅으로 신성시하고 있는 것이다. 이는 물론 일제 식민지라는 시대 상황 아래서, 우리 민족의 운명을 이끌어 나갈만한 영웅상을 제시한다는 목표가 설정되어 있다 하더라도, 철저하게 왜적으로부터 짓밟히는 백성들의 삶을 외면함으로써 임란 당시의 현실을 선명하게 부각시키지 못한 결점을 지니고 있다.

역사소설의 특성이 당시의 상층민과 하층민의 삶을 총체적으로 그리는 것이라면,『이순신』은 상층민의 모습만을 그림으로써 그의 역사소설의 한계성을 느끼게 한다.

다음『원효대사』는『이순신』과 달리 신라 시대를 배경으로 우리 삶의 전체를 비교적 자세하게 그리려고 노력한 작품이다. 승만여왕, 김춘추, 김유신, 요석공주 등 왕족에 속하는 상층민의 삶이 담겨 있는가 하면, 원효대사의 방랑을 통해서 만나게 되는 대안, 삼모, 아사가, 바람 등 승려, 창기, 도적, 거지 등의 삶이 드러나 있다. 그리고 우리의 고유 신앙, 생활 풍속, 언어 등도 소상할 정도로 나타나 어느 정도 민중계층 생활상의 형상화에 성공하고 있다. 그러나 이들 역시 역사의 주역은 아니었다. 또한 이들 등장인물이 원효대사의 구도 행각에 필요한 보조 인물로 장치됨으로써 원효대사의 위대성 부각에 일조할 따름이라는 사실을 발견하게 된다.

이광수의 역사소설은 자신이 「민족개조론」에서 제시한 바, 민족의 지도자상 제시에 그 목표를 두고 있다. 따라서 민중 삶의 총체성 구현에는 미치지 못한다. 그러나, 그의 역사소설이 우리 민족의 자랑스러운 인물을 내세움으로써, 민족의 정체성을 밝히고, 우리 민족 정신을 고양시키려 한 점에서 의의를 찾아야 될 줄 안다. 그것은 이광수는 기회 있을 때마다 부민관(府民館) 등에서 개최된 강연을 통해 이순신, 을지문덕 등 외세의 침략을 격퇴한 역사적 인물을 소개하여, 청중들로 하여금 민족의 자긍심을 갖게 되었다는 사실의 맥락에서 살펴보아야 되리라 생각한다.

김동인은 자신의 『젊은 그들』을 스스로 역사소설이 아니라고 말했다. 그 이유로는 이 소설에 등장하는 많은 인물 중 대원군, 민겸호 등을 제외한 대다수가 가공의 인물이기 때문이라고 말했다. 그는 실존인물인 대원군의 행동 하나 하나가 역사적인 사실에서 벗어나지 않도록 세심하게 배려하였다고 밝혔다. 그리고 대원군과 연관을 맺는 인물—이활민, 안재영, 이인화, 명인호 등—에 대해서도 가공의 인물이지만 사실과 틀림이 없도록 유의하였다는 것을 말한 바 있다. 그렇다면 김동인은 역사소설에 등장하는 인물로 전혀 손색없는 설정을 마친 셈이다. 그러면서도 이런 이유로 말미암아 이 소설이 야담이라는 평가를 내렸다면 이는 작가의 무지를 스스로 밝힌 결과라고 할 수밖에 없다. 「춘원연구」에서 보여주었던 역사소설에 대한 그의 탁월한 견해는 어디로 실종되었는가. 이 작품에서 활민숙의 숙생들은 모두 영락한 양반의 자제로서 민겸호 일파에 대한 복수를 꾀하는 인물들이다. 그들은 한때 시정에 숨어살면서 민중들과 함께 호흡한 처지이다. 그래서 그들이야말로 중도적 인물로 가장 적당한 인물이다. 그럼에도 불구하고 그들은 대원군의 재집권과 자신들의 복수만을 도모하는 도구에 머무르고 만다.

다음 『대수양』은 최고 권력자들의 권력 투쟁을 그린 소설이다. 영웅의 기상을 가진 수양은 나라의 안녕을 위해 나약하고 탐욕스러운 황보인, 김종서의 무리를 없애버리고 임금께 충성을 맹세한다. 그러나 수양의 주위에 있는 이들이 어린 임금을 달래 임금은 수양에게 선위한다. 이 내용은 춘원의 『단종애사』에 정면으로 배치되는 것으로서, 세조의 등극이 필연적이라고 본 것이다. 이 소설 역시 궁궐이 그 배경이 되고, 등장인물 역시 임금과 일부 신하들에 한정되어 있어 민중 삶의 총체성과는 거리가 먼 작품이다.

현진건은 그의 작품을 통해 줄기차게 식민지 아래에서의 우리 서민의 삶의 모습을 추구해왔다. 특히 그의 단편 「빈처」, 「고향」, 「운수 좋은 날」, 「불」 등에서는 당시 현실사회가 안고 있는 부조리를 직시하고 있다. 이러한 그의 작가 정신은 역사소설 『무영탑』과 『흑치상지』에 그대로 투영된다. 『무영탑』과 『흑치상지』의 두 주인공 아사달과 흑치상지는 모두 백제의 유민이다. 백제라는 나라의 실체는 없어졌지만 아사달은 우리 민족의 가장 위대한 예술품의 하나인 다보탑과 석가탑을 건조했으며, 흑치상지는 백성들을 규합하여 백제 부흥 운동을 전개한다. 이것은 당시의 시대 상황과 일치한다. 대한제국이라는 국가의 실체는 없어지고 일본 제국주의의 지배를 받고 있다 하더라도, 조선인의 예술과 정신은 남아 있는 것이다. 그 조선인의 예술과 정신이야말로 보이지 않는 조선혼의 실체이고, 작가는 이것을 파악하여 작품 속에 형상화한 것이다.

『무영탑』의 주인공 아사달은 백제 출신의 평민이면서 일개 석수장이이다. 그러나, 그는 위대한 예술품을 창조한다. 이것은 작가가 역사의 주인공이 민중임을 파악하고 있다는 뜻이다. 또 귀족 출신의 주만을 등장시켜 아사달과 애정이라는 연결고리를 가짐으로써, 평민과 귀족의 화해를 모색한다. 아사달이 아사녀와 주만 두 사람을 닮은 부처님을 돌에 새긴다는 사실은 이것을 더욱 구체화시키는 것이다.

『무영탑』의 등장인물은 귀족과 평민 출신이 고루 섞여 있는데, 귀족과 평민이 서로 대립하고, 또 귀족은 귀족과 대립하고, 평민은 평민과 서로 갈등을 일으킨다. 그러나 이러한 대립 구조 속에 인물의 갈등은 고조되지만, 그들의 사상과 행동의 배경이 되는 삶의 모습이 드러나지 않는다.

『흑치상지』에서 현진건은 역사의 주체가 민중임을 구체적으로 보여 준다. 비록 몇 사람의 귀족들에 의해 시발된 백제 부흥 운동이지만 이는 곧 민중들의 지지를 받는다. 민중의 지지가 없었다면, 당초 부흥 운동은 있을 수 없었다. 또 작가는 당병의 잔학성을 묘사함으로써 백제 유민들의 참혹한 모습을 구체적으로 보여주고 있다. 저들에게 죽임을 당하거나 정조를 유린 당하고 집을 잃은 채 유랑하는 유민의 모습을 통해 나라 잃은 백성의 삶이 얼마나 고달픈가를 보여준다.

『무영탑』과 『흑치상지』는 평민들과 백제 유민들의 삶을 사실적으로 보여 준다. 이를 통해 작가는 우리 민족에게 저항이라는 메시지를 전하고자 한 의도가 있음을 분명히 한다. 그 결과 탄생된 인물이 흑치상지이다.

이처럼 현진건은 민족의식을 역사소설에 담으면서 역사의 거대한 소용돌이 속에서 드러난 민중의 삶을 보여주고자 하였다. 인간의 사회 · 역사적 환경세계의 대상들과 생동하는 상호작용을 어느 정도 묘사하고 있으며, 그것이 어느 정도 성과를 올리고는 있으나 피상적인 것에 머무르고 말았다는 약점을 노정한다.

『임거정』은 전체를 전반부와 후반부로 나눌 수 있는데,「봉단편」,「피장편」,「양반편」은 전반부에 해당되고,「의형제편」과 「화적편」은 후반부에 해당된다. 전반부에서는 당시의 시대 상황과 여러 계층 특히 천민들의 삶의 모습이 드러난다. 후반부는 임꺽정과 그의 의형제들이 벌이는 의적 활동이 그 주조를 이루고 있다. 헤겔(G.W.F. Hegel)의 용어를 빌린다면 전반부는 '대상의 총체성'을, 후반부는 '운동의 총체성'을 보여주는 것이라 하겠다. 대상의 총체성이 서사 양식의 본질이라면 운동의 총체성은 극 양식의 본질이다.[252] 이에 의하면 『임거정』의 전반부는 서사적이지만, 후반부는 극적이라고 할 수 있다. 헤겔의 양식이론을 계승·발전시킨 루카치는 장편소설의 본질을 희곡과 대비하여 다음과 같이 말했다.

> 극의 주인공은 '세계사적 개인들'이다. 이에 반해 소설의 중심인물을 필연적으로 '보전하는 개인들'의 노선에 서 있다. 생활 그 자체가 본래적 주인공이 되고, 보편인인 역사적 추진력이, 필연적 발전경향을 표현하는 후퇴적 모티브의 숨겨진 핵심으로 되는 사회적·역사적 총과정의 복잡한 뒤얽힘 속에서 '세계사적 개인'은 줄거리에서 단지 부차인물의 역할을 할 뿐이다. 이들의 역사적 위대함은 사회생활의 다양한 개인적 운명들 -이들의 총체 속에 민중 운명의 경향이 드러난다-과의 복잡한 상호작용에서, 그리고 그들과의 다양한 연관 속에서 표현된다. 이 역사적 힘들은 극중 주동인물과 반동인물의 행동 속에서 직접적으로 묘사된다.[253]

---

252) 여기서 '대상의 총체성'이란 "인간사회의 역사적 발전단계에 있어서의 총체성"이며, '대상의 총체성'을 보여준다는 것은 "일상생활의 과정 그대로 움직여가는 인간 사회를 예술적으로 형상화한다는 것"이고, '운동의 총체성'이란 "한 개의 충돌 즉 한 개의 운동의 성격과 전과정"이다. 운동의 총체성에서는 인물의 심리, 도덕관이 문제되고 인물의 생활 환경이나 성장 배경 등은 그리 문제거리가 되지 않는다. 극은 인물의 도덕적 자질 혹은 충돌을 일으키는 의지를 보여주나 소설처럼 인물이 처한 환경을 넓고 깊게 보여주지는 않는다(G. Lukács, *Der historische Roman*, 이영욱 역, 『역사소설론』, 거름, 1987, pp. 111-112.).

253) 상계서, pp. 190-191.

헤겔의 정의에 의하면 '세계사적 개인' 이란 "그 자신의 특수한 목적 속에 세계정신의 의지인 실체적인 것을 포함하는 인물"254)이다. 달리 말하면 상이한 방향과 경향의 통합체로서 민족의 역사에 있어서 중대한 이행과정을 나타내는 중대한 경향을 구현하는 인물이다.255) '보전하는 개인' 은 상향으로든 하향으로든 점진적으로 진행해나가는 사회의 제성향을 재생산하는 인물이다.256) 장편소설에서 세계사적 개인의 작중의 사건이 절정에 이를 때 나타나서 중요 한 역할을 수행한다.257) 장편소설의 주인공으로는 개성의 윤곽이 비교적 뚜렷하지 않거나 주도적 혹은 일방적 위치를 확보할 만한 정열이 결여되어 있거나 서로 적대적인 진영과 고루 관련을 맺고 있는 인물이 매우 적합하다. 그런 요소를 이용했을 때 소설은 여러 가지 사건들의 복잡한 분지관계를 적절히 보여줄 수 있기 때문이다.

극은 인물의 성격발전의 전과정을 그릴 수 없고 다만 '하나의 중심적 충돌'에 모든 것이 집중되어야 하는 데 비해, 장편소설은 어떤 특정한 흐름의 농축된 핵심을 보여주는 것이 아니라 그 흐름의 생성·소멸 등의 경로를 보여주는 것이라고 루카치는 보았다.258) 루카치는 극 양식의 '운동의 총체성'을 보여주며 서사 양식의 '대상의 총체성'을 보여준다는 헤겔의 규정을 받아들였다. 루카치에 의하면 서사양식으로서의 장편소설은 삶의 전체, 즉 삶의 복잡한 전개양상 또는 삶의 완전한 세부를 직접적으로 환기시키는 것이며, 대상의 총체성이란 단순히 인간의 사회생활을 드러내 보여주는 데 머무르는 화석화된 사물뿐 아니라 인간사회의 어떤 국면과 인간사회가 취하고 있는 방향의 특성을 나타내는 습관·풍습·제도 따위를 포함하는 것

---

254) F. Hegel, 김종호 옮김,『역사철학 강의』(서울:삼성출판사, 1979), p. 65.

255) S. Cole, 여균동 옮김, 『리얼리즘의 역사와 이론』 (서울:한밭출판사, 1982), p. 295.

256) G. Lukács, op. cit., p. 190.

257) 상게서, p. 167.

258) 상게서, 177-178 참조.

이다.

이런 뜻에서 『임거정』은 민중 삶의 총체성 구현이라는 측면에서 성공을 거둔 작품이라고 볼 수 있다. 작품 전체를 통해서 파노라마식으로 인물 소개와 사건의 삽화, 풍속·제도의 재구성이야말로 민중 삶의 총체성을 보여주는 것이라고 할 수 있다.

박종화의 소설 중 고구의 대상이 된 작품은 주로 궁중이 그 공간적 배경이 된다. 『금삼의 피』는 연산군의 성격 파탄을 추적한 소설이고, 『다정불심』은 공민왕의 성격 파탄을 그린 소설로서 조선과 고려라는 시대의 차이는 있을 지언정 지밀 안이 그 배경이다. 이런 이유에서 박종화의 소설에는 민중의 삶이 제대로 그려질 여유가 없다. 단지 왕과 그를 싸고도는 여인들의 투기, 관료들의 권력 다툼과 이에 수반된 음모와 술수 등이 서술되어 있다. 왕을 비롯한 지배계층은 민중의 삶을 제대로 파악할 수 있는 입장이 아니다. 더욱이 연산군과 공민왕이 모두 어머니와 아내의 죽음을 계기로 하여 그 성격의 이상을 일으켰다는 관점에서 서술된 소설에서 민중의 의식은 전혀 비집고 들어갈 틈이 있을 수 없다.

한편 『대춘부』는 궁중소설이 아니다. 국난의 피난처인 남한산성을 주무대로 하여 병자호란이라는 국가의 위기와 그 극복 의지를 그린 소설은 어떤 의미에서 민중의 피폐된 삶을 그리기에 아주 적합한 소재를 선택하였다고도 할 수 있다. 더구나 그것이 비참한 전쟁과 관련되었다면 거기에는 평소 볼 수 있는 민중의 삶 이외에 거리마다 즐비한 주검들, 적군에게 유린되는 여인의 정조, 부모 잃은 고아의 절규, 집이 불에 타버려 유리걸식하는 백성, 적군에게 끌려가는 충신의 모습 등 힘이 약한 나라의 백성이기에 겪어야 하는 고통이 한층 리얼하게 그려져야 한다. 더욱이 이 소설이 외적에 저항하는 백성의 형상화를 통해 일제치하에서 신음하는 민족의 자존심 회복에 어느 정도 목적을 두었다면, 소설 속의 민중의 삶에 대한 서술의 필요성은 더욱 제고되어도 좋으리라 여겨진다.

제 8 장

결 론

우리의 소설은 1930년대에 접어들면서 그 모습을 달리 하기 시작했다. 만주사변을 시작으로 중일전쟁, 태평양전쟁으로 이어지는 일련의 전쟁은 우리 땅을 병참기지로 전락시켰으며, 소위 치안유지라는 명목으로 현실을 소재로 한 문학에 대해서는 검열을 통해 철저하게 탄압을 가하였다. 따라서 이 시기의 소설은, '순수'라는 이름 아래 대중소설, 세태소설, 심리소설, 역사소설 등의 양상으로 표현되기 시작하였다.

1920년대에 단편으로 시작한 우리의 역사소설은 1930년대에 들어 근대적인 장편소설로 확립되었다. 역사소설은 지나간 과거를 소재로 한 소설이라 규정되는 것이 통례이다. 그러나 이러한 규정은 소재적 차원에 근거를 둔 것이어서 역사소설이 지니는 내적 형식상의 특수성을 명확히 지적했다고 보기는 어렵다. 루카치 이후 역사소설의 개념 정의에는 역사적 진실성의 형상화가 역사소설이 마땅히 지녀야 할 작품 내적 자질로 요구된다. 우리 역사소설이 특수하게 지니는 내적 자질의 탐구가 무엇보다 필요한 작업이라 할 것이다.

이러한 의미에서 본고는 1930년대에 전개된 역사소설론의 점검을 통해 역사소설이 어떻게 인식되었는가 하는 점을 집중적으로 고찰하였다. 역사소설이 시대의 총체성이 배제된 자리에서 단순히 역사 전달의 문학 형식이라는 의미를 띨 때, 역사소설의 창작 주체들은 전달되는 역사를 자신의 주관적 판단으로 재해석하기 마련이었다. 총체적 묘사를 통한 문제시대의 토대가 매개되지 않았으므로 창작 주체들은 사유적·이념적 논리로써 역사를 심판하게 된다. 이 경우 역사소설은 필연적으로 이념적 가치를 지향할 수밖에 없을 것이다.

이러한 점은 우리의 역사소설을 지배하고 있는 경향이었는데, 그 대표적 사례로서 이광수와 김동인, 현진건, 홍명희, 박종화의 작품을 살펴보았다.

먼저 작품 속에 나타난 작가들의 역사의식을 살펴보고, 작가 개인이 가지고 있는 특성과 함께 30년대 역사소설의 특성을 고찰하였다.

이광수는 『이순신』과 『원효대사』를 통해 민족의 지도자상을 제시하고 있다. 『이순신』에서 충의와 무실역행의 인물을, 『원효대사』에서는 신라 정신의 화신, 대승보살행을 실천하는 인물로 각각 형상화시켰다. 작가는 우리의 근대사를 부정적인 시각에서 바라보고, 우리의 민족성을 올바른 방향으로 개조하기 위해 민족의 지도자를 내세웠는데, 이들이 바로 이순신과 원효대사라고 할 수 있다. 그러면서 이광수는 두 작품을 통하여 민족의 자존심을 위해 민족의 정체성 회복을 시도하고 있다.

김동인은 1930년대에 접어들면서 통속성이 짙은 역사소설을 계속하여 발표한다. 그의 역사소설에 대한 논의는 「춘원연구」에서 보인 바 "역사소설은 사실에서 소재를 취해오되 그것에 대한 해석과 재구성은 작가의 몫이어야 한다."라는 탁월한 견해를 가진 것이었다. 그러나 이런 역사소설에 대한 이론은 실제와 많은 거리를 둔 것이었다. 그는 자신의 소설 『젊은 그들』을 가공의 인물을 내세웠기 때문에 역사소설이라고 할 수 없다고 하였다. 이것은 역사소설의 인물이 역사상 모두 실제의 인물이라면 그들의 언행이 모두 역사적 사건에 얽매여 전혀 자유로울 수 없다는 사실을 망각한 것이 된다.

김동인의 역사소설 『젊은 그들』은 조선 말기 대원군이 실각한시대를 배경으로 민씨 일파에게 부모를 잃은 젊은이들이 활민숙에 모여 대원군의 재집권과 부모의 원수를 갚기 위해 힘쓰다가, 임오군란의 책임을 지고 대원군이 청국에 압송되자 모두 자결한다는 사건을 축으로 하는 작품이다. 역사적 인물은 대원군과 민겸호가 등장하고 나머지는 모두 가공의 인물을 내세워 인물 설정에 어느 정도 성공을 거둔 작품이다. 거기에다 안재영, 명인호, 이인화, 연연의 사이에 벌어지는 사랑을 개입시킨 전형적인 통속소설로서 일본 시대물의 한국적 모습이라고 할 수 있다.

『대수양』은 수양이 조카 단종을 몰아내고 집정하기까지의 과정을 형상화

한 소설이다. 그가 가장 아끼는 작품 중 하나인 이 소설은 춘원의『단종애
사』와 정반대의 입장에서 서술한 작품이다. 여기에서 작가는 수양을 비범한
인물로 형상화시켜, 수양이 단종의 뒤를 이어 왕위에 오른 것은 역사적 필연
의 결과라고 보았다. 이는 그의 초기 단편에서도 보아 왔듯 초인에 대한
작가의 시선을 드러낸 것이며, 또한 계유정난의 과정에서 나타나듯, 수양의
일파(신숙주, 한명회, 권 람)에 대한 인물 묘사와 반대파(김종서, 황보인)의
인물묘사가 서로 극명하게 대립을 보여 작가에 의한 자의적인 역사 인식이
드러난다.

김동인은 역사적 사건의 중심인물을 다룬 소설을 많이 발표하였는데, 이
것은 작가 자신이 평소 가지고 있던 우월의식에 기인한 것이라고 볼 수
있다. 그것은『젊은 그들』에 나타난 대원군과 안재영의 인물 묘사에서 잘
드러날 뿐 아니라,『운현궁의 봄』,『대수양』,『을지문덕』과 같은 작품에서도
여실히 나타난다. 이들 작품의 주인공 즉 대원군, 수양대군, 을지문덕 등은
모두 국가를 경영할만한 웅지와 인격을 갖춘 인물이다. 그래서 대원군이
실각함에 따라 나라는 쇠퇴의 길을 걷게 되었고, 수양이 무능하고 나약한
단종으로부터 선위를 받은 것은 당연한 귀결이며, 을지문덕은 수나라의 침
입에도 나라를 지킬 수 있었던 것이다.

현진건은『무영탑』과『흑치상지』를 통해 당시 우리 민족의 비극을 직시
하고, 이로부터의 탈출을 위해 조선혼을 고양시키고자 하였다. 그것은『무
영탑』에서 위대한 예술혼으로 나타났으며,『흑치상지』에서 외세에 대항한
줄기찬 민족의 투쟁으로 나타났다. 현진건은 역사소설에서 민중의 힘을 통
한 민족 의지를 드러내고자 하였다.

한편『임거정』은 작가의 말대로 조선 정조를 표현한 작품으로 계급 이데
올로기가 그 주제이다. 홍명희는『임거정』을 통해 양반계층의 부패성과 정
권 다툼, 잔혹성을 보여주고 있으며, 그들에 의해 민중이 얼마나 핍박받고
착취당하는가를 그렸다. 그리고 역졸, 백정 등 천민을 내세워, 지배계층에

저항함으로써 역사의 주체가 곧 민중임을 알게 하였다. 한편,『임거정』에는 우리 고유의 언어, 풍속, 설화 등이 나타나 마치 박물지와 같은 특성을 보여주고 있다.

박종화의 역사소설은 김윤식에 의해 이념형으로 분류되었는데, 그것은 장편『대춘부』와 단편「목 매이는 여자」를 염두에 둔 것이라 할 수 있다. 『대춘부』는 병자호란이라는 전쟁의 폐해와 국난 극복이라는 민족의 염원을 담고 있으며, 이는 국권 상실기인 당시의 독자들에게 단순한 재미와 흥미 이외에 그 무엇을 주기에 충분하였던 것이다. 또「목 매이는 여자」에서는 지금껏 삼종지도(三從之道)라는 도덕율에 묶여 있던 여성들에게 윤씨 부인이 남편을 비난하며 자결하여 자아를 획득하는 과정이 공감을 불러일으켰을 것으로 보인다.

여기에 비해『금삼의 피』나『다정불심』과 같은 작품은 야담형에 가까운 것이라고 할 수 있다. 두 작품은 궁중비화를 다루었다는 점과 사랑이라는 소재를 취하고 있다는 점에서 공통된다. 이 작품은 흥미 위주로 사건이 진행된다. 물론『금삼의 피』에서는 연산이 폭군이 된 연유에 대한 역사의 재해석이 보이지 않는 것은 아니지만 시대적인 상황 설명이나 백성들의 삶의 모습은 도외시하고 철저하게 연산의 행적만을 그린 점이라든지, 연산을 싸고도는 여인들의 음모와 질투, 나라와 백성을 생각하기보다는 자신의 보신과 추세만을 추구하는 신하들의 굴절된 인간상들은 오히려 우리 역사를 왜곡시킬 위험마저 안고 있는 요소들이다.

『다정불심』역시 여기에서 크게 벗어나지 않는다. 주요 등장인물은 모두 궁궐의 인물로 한정되어 있으며, 배경 또한 궁궐 내부이다. 그러다 보니 자연히 백성들의 삶은 외면된다. 사랑하는 인물을 잃은 공민왕이 성격적인 파탄을 보이고 국정을 돌보지 못하다가 비극적인 죽음을 맞는다. 왕과 공주의 아름다운 사랑과 공주를 그리는 왕의 애끓는 심정이 독자들의 흥미와 연민을 불러일으킬 수는 있겠지만, 그 연민은 연산과 공민왕에 대한 연민이 아니라 우리 역사에 대한 연민일 수도 있음을 알아야 한다. 역사에 투철한 의식이 없는 역사소설은 자칫 야담에 머물 수밖에 없는 위험을 안고 있는데, 위에 예시한 두 작품이 여기에 해당된다고 할 수 있다.

역사소설의 평가가 어떤 형태로 나타나듯 당시의 작가들이 우리의 민족의식을 고취하기 위한 수단으로 창작에 임했다는 것은 그 누구도 부인할 수 없는 사실이다. 월탄의 작품에서도 이런 경향은 두드러진다.

특히 『대춘부』에서 작가는 노골적으로 국권 회복의 의지를 보여 준다. 병자호란이라는 역사상 가장 참혹했던 시기를 배경으로 삼아 외적에 유린되는 민중의 삶을 리얼하게 묘사하고, 그래도 적에게 굴복하지 않는 줄기찬 저항정신과 더불어 전쟁이 끝난 다음 통한의 치욕을 씻기 위한 노력으로 북벌 계획을 수립하는 모습에서 식민지 치하를 살아가는 당시의 독자들에게 고무되는 바 적지 않았을 것이다. 그 밖의 소설 역시 우리의 역사를 잘 모르는 독자들에게 흥미와 교훈을 주기에 충분했다. 요즈음 많은 연구자들이 외국의 이론을 원용하여 역사소설의 평가를 내리고 있고, 그의 역사소설 중 일부가 비록 야담형이라는 평가를 받는다 하더라도 그의 소설은 이러한 평가와는 달리 독자에게 흥미와 더불어 역사적 교훈을 주기에 충분하다 하겠다.

이러한 다섯 작가의 작품에 나타난 민중의 삶을 토대로 하여 루카치가 말한 바 시간세계와 공간세계, 상층민과 하층민의 삶의 형상화, 즉 총체성의 개념을 적용시킬 때, 이광수의 역사소설에는 하층민의 삶이 거의 나타나 있지 않아 총체성 구현에 실패하고 있으며, 김동인과 현진건의 경우 그것이 어느 정도 드러나 있기는 하지만 철저하지 못하였다. 그러나 『임거정』의 경우 임꺽정과 같은 도적이 나타날 수밖에 없는 시대 상황의 묘사와 지배계급과 피지배계급의 삶이 자세하게 나타나 있고, 민중의 총체적 삶이 잘 그려지고 있다고 하겠다. 루카치의 이론에 의하면 『임거정』이야말로 성공한 역사소설의 하나라고 할 수 있을 것이다. 또 박종화의 역사소설은 궁중비화를 주로 다루었다는 점에서는 이에 크게 벗어나 있음을 알 수 있다.

또 다섯 작가의 작품을 고찰한 결과 이광수와 현진건의 역사소설은 역사와 민족의 관계에서, 작가 자신이 믿고 있는 민족정신의 구현이라는 요소를 작품 속에 투영시킴으로써, 전형적인 이념형 역사소설임을 알 수 있었다. 반면에 홍명희는 당시의 평론가들이 '세태소설'이라고 평가할 만큼 객관적인 입장에서 민중의 삶을 파노라마처럼 묘사하여 '대상의 총체성'을 보여 "일상생활의 과정을 움직여 나가는 인간사회를 예술적으로 형상화"시키고 있음을 알 수 있었으며, 김동인과 박종화의 작품은 한 마디로 이념형과 야담형의 혼합형이라고 결론지을 수 있겠다. 그러나 외국 문학의 이론이 곧 한 작품의 우열을 가리는 척도가 아님은 분명히 해 두어야 할 사항이다.

참고문헌

〈자료〉

김동인, 『김동인전집』(전17권), 조선일보사, 1988.
박종화, 『한국문학전집』제5권, 민중서관, 1965.
＿＿＿, 『다정불심』, 조광출판사, 1974.
이광수, 『이광수전집』(전10권), 우신사, 1979.
현진건, 『한국역사소설전집』제3권, 을유문화사, 1962.
홍명희, 『임거정』(전9권), 사계절출판사, 1985.

〈단행본〉

강영주, 『한국 역사소설의 재인식』, 창작과 비평사, 1991.
구인환, 『이광수소설연구』, 삼영사, 1983.
김동욱 · 이재선 편, 『한국소설사』, (주)현대문학, 1990.
김동인, 『춘원연구』, 춘조사, 1959.
김시태, 『식민지 시대의 비평문학』, 이우출판사, 1982.
김용직 · 염무웅, 『일제시대의 항일문학』, 신구문화사, 1974.
김우종, 『한국현대소설사』, 성문각, 1978.
김윤식, 『한국문학의 논리』, 일지사, 1974.
＿＿＿, 『한국근대문학의 이해』, 일지사, 1976.

_____, 『한국근대문학사상사』, 한길사, 1984.

_____, 『한국근대소설사연구』, 을유문화사, 1986.

_____, 『이광수와 그의 시대』①~③, 한길사, 1986.

_____, 『김동인연구』, 민음사, 1987.

_____, 『한국현대문학사』, 서울대학교 출판부, 1992.

_____, 『90년대 한국소설의 표정』, 서울대학교 출판부, 1994.

김윤식 · 김 현, 『한국문학사』, 민음사, 1973.

김윤식 외, 『한국현대문학사』, (주)현대문학, 1989.

김재용 외, 『한국근대민족문학사』, 한길사, 1993.

김춘미, 『김동인연구』, 고려대학교 민족문화연구소, 1985.

김치홍, 『김동인평론전집』, 삼영사, 1984.

동국대 한국문학연구소 편, 『김동인』, 도서출판 연희, 1980.

백 철, 『신문학사조사』, 신구문화사, 1974.

백 철 해설, 『김동인연구』, 새문사, 1986.

송백헌, 『한국근대역사소설연구』, 삼지원, 1985.

_____, 『진실과 허구』, 민음사, 1989.

송 욱, 『문학평전』, 일조각, 1984.

신동욱, 『한국현대문학론』, 박영사, 1972.

_____, 『한국현대비평사』, 한국일보사, 1975.

_____, 『문학의 해석』, 고려대학교 출판부, 1976.

_____, 『문학의 비평적 해석』, 연세대학교 출판부, 1981.

_____, 『1930년대 한국소설연구』, 한샘, 1994.

신동욱 해설, 『현진건 연구』, 새문사, 1981.

윤병로, 『한국현대소설의 탐구』, 범우사, 1980.

_____, 『박종화의 삶과 문학』, 서울신문사, 1993.

윤홍로, 『한국문학의 해석학적 연구』, 일지사, 1976.

_____, 『한국근대소설연구』, 일조각, 1982.

_____, 『이광수 문학과 삶』, 한국연구원, 1992.

이강언, 『한국근대소설논고』, 형설출판사, 1983.

이균영, 『신간회 연구』, 역사비평사, 1993.

이동하, 『이광수』, 동아일보사, 1992.

이명재, 『식민지시대의 한국문학』, 중앙대학교 출판부, 1991.

이선영 편, 『1930년대 민족문학의 인식』, 한길사, 1990.

이재선, 『한국현대소설사』, 홍성사, 1979.

임형택 · 강영주 편, 『임거정의 재조명』, 사계절 출판사, 1988.

임형택 · 최원식 편, 『한국근대문학사론』, 한길사, 1984.

임 화, 『문학의 논리』, 학예사, 1940.

장백일, 『김동인 소설 연구』, 문학예술사, 1985.

장양수, 『한국의적소설사』, 문예출판사, 1991.

_____, 『한국의 문제소설』, 집문당, 1994.

조남현, 『한국현대소설연구』, 민음사, 1987.

조동일, 『한국소설의 이론』, 지식산업사, 1977.

_____, 『한국문학사상사시론』, 지식산업사, 1978.

_____, 『한국문학통사』①~⑤ (제2판), 지식산업사, 1989.

_____, 『신소설의 문학사적 성격』, 서울대학교 출판부, 1994.

조연현, 『한국현대문학사』, :인간사, 1961.

차봉희, 『루카치의 변증-유물론적 문학이론』, 한마당, 1987.

최유찬, 『문예사조의 이해』, 실천문학사, 1995.

최유찬 · 오성호, 『문학과 사회』, 실천문학사, 1994.

최재서, 『최재서논문집』, 청운출판사, 1961.

한국역사연구회, 『한국역사』, 역사비평사, 1992.

한승옥, 『한국현대장편소설연구』, 민음사, 1989.

한용환, 『이광수 소설의 비판과 옹호』, 새미, 1994.
현길언, 『현진건소설연구』, 이우출판사, 1986.

〈학술논문〉

강영주, 「이광수의 역사소설」, 『연구학보』, 1985, 여름호.
_____, 「현진건의 역사소설」, 『한국학보』, 1986, 봄호.
_____, 「한국근대역사소설연구」, 박사학위논문, 서울대학교 대학원, 1986.
구인환, 「현진건과 나도향의 소설고」, 『논문집』제20집, 서울대학교, 1975.
김성종, 「한국근대역사소설연구」, 석사학위논문, 계명대학교 대학원, 1985.
김중하, 「현진건 문학에의 비판적 접근」, 『현진건연구』, 새문사, 1981.
김치홍, 「김동인의 역사소설 연구」, 『국어국문학』 제88집, 1982.
_____, 「한국근대역사소설의 사적 연구」, 박사학위논문, 명지대 학교 대학원, 1986.
김희숙, 「역사소설의 유형 고찰」, 석사학위논문, 부산대학교 대학원, 1991.
나영준, 「도산 사상이 춘원 문학에 끼친 영향」, 석사학위논문, 단국대학교 대학원, 1983.
남윤수, 「《삼천리》지에 실린 벽초 홍명희 관련 기사」, 『출판잡지연구』 제9호, 2001.
박계홍, 「한국역사소설사」, 『어문연구』제3집, 충남대학교 어문연구소, 1963.

박조현, 「현진건역사소설 연구」, 석사학위논문, 단국대학교 대학원, 1988.

박종홍, 「일 제 강 점 기 한국역사소설연구」, 석사학위논문, 경북대학교 대학원, 1990.

반성완, 「루카치 현대 문학사관의 비판적 고찰」, 백락청 편, 『서구 리얼리즘 소설 연구』, 창작과 비평사, 1992,

신동욱, 「<무영탑>론」, 『현진건 연구』, 새문사, 1981.

김치홍, 「이광수 소설에 설정된 지도자상의 형상화 고찰」, 『춘원 이광수 문학연구』, 국학자료원, 1994.

신재성, 「1920~30년대 한국 역사소설연구」, 석사학위논문, 서울 대학교 대학원, 1986.

윤명구, 「김동인 소설 연구」, 박사학위논문, 서울대학교 대학원, 1984.

윤홍로, 「이광수론」, 『나손김동욱박사추모논문집』, 간행위원회, 1991.

_____, 「최재서의 친일문학론과 탈식민주의」, 『한국문학사 서술의 제문제』, 단국대학교 출판부, 1993.

이병주, 「원효대사」, 『이광수전집』⑤, 우신사, 1979.

이영희, 「춘원의 역사소설고」, 석사학위논문, 서울대학교 대학원, 1982.

이창구, 「홍명희 『임거정』연구」, 석사학위논문, 목원대학교 대학원, 1991.

임미혜, 「홍명희 임거정 연구」, 석사학위논문, 서강대학교 대학원, 1990.

임성운, 「무영탑의 구조연구」, 석사학위논문, 동국대학교 대학원, 1982.

임영봉, 「역사소설의 특성에 관한 연구」, 석사학위논문, 중앙대학교 대학원, 1992.

정미애, 「임거정연구」, 석사학위논문, 우석대학교 대학원, 1989.

정현숙, 「한국역사소설연구」, 석사학위논문, 이화여자대학교 대학원, 1982.

조규일, 「월탄 박종화 역사소설 연구」, 박사학위논문, 성균관대학교 대학
　　　원, 1989.

조진기, 「작가와 역사 해석」, 『영남어문학』 제1집, 영남어문학회, 1974.

채진홍, 「벽초의 『임거정』연구」, 박사학위논문, 고려대학교 대학원,
　　　1990.

최원식, 「현진건연구」, 석사학위논문, 서울대학교 대학원, 1975.

최유찬, 「1930년대 역사소설론 연구」, 석사학위논문, 연세대학교 대학
　　　원, 1983.

한상무, 「저항의 정신과 위장의 방법」, 『연구논문집』제6집, 강원대학교,
　　　1972.

한영환, 「한국 근대 역사소설의 연구」, 『연구논문집』, 성신여자대학교 인
　　　문과학연구소, 1969. 11.

홍기삼, 「임꺽정」, 『임꺽정에서 화두까지』, 문학아카데미, 1995.

홍성암, 「한국근대역사소설연구」, 박사학위논문, 한양대학교 대학원,
　　　1988.

_____, 「역사소설의 양식 고찰」, 『한국학논집』제11집, 한양대학교 한국
　　　학연구소, 1988.

홍정운, 「한국근대역사소설연구」, 박사학위논문, 동국대학교 대학원,
　　　1987.

〈신문 · 잡지〉

강인숙, 「춘원과 동인의 거리」, ≪현대문학≫, 1965. 2.

김구용, 「월탄의 인간과 문학」, ≪월간문학≫, 1981. 2.

_____, 「월탄의 인간과 문학」, ≪월간문학≫, 1981. 10.

김병걸, 「역사소설과 민중소설」,《문학과 지성》, 1985, 여름호.

김 억, 「무책임한 비평」, 《개벽》, 1923. 2.

김영무, 「제3세계의 문학」,《외국문학》, 1984, 가을호.

김우종, 「현진건론」,《현대문학》제91-92호, 1965. 10 -11.

김유방, 「작품에 대한 평자적 위치」,《창조》 제9호, 1931. 5.

김윤식, 「역사와 역사소설의 한 양식」,《신동아》, 1972. 4.

_____, 「반역사주의 지향의 과오」,《문학사상》, 1972. 11.

_____, 「역사소설이란 무엇인가」,《소설문학》, 1985. 5.

_____, 「우리 역사소설의 4가지 유형」,《소설문학》, 1985. 6.

김팔봉, 「월탄의 다정불심」, 〈매일신보〉, 1942. 6. 18-6. 20.

_____, 「월탄의 다정불심」, 〈매일신보〉, 1942. 6. 18.-6. 20.

박용구, 「춘원의 역사소설」,《현대문학》, 1956. 6～11.

_____, 「김동인의 역사소설」,《현대문학》, 1967. 4.

_____, 「월탄 박종화 연구」,《현대문학》, 1968. 10 - 69. 1.

박종화, 「오호 아문단」,《백조》 제2호, 1922. 5.

_____, 「문단의 1년을 추억하야」,《개벽》, 1923. 1.

_____, 「항의갓지 안흔 항의자에게」,《개벽》, 1923. 5.

_____, 「신춘창작평」,《개벽》, 1924. 3.

_____, 「문단방어」,《개벽》, 1924. 5.

_____, 「갑자문단종횡관」,《개벽》, 1924. 12.

_____, 「조선과 신흥문예」, 〈조선일보〉, 1925. 1. 11.

_____, 「작가와 풍속」,《개벽》, 1925. 2.

_____, 「인생생활의 필연적 발생의 계급문학」,『개벽』, 1925. 2.

_____, 「3월 창작평」,《개벽》, 1925. 11.

_____, 「만평일속」,《개벽》, 1925. 11.

_____, 「역사소설과 고증」,《문장》, 1940. 10.

반성완, 「루카치의 역사소설 이론과 우리의 역사소설」,≪외국문학≫제3
　　　집, 1984, 겨울.

백락청, 「역사소설과 역사의식」,≪창작과 비평≫, 1967, 봄호.

송재영, 「역사소설에의 문제 제기」,≪문학사상≫, 1975. 12.

안병욱, 「이광수의 민족개조론」,≪사상계≫, 1967. 1.

염상섭, 「역사소설시대」, <매일신보>, 1934. 12. 22.

윤병로, 「빙허 현진건론」,≪현대문학≫제15호, 1956. 3.

이남호, 「벽초의 임꺽정 연구」,≪동서문학≫, 1990. 3.

이동하, 「장길산의 의적 모티프」,≪문학과 비평≫, 1987. 여름호.

장백일, 「춘원의 역사소설관」,≪시문학≫, 1981. 5~6.

정재완, 「박종화론」,≪현대문학≫, 1980, 12.

정지용, 「신간평」,〈조선일보〉, 1938. 12. 18.

정태용, 「박종화론」,≪현대문학≫, 1967. 8.

조연현, 「월탄 박종화론」,≪신태양≫, 1956. 2.

주요섭, 「이광수 저 이순신」,≪동광≫제39집, 1932. 8.

최인욱, 「월탄의 시세계」,≪문학≫, 1950. 5.

한　식, 「역사문학 인식의 필요」,<동아일보>, 1937. 10. 6.-7.

현진건, 「역사소설문제」,≪문장≫, 1939. 12.

홍정운, 「임거정의 의적 모티프」,≪문학과 비평≫, 1987, 여름호.

황패강, 「한국 고전소설과 의적 모티프」,≪문학과 비평≫, 1987, 여름호.

〈외서〉

Fleishman, A., *The English Historical Novel*, Baltimore:The Johns Hopkins
　　　Press, 1972.

Forster, E. M., *Aspects of the Novel*, 이성호 역,『소설의 이해』, 문예출판사, 1990.

Lukács, G., *Der historische Roman*, 이영욱 역,『역사소설론』, 거름, 1987.

Lukács, G., *Die Theorie des Romans*, 반성완 역,『소설의 이론』, 심설당, 1985.

Parkisnon, G. H R., *Georg Lukács, the man, his work and his ideas*, 김대웅 역,『루카치 미학사상』, 문예출판사, 1986.

찾아보기

류재엽

1946년 경북 안동 출생.
동국대학교 국어국문학과 및 동 대학원 졸.
단국대학교 대학원 졸(문학박사).
강남대 · 경기대 · 단국대 강사.
현 신구대 교수. 문학평론가.
저서 : 『독서』(1994), 『탄생 100주년 한국작가 재조명』(2001),
　　『꽃 꺾어 산 놓고』(2002) 외 논문 30여 편.

韓國近代歷史小說研究

인쇄일　초판 1쇄　2002년 11월 11일
발행일　초판 1쇄　2002년 11월 21일

지은이　류재엽
발행인　정찬용
발행처　**국학자료원**
등록일　1987.12.21, 제17-270호

총 무　김효복, 박아름, 황충기
영 업　김태범, 한창남, 김상진
편 집　이인순, 정은경, 박애경
인터넷　정구형, 박주화, 강지혜
인 쇄　박유복, 정명학, 한미애, 이정환
물 류　정근용, 최춘배

서울시 강동구 암사동 462-1 준재빌딩 4층
Tel : 442-4623 ~4, Fax : 442-4625
www.kookhak.co.kr
E-mail : kookhak2001@daum.net
kookhak@orgio.net

ISBN　89-8206-669-1　93810
가 격　14,000 원

* 저자와의 협의 하에 인지는 생략합니다.